EREWHON

OR

OVER THE RANGE

SAMUEL BUTLER

サミュエル・バトラー

武藤浩史 訳

エレホン

新潮社版

表紙
“St. Jerome Reading in a Landscape”
by Giovanni Bellini
National Gallery, London

装幀
新潮社装幀室

エレホン

目次

エレホン

第一章　未開の地へ

それまでのわたしの人生については、もしお許しいただけるのであれば、祖国を去ることになった経緯もふくめて、口をつぐんでおきたいと思います。退屈な話だと思いますし、わたしにとってもそれを語るのはつらいからです。母国を離れたのは、どこかイギリスの新しい植民地に行って、牧畜に適した官有の未開地を見つけるか買うかして、本国にいるより手っ取りばやくお金をかせぐためだった、とだけ申しあげておきましょう。

といっても、結局、その目的は果たされずじまいになっています。そこでわたしが見たものがどんなに前代未聞のことがらであろうとも、今にいたるまで、その発見をお金もうけにつなげることができずにいるのです。

たしかに、自分の発見からまず自分が利益をあげられるのであれば、巨万の富がわたしのふところの中にころがりこんでくるでしょうし、天地開闢以来、たかだか一五、六人の人間しか達しえなかったような地位を得ることもできるでしょう。ただ、そのためには、まず投資の元手とし

てかなりの額のお金が要るのです。そして、お金のないわたしに残されたたった一つの手段は、このお話をして皆さんに興味を持っていただき、志ある方々に援助していただくことです。わたしの冒険をここに公にするのは、そのためです。しかし、わたしは大いにためらいを感じてもいます。あらいざらいすべてを明らかにしないと自分の話を信じてもらえないのではないかと疑う気持ちがありながら、同時に、すっかり話してしまうと、わたしより資金力のある誰かに抜け駆けされてしまうのではないかと恐れてもいるのです。それで、結論としては、他人に出し抜かれるのは耐えがたいので、信じてもらえないリスクを取ることにしました。ですから、イギリスを発ってどこに行ったのかということ、冒険話がいよいよ困難な住境に入るのはどの地点かということについては、秘密にしておきたいと思います。

それでも、本当の話には真に迫ったところがあるもので、そういう精確さのもつ内的な力が読者の心を動かすことを信じて、わたしは自分を納得させています。正直な人はわたしの正直さも信じてくれるでしょう。

その地にわたしが到着したのは、一八六八年も終わりごろのことです。季節については、北半球か南半球かが分かってしまうでしょうから、申しあげずにおきましょう。その入植地は、一〇年近くのあいだ、もっとも大胆な開拓者ですら足を踏みいれることのなかった場所で、それ以前は、海岸に出没する少数の未開人部族をのぞいて、だれも住んでいませんでした。ヨーロッパ人に知られている土地といえば、良港が三つ四つ作れそうな八〇〇マイルほどの沿岸部と、岸から二〇〇マイルから三〇〇マイルほど内陸に広がる一帯でしたが、それが終わるところからは天に

そびえる高い山々の支脈がはじまっていて、平原のとても離れたところから、万年雪をいただいた高峰を眺めることができました。この一帯の北と南にのびる沿岸部はともに知り尽くされていました。ただ、どちら側にも五〇〇マイルにわたって一つとして港がありませんでした。ほとんど海に跳びこんでゆくように見える山も深い森となっていて、入植しようとする者はだれもいませんでした。

ところが、その湾のまわりだけはちがっていました。十分に港にめぐまれ、木が茂ってはいましたが、人の手で何とかならないほどではありません。農業に最高の土地なのです。世界一と言っていいくらい美しい草が見わたすかぎり生えていて、あらゆる牧畜にうってつけです。天候はおだやかで、体に優しく、野生動物もいなければ、先住民も数が少なく、物分かりのいい従順な連中です。

この一帯に入植したヨーロッパ人がすぐさま積極的な開拓をはじめたのはよく理解できます。羊と牛は飼育をはじめると、あっという間に数が増えました。内陸のほうに奥へ奥へと進んでいって、五万エーカー、一〇万エーカーといった広大な農場を作っていったので、数年で、海と山々のあいだで農地にできる土地は一エーカーもなくなりました。あたり一帯はすみからすみまで二、三〇マイルごとに羊と牛の大牧場が点在する状況になり、前方の山々が一時的に、入植者の流れを止めました。雪が多すぎるし、一年のうちで雪の降る期間も長すぎるし、羊は迷子になってしまうだろうし、羊の番ができるような地面でもないし、羊毛を船まで運ぶ経費で牧場主のもうけは吹っ飛ぶだろう、草も固くまずく羊が元気に育ってくれないだろう、と考えられたので

す。しかし、一人、また一人と、挑戦者が現れました。そして、なんと、すばらしいことに、大きな成功をおさめたのです。前方の山々を分け入ってゆくと、その山々とその奥にあるもっと高い山々のあいだにかなり広大な土地が見つかったのです。ただし、この第二山脈も平原から見える雪をいただく最高峰群とは違います。それでも、農地としては第二山脈のふもとが究極の行き止まりだろうと思われました。そして、そこにできたばかりのそれなりに大きい牧場に、わたしはまずは見習いとしておもむき、すこし経つと正規に雇われたのです。その時のわたしはまだ二二歳でした。

そこの土地も暮らしぶりも気に入りました。毎日、ある高山のてっぺんまで登ってから稜線づたいに下り、平坦な場所に移動します。羊が境界の向こうに行ってないかを確認するためです。近くで見張る必要はなく、群れを一つにまとめる必要もなく、ただ、羊の大体がそこここにいて、何も事件がおきていなければ、よしとします。その数、八〇〇頭を超えず、かなりおとなしい成熟した雌羊だったので、むずかしい仕事ではありませんでした。

黒い雌羊が二、三匹、黒い子羊が一、二匹、他にもなにか特徴的な印があるのが数頭いたので、見分けられる羊もかなり大勢いました。見まわして、それらがいれば、そして、群れがそれなりに大きければ、すべて異常なしということになるわけです。驚くほどすぐに目が慣れて、二、三〇〇頭の群れの二〇頭くらいがいないと分かるようになりました。望遠鏡をたずさえ、犬を一匹引き連れ、パンと肉とタバコを持って出かけたものです。空が白みはじめるころに発って、自分の仕事を終えて戻ると、日が暮れていました。仕事で行く山の標高がとても高いのです。冬は雪

におおわれているので、羊を上から見る必要はありません。糞や足跡が山の向こう側――細い川の流れる谷になっているのですがそこで行き止まりです――までつづいていたら、それを追跡していって羊を探さなくてはいけません。しかし、そのようなことは一度も起きませんでした。習慣ということもあるし、わたしが来る直前の春のはじめに焼いた地面から美味しい草が緑豊かに生えているからでもあるのですが、羊はかならず山のこちら側に下りたのです。山の向こう側の地面は焼いていないので、固い草が野放図に生えすぎていて、わたしたちの農地とはちがったのです。

とても単調な生活でしたが、とても健康的でした。人は健康だと、気持ちがおおらかになるものです。目の前には想像し得るかぎりの雄大な光景が広がっていました。よく山腹に座って波打つ丘々を眺めたものです。はるか彼方にぽつんと白い小屋が二棟あり、その背後には四角い小庭が、上方には囲いのある牧草地が、その片隅にはカラス麦の明るい緑の小さい畑が、下方の平地には家畜用の囲いと羊毛小屋が、すべて、望遠鏡をさかさまにのぞいた時のように、すみきった空気の中にきらきら輝いて見えました。巨大模型の上の、眼下に広げられた地図の上の景色のようでもありました。丘々の彼方には平地が広がり、その先に大きな川が流れ、その向こう岸には、また高い山々がそびえていました。そこでは、冬の雪もまだすっかり融けきっていません。川はたくさんの支流に分かれて二マイルもの幅の河原をうねうねとくねり、その上流に目をやると、奥に雄大な第二山脈が見え、流れはそのせまい山峡の向こうに消えていました。さらにその奥にも山脈があるのが分かります。いつもわたしが登る山の頂ちかくの或る場所でないと、この一番

奥の山なみは見えませんでしたが、雲ひとつない晴天の日にはかならず、遠くに、雪をいただいたその頂上が、天にとどくばかりの高さに、ぽつんと現れました。そこからの眺望の圧倒的な無人感はけっして忘れることができません。人の手を思わせるものは、遠く向こうに小さく見える一軒の農家だけ。山と平原、川と空のなんと広々としたことでしょう。大気の動きがさまざまな驚くべき効果を生みだします。黒い山容が白い空を背景に見えるかと思うと、気温が下がって、雪山が黒い空に現れたりもしますし、渦まく雲の切れ目から山が顔をのぞかせることもあります。もっとも美しいのは、霧のなかを登山して、その霧の上に出てもさらに登りつづけて、眼下に白い雲海が広がる時です。数かぎりない山の頂が海にうかぶ島々のように雲の上に顔をのぞかせます。

こう書いてゆくと、その光景がまざまざと脳裏によみがえってきます。丘々が、小屋が、平原が見え、あの寂しく人気のない急流の川床が目にうかび、激しく遠い水音が聞こえてきます。人ひとりいない、畏るべき自然の絶景！　まさに、絶景！　天に灰色の雲がぽつねんとたなびき、地には静寂がひろがり、ただ迷子の子羊の胸張りさける鳴き声が山中から聞こえるのみ。すると、痩せてしなびた美しからぬ容貌の雌羊が、美味しい草の生える原から小走りにやってきて、深いしわがれ声でメエと鳴きます。この渓谷、あの渓谷と子を探して、今は頭を上げて、遠くからの鳴き声に耳をすませて、子のいるところに行こうとしている。あ、聞こえた、と思って、走り寄っていくと、残念なことに、二匹とも勘違いでした。自分の子ではなかった、自分のお母さんではなかったのです。互いに血のつながりがないのが分かって、二匹は冷たく離れてゆきます。そ

れぞれが、もっと声を張り上げて、もっと遠くへと。夜は母子一緒に過ごせるといいのですが。夢想はこのくらいにして、話を先に進めましょう。

さて、わたしは、この川の上流をたどって、第二山脈を越えたさらにその先には何があるのか、想像をたくましくせずにはいられませんでした。元手はなかったものの、農地に転換可能な土地を見つけさえすれば、お金を借りて、開拓して、大金持ちになれること間違いなしです。ほんとうに広大な山々だったので、越えてゆくか、切れ目を見つけるかして、反対側にたどり着ける可能性はゼロに近かったのはたしかにその通りだとしても、しかし、まだだれも探検したものはいませんでしたし、今まで人は遠くから見るととても行けそうにないあらゆる場所に道を切りひらいてきましたし、荷馬が通れるくらいのちゃんとした道も作ってきたわけですから、奇跡を信じていけない理由はありません。とても大きな川もあったので、内陸部の水はけも大丈夫でしょう。と少なくともわたしはそう考えました。羊を連れてこれ以上奥に分け入ろうとするのは狂気の沙汰だとみんなに言われました。しかし、考えてみれば、わたしの雇い主のこの土地にしても、今は羊にあふれていますが、三年前は同じことが言われていたわけです。だから、山腹で休憩をとるわたしの頭から、このような考えを締めだすことはできなかったのです。日々、羊を追いながら、頭はそのことでいっぱいになっていて、しかも、さらに、ますます、大きく膨れていきました。そして、ある日、羊の毛を刈り取ったあとで、決意を固めたのです。「もうじっとしていられない、できるかぎりの食料を馬にのせ、自分の足と目で確めてこよう」と。

しかし、同時に、一番奥の大山脈のことが気になりました。あの向こうには何があるのだろう

か。ああ、だれにも分からない。自分の足で行かないことには、皆目見当もつかない。いったい、足を踏みいれた人間がいるのだろうか。果たして、わたしにそんなことができるだろうか。もしできたとしたら、それはわたしにとって望みうる最大の勝利になるだろう。いや、それを考えるのは時期尚早だ。まずは、第二山脈をうろついてみて、どこまで行けるか試してみよう。農地にふさわしい場所が見つからなくても、金、銀、銅、ダイヤモンドなどが見つかる可能性はある。ときどき、清流の水を飲もうとして腹ばいになると、砂のなかに黄色い粒が見えることがある。あれは金だろうか。「ちがうよ」と人は言うけれども、金がたくさん見つかるまで、人はかならず「ちがうよ」と言うものだ。わたしの理解ではかならず金と一緒にある粘板岩や花崗岩は、よく見つかる。ここでは利益があがるほどの量はないとしても、山の奥に行けば、もっと豊富にあるかもしれない。このような考えでわたしの頭は破裂しそうになっていて、そのことばかり考えていました。

ついに羊の毛を刈る季節がやってきました。毛刈り人たちと一緒に、あだ名でチャウボクと呼ばれる年老いた先住民がいました。本名はカハブカと言うそうです。彼は部族の長のような立場にあって、英語をすこしばかり話し、宣教師たちにとても可愛がられていました。毛刈り作業を一緒にきちんとやるわけではなく、まわりにいて手伝うふりをしながら、実は、毛刈りの時期には決まっていつもより気前よくふるまわれる酒を飲むのが目当てでした。酒癖が悪く、しかもすこし飲んだだけで酔っぱらってしまう質《たち》で、あまり飲ませてはもらえませんでしたが、それでも、ときどき、酒にありついていました。彼から何かを聞き出したいときは、酒が最上のワイロになりました。そこで、わたしは彼からできるかぎりの情報を手に入れようと思い、実行に移してみたのです。一番奥の山々以外のことは、ぺらぺらといろいろ教えてくれました。本人が実際に行ったわけではないのですが、部族の中にいろいろな言い伝えがあり、それによれば、低木の森と数少ない平らな河原があるだけで、羊を育てられる場所はないようです。そこまでたどり着くの

はとても大変だけれども、越えてゆける経路はいくつかあって、そのひとつはわれわれの所から見える川ぞいを遡ってゆくことです。ただし、直接河原を行くと峡谷を登りきれないそうです。また、チャウボク自身はそこまで行った人間に会ったことはないそうです。「こちら側で十分やっていけるからね」と言います。そわそわと落ち着きがなくなり、ごまかしたり、口をにごしたりします。その奥の地についても言い伝えが残っていることはすぐに察せられました。ところが、どんなにこちらが甘言を弄《ろう》しても、チャウボクは口を割りません。とうとう、わたしは最後の手段であるお酒の話を出して、すると、彼も一応分かった分かったとは言ってくれます。そこで、酒を飲ませてみました。しかし、酒を口にしたとたん、彼は酩酊したふりをはじめて、ついには、たぬき寝入りかもしれませんが、眠りこんでしまいました。どんなに強く蹴飛ばしても、びくとも動きません。

　自分の酒を飲みほされてしまったのに何も聞き出せず、腹が立ちました。そこで、次の日は、酒を飲まれる前に話をしてもらおう、話さないうちは一滴も飲ませまい、と決心しました。

　また、夜が来て、仕事のあとの夕餉が終わると、小さいブリキのコップに入ったラム酒をわたしの分としてもらったので、チャウボクに身ぶりで「おれについて羊毛小屋に来いよ」と伝えると、彼もいそいそと、だれにも気づかれずに抜け出してきました。羊毛小屋に着くと、獣脂ロウソクに火をともして古い瓶に差し、羊毛の梱《こり》の上に腰をおろして、一緒にタバコを吸いました。羊毛小屋というのはとても広々とした場所で、どこか大聖堂の空間配置に似ています。縦にとおる教会の側廊のような通路の両側に羊の囲いがいっぱいならび、教会では身廊と呼ばれる中央部

分の奥の端で毛が刈りとられ、さらにその向こうで仕分けや梱包の作業が行われます。古いものが貴重なこの新しい土地で、伝統を思い起こさせる雰囲気にふれると、生まれ変わったような気持ちになります。といっても、もちろん、この入植地では一番古い羊毛小屋でもせいぜい七年前に建てられたものにすぎなくて、ここの小屋といったら二年前に作られたばかりということは重々承知しているのですが。チャウボクはすぐに酒が飲めるだろうと思っているふりをしてきました。ふたりとも、相手が欲しているものをよく分かっていて、彼は酒を、わたしは情報を求めての、駆け引きがはじまったのです。

きびしい応酬になりました。二時間以上にわたって、チャウボクはあきらかに嘘と分かるようなことをしゃべってはぐらかそうとします。ずっと知恵くらべをしているようなもので、お互い一歩もゆずらない展開でしたが、しばらくして、ついに、もう一押しで、相手をくずして話を聞き出せそうな瞬間が来ました。冬の寒い日によくあったのですが、バター作りで生乳をずっとかきまぜつづけてその労もむくわれずにバターができてくる気配が一向になく、くじけそうになったその時、クリームが眠りにおちたような音に変わって、突然バターができてきます。同じように、わたしもチャウボクをかきまぜつづけて、クリームが眠りにおちるのに相当する所まで彼を追いつめました。ここであわてず辛抱づよく押しつづければ、彼も口を割るだろうという状況になりました。すると突然、怪力の彼は、説明の言葉も何もなく、羊毛二梱を小屋の床の中央まで転がしてゆき、その上にさらに一梱を十字の形になるよう置きました。それから、空っぽの梱包用袋を一枚ひっつかむと、さっとマントのように肩にかけ、上の梱に跳びのって座りました。あ

っというまに、体全体の形が変わりました。いかっていた肩が落ちました。かかと、つま先と左右そろえるように両足をつけ、腕と手も両脇に密着させ、手のひらを太ももの上に置きました。頭を高く、まっすぐにして、目を見ひらき、前を見つめます。しかし、顔はおそろしいくらいの渋面になり、悪鬼そのものです。不細工な男でしたが、今のチャウボクは、不細工を通りこして、「おぞましい」という言葉でさえ足りないくらいです。口が耳から耳まで裂けるようなおそろしいニタニタ笑いをうかべ、歯が全部見えます。目は一点を凝視したまま、ぎらぎらしています。邪悪きわまる皺が額にきざまれています。

このようにお話ししても、おそらくは、滑稽な印象を与えるだけではないでしょうか。しかし、滑稽さと崇高さは意外に距離が近いもので、チャウボクの顔のコミカルでグロテスクな悪魔性はそのことをかなりの程度、体現していました。わたしも懸命に面白がろうとしながらも、彼の表情が伝えようとした意味を考えるとぞっとして、髪や全身の毛が逆立つ思いがしたものです。一分ほどのあいだ、彼は背すじをのばし体を硬直させてそのおそろしい表情をうかべていました。それから、唇のあいだから、吹く風のように低いうなり声が聞こえてきました。それはかぎりなく小さい上下動をくり返しながら、ついには悲鳴に近いものとなり、また下がっていって、聞こえなくなりました。それから、彼は梱の上から跳びおりると、まるで「一〇」と言うかのようにすべての指をいっぱいに広げた二つの手を、体の前に差し出しました。

ただ、その時のわたしには理解できず、驚きのあまり口をあんぐり開けていました。チャウボクは羊毛の梱をすばやく元に戻すと、わたしの前に来て立ちどまりました。おそろしさのあまり

でしょうか、体ががたがた震えています。顔には恐怖が刻まれています。本人の意思とは無関係に、まるで未知の、あるいは神的な存在に対して大罪を犯して、恐慌をきたしているかのようです。首を縦に振りながら、わけの分からないことを口走って、何度も何度も山のほうを指さします。酒には触れようともしません。数秒後には、羊毛小屋を駆けぬけ、月明かりの外に飛びだしてゆきました。そして、そのまま、翌日の夕食時まで、姿を消しました。帰ってきたときは、卑屈なまでに腰が低くおどおどしていました。

彼が具体的に何を伝えたかったのか、わたしには分かりませんでした。たしかめる術もありません。ただ、ひとつだけ分かったことがあります。彼は何かを知っていてそれが彼自身にはとてもおそろしい真実だということです。そして、彼は彼なりに最善を尽くしてくれたということも分かって、わたしにはそれで十分でした。理解できる話をえんえんと話してもらったとしても、こんなに想像力を掻きたてられることはなかったでしょう。結局、その雪におおわれた大山脈の背後に何があるかは分からなかったものの、それが大発見になるだろうことは疑いをいれませんでした。

その後、数日のあいだ、チャウボクとは距離を置いてみました。彼にもっと質問したいという気持ちも隠しておきました。「カハブカ」と本名を呼んで、大いにおだててもみました。彼はわたしを怖がっている様子で、まるでわたしの家来みたいです。わたしは羊の毛刈りが終わったらすぐに探検に出発することに決めていたのですが、チャウボクも一緒に連れてゆくといいだろうと思っていました。そこで、彼には、数日間、近場の山の調査に行くので一緒に来て欲しい、と

伝えました。毎晩酒を飲ませてやろうとエサで釣り、金も見つかるかもしれないと甘くささやきました。怖がらせてはいけないと思い、大山脈のことは口をつぐんでいました。一緒に、われわれが知っている川を可能なかぎり遡って、できれば水源までたどり着き、そこからは、もし勇気があれば、わたし独りで先に進み、そうでなければチャウボクと一緒に戻ろうと思うと伝えました。というわけで、毛刈りが終わって、羊毛の送りだしも済むと、早速、休暇の許可を得、また、老いた荷馬と荷鞍を買い、毛布や小テントやたくさんの食料を持っていけるようにしました。わたしは馬に乗って川を渡れる浅瀬を見つけ、チャウボクには荷馬を引いて後からついてきてもらい、その馬で川の浅瀬を渡ればいいでしょう。雇い主は、紅茶、砂糖、堅パン、タバコ、塩漬けマトン、それにいいブランデーを二、三瓶、持たせてくれました。羊毛を送りだした後だったので、空の荷車にのせられ、これからたくさんの食料が届くのです。

準備万端ととのい、牧場に働く者たち皆の見送りを受けて、われわれは出発しました。それは一八七〇年の夏至の少し後のことでした。

初日は、川辺に広がる大きな平地を遡り、楽でした。ごつごつした地面が多く、河原を進まなければならないことも度々でしたが、すでに二度ほど草を焼いていたので、下生えが密に茂っていて進みにくいことはありませんでした。日暮れ時にはもう二五マイルも踏破し、川が峡谷に入るあたりでの野営となりました。

この野営した谷が少なくとも海抜二〇〇〇フィートの地であることを考えると、すばらしく暖かい気候でした。河原は一マイル半の幅があり、一面の砂利です。その上をたくさんの小川が蛇行しています。上から見ると、からみあった水のリボンのようで、日の光にきらきら輝いています。ときどき急な増水があることは知っていましたが、知らなかったとしても増水跡は、ずっと上流から運ばれてきたであろう流木や下流の岸に打ち上げられた植物・鉱物の残骸が集まっている様子などから分かります。時には河原全体が、何フィートも深く、荒れくるい轟きわたる奔流におおいつくされるようです。今は、水量全体は少ないものの、五つ、六つしか流れがなく、頑

健な男でも徒歩で渡るには深すぎるし速すぎます。ただし、馬にのって渡れば大丈夫です。川の両側はここらあたりでも数エーカーの平地が広がっていて、下ってゆくとさらに広くなり、ついには、雇い主の小屋から見下ろすことのできるあの平原となります。背後は、低い山脚が途中から急に険しくなって、第二山脈の高峰群へと至っています。半マイルほど先から峡谷がはじまり、狭くなった川のおそろしい轟音が聞こえます。筆舌につくしがたい絶景です。谷の片側は夕暮れどきの青い影のなか、向こうに、森、山腹、断崖、山頂がぼうっと見えます。反対の側は、沈む日の金色の光にまだ輝きわたっています。幅のある荒れ野の川は休むことをしらない急流で、そのなかの中州にたくさんいる美しい水鳥は警戒心がなく、近づいていっても逃げません。空気はたとえようもなく澄みきっています。未踏の地のおごそかな安らぎにつつまれます。これ以上、喜びと解放感にあふれた組み合わせはあり得ません。

　われわれは、山腹から平地に変わる地点にある大きな林の近くにキャンプを設営することにしました。馬は、ロープがからまり身動きがとれなくなったりしないように、できるだけまわりに何もない場所につなぎました。放しておくと、うろつきまわった挙句、川ぞいに家に帰ってしまう恐れもありますから。それから、薪を集めて火を点けました。ブリキの小鍋に水を入れ、熱い灰にのせて、お湯を沸かしました。そして、そこに茶葉を二、三回つまんで放りこみ、紅茶を入れました。

　子ガモを昼のうちに六羽捕っておきました。親ガモは、千鳥がそうすると言われているように、ひどい怪我をしたふりで大さわぎをして、子ガモから人間の目を逸らそうとします。その手口が

あまりにも見えすいていて、親ガモと反対の方向に行けばかならずピーピー鳴いている子ガモに行き当たります。その子ガモを――ほとんど成鳥ですが飛べないので――追いかけて捕まえればいいのです。チャウボクはすこし羽をむしってから、羽の残りをていねいに焼きとりました。それから、切って、もう一つの小鍋でボイルしました。これで夕食のできあがりです。

食べ終えたころには、すっかり暗くなっていました。心地よい沈黙の夜です。時折コバネクイナが鋭く鳴き、火は赤々と輝き、川の水音が小さく聞こえ、背後には森の闇が、すぐ目の前には鞍と荷物と毛布があって、サルヴァトール・ローザかニコラ・プッサンの描いた画かと見まがう風景です。今、思い出すと、喜びがわきあがってくるのですが、そのときは、そんな風には感じませんでした。われわれは、自分が幸せなときはほとんど分からないものです。でも、それは良いとも悪いとも言えることです。もしわれわれに自分の幸せに気づく力があったら、自分が不幸せなときも分かってしまうでしょう。自分の幸せに気づかない人と不幸せに気づかない人の数は同じくらいではないかと思ったりもします。「ああ、自分の幸せに気づいていたら幸せすぎてしまう農夫たちよ」というウェルギリウスの言葉（訳注『農耕詩』第二巻四五八〜四五九行）は、「ああ、自分の不幸せに気づいていたら不幸せすぎてしまう人たちよ」と書きかえても、通用するでしょう。自分の行いの正体、自分の苦しみの正体、そして、自分の正体が分からないので、ほとんどの人たちは激しい苦痛を味わわずにすんでいるのです。「鏡に映るのはわれわれの外見のみ」という事実に感謝しましょう。

石ころだらけでしたが、それでもできるかぎり柔らかい地面を選んで、集めた草を敷き、腰骨

の所にすこし窪みができるようにしてから、体に毛布を巻きつけ、眠りにつきました。夜中に目がさめると、頭の上に星々が見えます。月の光が煌々と山脈の上に輝いています。川の水音が絶え間なく聞こえます。連れてきた馬の一頭が相棒にむかって鳴く声を耳にして、まだ逃げていないのを確かめます。これからたくさんの困難が立ちあらわれるだろうことははっきりしていますが、わたしは心身ともに元気いっぱいです。甘美な安らぎが下りてきて、満足感につつまれました。何日もつづけて鞍の上か少なくとも野外で過ごしたことがないと味わえない境地でしょう。

翌朝起きると、まだ秋がはじまりかけてもいないのに、昨夜の茶葉が小鍋の底で凍っていました。昨日の夕食と同じように朝食をとり、六時前に出発しました。それから半時間ほど行くと峡谷に達しました。わたしたちは角を曲がり、わたしの雇い主の牧場の光景に別れを告げました。

峡谷は狭く険しく、川はわずか数ヤードの幅となって、何トンもの重さの岩々にぶつかりながら轟々と流れてゆきます。大変な水量で、耳を聾する轟音です。二時間かけて一マイルも進まず、川に入ったり、岩をよじ登ったり、危ない目にもあいました。つねに水しぶきがあがる巨大滝の脇にでもいるように、ぬるぬるした植物におおわれた岩々からじめっと黒い匂いがただよってきました。空気もじとっと冷たく、馬たちが――とくに荷馬のほうは――どうやって立っていられるのかとても不思議でした。前に進むのも怖いのですが、それと同じくらい、引き返さなくてはならない仕儀となるのを恐れました。こんな感じで三マイルほど行ったと思いますが、真昼どきになって、ようやくすこし峡谷が広がり、そこに脇の谷から水が流れこんできていました。壁のような断崖になっている本流を遡るのはこれ以上無理だったので、この支流を遡ることにしまし

た。この先に彼の部族のなかでその存在を語り継がれている峠がある、とチャウボクは考えているようです。実際の危険は減じましたが、疲労がたまってきていて、岩やからみあった草木に足をとられて四苦八苦した末に、ようやくこの支流がそこから流れおちる峠までたどり着きました。すでに雲がたちこめてきて、激しい雨が降っています。それにもう六時で、一二時間かけて六マイルほど進んだだけのわれわれは疲れきっていました。

峠には、実がいっぱいできた固い草が生えていて、馬には格好の栄養となりました。馬が大好きなアニスやノゲシもふんだんにあったので、ここで彼らを放して、野営の準備をはじめました。何もかもずぶ濡れで、寒くて死にそうでした。じつに嫌な感じです。近くに茂みはあったのですが、枯れ木の濡れた表面を削りおとして、乾いた内側の木っ端をポケット一杯分作るまでは、火をおこすこともできず、そのあとで、ようやく火が点いたのですが、点いた火が消えないように見張りもしました。テントを張って、九時前にはそれなりに体も乾いて温かくなりました。翌朝は晴天です。テントをたたみ、すこしばかり進むと、昨日よりは歩きやすい箇所を降りていってまた河原にたどり着けることが分かりました。峡谷の彼方に広がる河原です。しかし、低木の茂みにおおわれた平地が少しばかり川の両側にあるだけで、羊を飼える土地ではないのは一目瞭然です。そこの山々もお金もうけにはまったくなりそうにありません。それでも、はっきりと、まちがえようもなく見えるのは、あの奥の大山脈です。氷河が巨大な滝のように山腹をなだれ落ちていて、実際に川床に流れこんでいるように見えます。幅広になって両側も開けた川ぞいを遡って、氷河に至るのはさほど困難ではありません。しかし、そんなことをして意味があるでしょう

か。大山脈にお金が眠っているようには思えません。それに、これで峡谷の向こうには何があるのだろうというわたしの好奇心も満たされました。鉱物が見つかれば話は別ですが、ひと山当てる確率は、ここも、下のほうも、変わりがないようです。

それでも、「川を遡ってみよう、遡れるところまで行ってみよう」と決意しました。しらみつぶしにいろいろな支流も調べて、そこの砂を洗って、金が出てこないかきちんと確かめます。チャウボクはそんなわたしを面白そうに眺めていましたが、結局、金の細粒らしきものさえ見つからず、徒労でした。チャウボクの大山脈に対する嫌悪感は減じたように見えました。そちらに近づくのを反対することもしませんでした。まさか大山脈を越えようとはしないだろうと思っていたのでしょう。こちら側にいるかぎりは彼にとって怖いものは何もないのです。それに、金が見つかる可能性だってあります。しかし、わたしが大山脈に接近しすぎたとき、チャウボク自身はどういう行動をとるのか、そのときの彼はすでに決めていたのです。

三週間、このあたりの土地を探索して回りましたが、時間はあっという間にすぎました。夜の寒さはとても厳しかったものの、天気には恵まれました。ひとつを除いて、すべての流れを遡ってみましたが、そのすべてで、ひと目で渡れないと分かる氷河に行き当たりました。大勢でロープも持って来なければとても無理です。最後のひとつも、本当はもっとはやく遡っていたはずなのですが、チャウボクが、ある朝早くわたしが寝ているあいだに起きて三、四マイル遡ってみたもののそれ以上は進めなかった、と言うのです。ただ、彼がひどい嘘をつくのはずっと前から分かっていましたので、わたしは自分で行ってみようと決めました。そして、それを実行に移しま

した。行ってみると、進めないどころではありません。とても楽なルートで、五、六マイル行くと、その先に、峠が見えるではありませんか。雪が深くつもってはいたものの氷河と化しているわけではなく、大山脈の真の一部のように見うけられます。わたしは、言葉にならない喜びに、感極まりました。胸に希望が満ち、気分が高揚し、体が熱くなりました。ところが、振り返って、後ろからついてきたはずのチャウボクを探すと、なんと、けしからんことに、彼は踵を返して、全速力で、谷を下りてゆくではありませんか。彼はわたしを置き去りにしたのです。

「おーい」と呼んでみましたが、反応はありません。追いかけてみましたが、あまりにも先にいます。というわけで、石のうえに腰をおろして、じっくり考えてみました。チャウボクがわざとわたしをこの峡谷から遠ざけようとしていたのは明らかです。しかし、他の場所なら、これまで嫌がらずについてきたのです。とすると、今わたしが見つけたこのルートこそ大山脈の秘密に通じる唯一の道であるという結論以外、あり得ません。そこで、どうするか。正しい道が見つかったと分かったこの瞬間に、引き返すのか。まさか。でも、単独で先に進むのは困難かつ危険です。雇い主の牧場に戻ることとさえ、岩だらけの峡谷を下りる際に事故にあっても誰も助けに来てくれないという怖さがあります。ましてや、たった一人で、かなりの距離を先に進むのは狂気の沙汰です。足をくじいたとか、ちょっとした所に落ちたといった、仲間がいて手やロープを差し出してもらえれば何ということのない小さな事故が、たった一人の場合は死を招きます。考えれば考えるほど前には進みたくないという気持ちが強まります。それでも、峡谷を遡った先の峠までを

見ると、そこまでは一面に降りつもった未踏の雪を踏んでわりと簡単に行けそうなことが分かってきて、引き返す決断をするのも嫌になってきます。今いる場所から一番上まで、自分の歩く道が見えるように思えるのです。長いこと考えてから、まずは前に進もうと決めました。ほんとうに危険な場所に行き当たったら、そのとき引き返せばいい。そうすれば、ともかく、峠のてっぺんまで行って、向こう側に何があるかを、この目で確められそうです。

もう午前一〇時と一一時のあいだなので、一刻の猶予も許されません。幸い、いろいろと、持参して来ていました。峡谷の下方の端の野営地に馬を残して出発したときに、いつもの習慣で、四、五日の小旅行に必要なものはすべて持って来ています。その半分はチャウボクが運んでいたのですが、おそらく逃げ出す瞬間に、彼はその全部を放り出していったので、彼を追いかけた際にそれが足元に転がっているのを見つけました。ですから、自分だけでなく彼の分の食料もありました。持ち運べるだけの堅パンと、タバコと茶葉と少量のマッチをひとまとめにし、それをチャウボクに飲まれないようポケットに入れて携行したほぼいっぱいのブランデー入り小瓶と一緒にして、毛布にくるみ、とてもきつく縛り、長さ約七フィート直径ほぼ六インチの細長い筒みたいな形にして、その両端を結び、ぐるっと首に巻いて、重い部分は片側の肩にかかるようにしました。疲れたら、もう一方の肩に重心を移して休めるので、重い荷を持つにはこれが一番楽です。小鍋と小斧は腰のあたりにゆわえました。こんな出で立ちで、さらに谷を上りはじめました。チャウボクにだまされたのには腹が立ちましたが、どうしても引き返さざるを得ない状況にならないかぎりは戻るまい、と心に決めました。

何度か川を渡りましたが、いい浅瀬がたくさんあったので、難しくありませんでした。午後一時には峠のふもとに着きました。それから、四時間上りつづけて——最後の二時間は雪の上でしたが——ルートとしては楽でした。五時には、峠の一番てっぺんまであと一〇分弱という所に来ていて、わたしはこれまでの人生で味わったことのないくらい興奮していました。一〇分後には、向こう側の谷からごうっと吹きあがる寒風に身をさらしていました。

そこから、あたりを一瞥。まだ大山脈の中ではないことが分かりました。

もう一度、一瞥。何千フィートもの真下に広大な河原が見え、怒りくるうがごとき怖ろしい濁流がごうごうと流れています。

川は西に折れていて、谷の上方には巨大氷河が見えるばかりです。氷河は眼下の川の水源あたりまでつづいていて、おそらく、水源もその中でしょう。

さらに一瞥して、わたしは動けなくなりました。

真正面に見える山々のあいだに、楽に行けそうなルートが見えるのです。そして、その彼方に、青々とした平原がかぎりなく広がっているのがチラリと見えたのです。

楽、って？　ええ、ほんとうに楽に行けそうです。ルートのほとんど一番上のところまで草が生えていて、二つの氷河にはさまれた開けた道のようになっています。氷河からは小さな急流が、ごつごつの、しかし十分登れそうな岩の上を、われわれの知っている大きな川の高さまで落ちてゆき、そこで草と低木の小さな茂みのある平地を形作っています。

すぐに、また、雲が向こう側の谷底から上ってきて、彼方に広がる平原を隠してしまいました。

なんと運がよかったのでしょう！　この峠にたどり着くのが五分遅かったら、雲につつまれ、ルートは見えず、その存在を発見できなかったでしょう。雲で見えなくなってみると、わたしの記憶も疑わしくなってきて、遠く山々のあいだに自分が目にしたのは一すじの青色の霧にすぎなかったようにも思えてきます。眼下の谷に見えるのが、わたしの雇い主の牧場を流れている川の北を流れる川であるということだけははっきりしています。間違いありません。しかし、ルートを探して違う川を遡ったことがかえって功を奏して、北方の盆地への侵入を防ぐ自然の要塞のたった一つの裂け目を発見できたとは、このときのわたしには想像できませんでした。あまりにも、ありそうにない話です。そのように首をかしげているあいだにも、真正面の雲に裂け目ができてきました。すると、ふたたび、起伏する丘々の青い輪郭が見えたのです。その姿は遠ざかるほどに淡くなり、彼方では平坦になっています。夢をみていたわけではなかった。わたしの思い違いではなかったのです。それを確信する間もないほどに、雲の裂け目は閉じてしまい、また、何も見えなくなりました。

さあ、どうしよう？　もうすぐ夜のとばりが下りてくる。登攀にエネルギーを使った後じっと立っていた体もすでに冷えている。ここにとどまるのは無理だ。前に進むか、後ろに退くかだ。夕刻の風から守ってくれる岩を見つけて、そこでブランデーを小瓶からぐいっと飲むと、たちまち体が温まり、勇気がわいてきました。

さて、眼下の河原まで下りられるのだろうか、と自問しました。どんな断崖絶壁が待ち受けていてそれ以上進めなくなるか、だれにも分かりません。それに、河原に下りたとして、川を渡る

度胸がわたしにあるでしょうか。泳ぎは得意だったものの、あのおそろしい急流に足を踏みいれたが最後、わたしは水の力に翻弄され、まったく手も足も出ずに、あっちへ、そしてこっちへと、流されるがままになるでしょう。それに、荷物の問題があります。荷を置いていけば、凍死そして餓死が待っています。荷を持っていけば、まちがいなく溺れ死ぬでしょう。深刻な話です。それでも、牧羊にふさわしい広大な土地が見つかるかもしれないと思うと――それを可能なかぎり独り占めしてやろうと心に決めていたものですから――それ以外のことは二の次になりました。そして、数分後には、おそらくは山脈のこちら側と同じくらい価値のある土地へのルートを見つけるという大発見をしたのだから、そのことが内包する可能性をきちんと追究して、どのくらいのお金になるか確認しよう、と心に決めていました。みずからの死をもって失敗をあがなうことになろうとも、です。考えれば考えるほど、たとえ志半ばに命を落としても、この未知の世界に足を踏みいれて、名声と、できることなら富も、手に入れたいという決意が固まりました。いや、このようなチャンスを目の前にして、そこから得られそうな利益を手に入れようとしないのであれば、もはや生きていてもしょうがないとまで感じるようになっていたのです。

まだ日が暮れるまで一時間ほどあったので、そのあいだに下りていって、どこかいい野営地を見つけられるかもしれません。そのためには一刻の猶予も許されません。最初は雪の上だったので、速く進みました。滑落しないよう、足を雪に埋めながら歩きましたが、それでも、山の斜面をできるだけ速く、まっすぐ下りていきました。しかし、こちら側は、反対側より雪が少なく、じきに雪はなくなって、石だらけの危険な窪地に達します。足を滑らすと転落して大変なことに

なりかねません。速度を落とさないようにしながら、注意ぶかく下りてゆき、無事、とりあえず一番低いところに着きました。ところどころに固い草が生えていて、低木の茂みらしきものもあります。その下がどうなっているかは見えません。さらに数百ヤードほど進むと、身も凍るような絶壁の縁にたどり着きました。ここを下りるのは狂気の沙汰です。でも、窪地から流れ出している細流にそって下りてみて、行けるかどうか確かめてみようと思いました。数分後には、岩の裂け目への入り口に行き当たりました。ちょっとウェールズのトゥス・ジー（訳注　ウェールズのスノウドニア国立公園にあるデビルズキッチンと呼ばれる山道のウェールズ語名）に似ています。ただずっとスケールが大きいです。水はその裂け目に流れこんでいて、山の反対側よりも柔らかい物質でできたような岩をうがって深い溝を作っています。地質学的に違う構造なのでしょう。残念ながら、詳しいことは分かりません。

この裂け目を前にして、わたしは強いためらいを覚えました。そして、その両脇をちょっと行ってみましたが、身ぶるいするほどの絶壁の縁に至りました。四、五〇〇〇フィートの真下に、ごうごうと川が流れています。下りるには、裂け目にみずからの運命をたくす他、手はありません。裂け目を下りてゆけば、岩質が柔らかく、水にうがたれて足元もそれなりに平たくなっているかもしれないので、うまく行きそうな気がします。暗闇が刻一刻と深まってきましたが、あと三〇分くらい光はあったので、すこし怖かったものの、裂け目の中に入ってゆき、なにか大きな問題が生じれば、戻って、そこで野営して、次の日に違うルートをためしてみよう、と決めました。しかし、およそ五分後には、すっかり取り乱していました。裂け目の側面は何百フィートも

の高さに達し、かつ、上に張り出しているので、空も見えません。しかも、岩ばかりなので、何度も落ちてしまい、生傷だらけです。水の中にも落ちて、びしょびしょです。水量が多いわけではないものの、水の勢いが強く、流されてしまいます。一度は、かなりの高さから深い滝つぼ目がけて滝を跳びおりる羽目になり、荷物が重くて、ほとんど溺れそうになりました。間一髪でしたが、神の思し召しでしょう、運よく、命は助かりました。そのすぐ後で、裂け目が広がってゆき、低木の茂みが増えたように感じました。じきに、山の斜面の開けた草っぱらに出ました。そこからは手さぐりで、さらに少し川を下り、林のある平地に出ました。キャンプするにはちょうどいい場所です。もうすっかり暗くなっていたので、幸運でした。

まず気になったのは、持ってきたマッチが濡れていないだろうかということです。荷物の表面はびしょびしょになっていましたが、毛布を開いてみると、その内側のものは濡れておらず温まっています。なんて、ありがたい！　わたしは火を点け、その火を友として、心と体を温めました。それから、紅茶を入れて、堅パンを二枚食べました。ブランデーは残り少なくなっていたので、いざというときの勇気づけのために、口をつけませんでした。そのすべてをわたしはほとんど何も考えずに反射的にやっていました。独りであることと下りてきたばかりの裂け目をまた戻るのは不可能であること以外は、自分のおかれた状況が自分でも分かっていなかったのです。他に人間がいないのは本当に落ち込みます。それでも、わたしはまだ希望に充ちていました。食事をし、火を前にして体も温まると、美しい空想がたくさんわいてくるものの、やはり、動物でも一緒にいないと、人はこのような孤絶の中で長く理性を保てないと思います。自分がだれか、分

からなくなってきます。

自分の毛布を見たり、時計のカチカチという音を聞くだけでも、他の人間とつながる心地がして、慰められたことを覚えています。でも、コバネクイナの悲鳴のような声が怖かったです。他にもこれまで聞いたこともない、高く短くつづけざまに鳴いてこちらを笑っているような鳥がいました。しかし、すぐに、それにも慣れました。ずっと前から聞いてきたような気がしてきました。

服を脱ぎ、内側の毛布を体に巻きつけ、服を乾かしました。とても静かな夜でしたが、ごうごうと勢いよく焚き火をしました。じきに温まり、また服を着られるようになりました。それから、ひもで体に毛布を巻き、できるだけ火に近いところで眠りました。

雇い主の羊毛小屋にオルガンがある夢を見ました。小屋はだんだん消えてゆき、オルガンのほうは赫々《かっかく》たる光の炎につつまれてどんどん大きくなってゆき、山腹に建てられた黄金の都市のように成りました。何列にも並んだパイプ群がその断崖絶壁に上から下まで備えつけられています。あのスコットランドにあるフィンガルの洞窟に似た神秘的な洞穴の奥をのぞくと、磨かれ光りかがやく柱がたくさんあります。前方は階段状の斜面が高くまで達していて、その一番上にいる男が前かがみの頭を鍵盤に埋もれさせて、頭上そして周囲からなだれをうったように聞こえてくる巨大分散和音の嵐に体を左右にゆらしています。すると、わたしの肩をたたいてこう言った者がいます——「分からないかい？ 彼、ヘンデルだよ」。でも、わたしはほとんど理解できずに、階段状の斜面を這いのぼって彼に近づこうとしましたが、そのとき、目が覚めました。まだ、夢

がまざまざと、はっきり頭に残っていて、ぼうっとしています。

見ると、一本の薪が燃えつきています。その両端は燃え落ちて灰の中です。なるほど、一方が落ちたときに夢を見はじめ、もう一方が落ちたときに夢から覚めたのだな、と思いました。ひどくがっかりしました。肘をついて体を起こして、この現実の、奇妙な状況を精いっぱい理解しようとしました。

すっかり目が覚めてしまいました――それだけではありません。とくにどの五感が刺激された、ということはないのですが、夢以上のなにかがあるという予感がします。息を殺して、じっとしていると、また聞こえてきました――幻覚でしょうか？　いや、いや、もう一度、そしてもう一度と、耳をすましました。すると、はるか彼方から、かすかに、たしかに音楽が聞こえるのです。風鳴琴《エオリアン・ハープ》のような音が風にのって、真正面の山々から新たに寒風にのって来るのです。

髪の根元までぞくぞくしました。耳をすましましたが、風は止んでしまいました。風の音にちがいないと思いかけましたが――いや、ちがいます。ふと、チャウボクが羊毛小屋で立てた音を思い出しました。そうです、あの音です。

ああ、それが何であれ、幸いなことに、もう聞こえません。自問自答を繰りかえして、落ち着きを取り戻しました。ただ、見た夢がいつもより鮮やかだっただけだ、という結論に達しました。笑い出してもしまいました。取るに足りないことにおびえてしまい、なんて馬鹿だったんだ、と思いました。そして、もし、この冒険が失敗に帰するとしても、それはそんなに大したことではないのだ、と自分に言い聞かせました。いつもはいい加減に済ますことの多かったお祈りをきち

んとすると、すぐに深い眠りに落ちてゆき、日が高くなるまで眠りこんでいました。起きたときには元気いっぱいです。立ちあがって、燃えがらの中をさぐって、まだ使えそうな焼けぼっくいをいくつか見つけて、火をおこしました。朝食をとり、まわりにちょんちょん寄ってきてわたしの靴や手にとまる小鳥たちとの語らいを楽しみながら、わたしは比較的幸せでした。といっても、読者の皆さんは、ここでのわたしの話よりもずっと現実は厳しかったことを忘れないでいてください。前人未踏の地を探検するなんてことを考えずに、できることならヨーロッパに、あるいは、せめてすでに人が定住している入植地にとどまることを強くお勧めします。探検は、出発前と後の回想が楽しいのですが、その最中はつらいものです。探検の名に値しない軟弱な旅は別として。

第五章　川まで下りて、大山脈へ

次に、川まで下りなければなりません。峠から見えたルートは見えなくなっていましたが、その光景は目に焼きつけていたので、見つけられないということはあり得ません。体は傷だらけで、節々も痛く、もう三週間以上ごつごつの地面を歩いているので、靴もダメになってきました。しかし、昼になり、午後になっても、大きな障害に出会うこともなく、心配は薄らいでゆきました。二時間ほどで、下生えのほとんどない松林に入り、そのまま足早に下りてゆくと、また絶壁の縁です。この絶壁にはとても苦労させられました。しかし、最後は、なんとか、そこを下りずにすませました。三時か四時ごろには、河原にたどり着いていました。

峠から下りてきた側とは反対側の峡谷の高さを計算し、そこから峠自体の標高を考えてみると、九〇〇〇フィートをくだらないでしょう。今下りたったばかりのこの河原は海抜三〇〇〇フィートくらいだと思います。川の水がものすごい勢いで流れてゆきます。一マイル進むごとに四、五〇フィート落下しています。これは、たしかに、雇い主の牧場を流れる川の北隣りの川で、この

土地ではよくある話なのですが、人を寄せつけない狭く険しい谷を通って、人に知られる場所に至っているはずです。谷を流れ落ちて平地になるあたりの海抜は二〇〇〇フィート近くだと思われます。

川に近づいてみると、予想以上に厳しい状況です。水源の氷河が近いことから濁流です。幅は広く、流れは速く、激しく、海辺みたいに小石がぶつかりあう音が聞こえるほどです。歩いて渡るのはとても無理です。荷物を持って泳ぐことはできませんし、荷物を残してゆくのもリスクが大きすぎます。唯一の選択肢は小さな筏《いかだ》を作ることです。といっても、作るのは難しいし、作ったとしても安全かと問われれば、この激流に独り立ち向かうのが危険でないわけはありません。

この日の午後はもうあまり作業時間が残ってなかったので、川辺を行ったり来たりして、一番安心して渡れそうな箇所を探しました。それから、早めに野営して、静かで心地よい夜を過ごしました。一日じゅう耳の中で鳴っていた音楽がもう聞こえないのはありがたい話でした。それが例のチャウボクの叫び声の記憶と前の晩の興奮をきっかけとした空耳《そらみみ》にすぎなかったことは重々承知していたのですが。

翌日は、ショウブかアヤメのような植物がたくさん生えていたので、その乾いた茎を集めました。葉っぱも、裂いてみると、一本一本の筋がこの上なく強い紐として使えます。それらを水辺に持っていって、ざっくりと船の甲板みたいなものを作ってみました。これにしがみついて、荷ものせて、川を渡ろうというわけです。茎は一〇から一二フィートほどの長さで、とても強いのに軽く、中が空洞なので、これだけで筏を作ってみました。茎を束にし、束と束を直交させ、そ

れを葉っぱで作った紐でぎっちりと精いっぱい強く縛り、さらに他の茎を渡してくくりつけました。まる一日かかって、完成したのは四時近くでしたが、まだ川を渡れるくらいの明るさはあったので、ただちに実行に移すことにしました。

ごうごうと流れる地点から七、八〇ヤード遡ったところにある、幅が広く流れが比較的おだやかな場所を選んでおきました。そこで組みたてた筏の真ん中に荷物をしっかり縛りつけ、茎の内でもっとも長いものを手に、自分ものりこみます。これを竿として、川が浅い所は底を突いて進んでみようと思ったのです。岸から二、三〇ヤードばかりのところまでは、かなりうまく行きました。もっとも、その間も、竿を片側からもう一方の側に移すのが急すぎて、筏をひっくり返しそうになりました。それから、ずっと深くなり、そうなると茎の竿の先を川底に付けるために大きく身をのり出さざるをえず、また、数秒間、そこでその竿にじっともたれかかっていなくてはならず、そのあとで、川底から竿を引き上げたときに、急流に耐えきれなくなって、気がつくと、流されてしまっていました。一瞬のうちに、すべてが目の前を過ぎさり、筏は操縦不能となってしまいました。水が動き、水の音が聞こえ、あわてふためいて、ついにはバランスを失って倒れたこと以外、なにも覚えていません。それでも、なんとか立ち直り、気がつくと、わたしは川岸の近くにいました。膝までも水がない浅瀬で、わたしは筏を岸に引っ張っていきました。幸い、目標にしていた左岸でした。岸に上がってみると、そこは漕ぎ出した場所より一マイル近く下流であることが分かりました。荷の表面が濡れていて、わたし自身もびしょびしょだったものの、目ざした場所にたどり着き、とりあえずは、ひと安心です。火を点け、体を乾かしました。それ

から、河原あたりにたくさんいる子ガモやカモメの若鳥を何羽か捕まえ、チャウボクに逃げられてから貧弱な食事で満足しなければいけなかった空きっ腹を大いに満たしました。明日の食事もこれで心配なしです。

チャウボクを思い出しました。どんなに彼の世話になったことか、彼がいなくなって、今まで彼にやってきてもらったあらゆる事々を自分でしかも彼よりもずっと下手くそにする仕儀となり、どんなに損をしているかを痛感しました。それに、わたしはチャウボクを本当のキリスト教徒にしたいと強く願っていたのです。彼も表向きはすでにキリストの教えを信じてはいましたが、度しがたい愚かさのある男なので、それが彼の中に深く根を下ろしているとは考えられません。野営地の焚き火の横で教義のこと、とくに三位一体や原罪の秘義を、丁寧に説明してやりました。わたしは父が英国国教会の牧師であるのみならず母方の祖父が大執事という要職にあったので、この分野に詳しかったのです。十分な知識があるがゆえに救ってやりたいと思ったのです。もっとも、チャウボクのようにたしかな罪人を改宗させた者はみずからの多くの罪を許されるであろうという聖ヤコブの言葉も頭にありました。彼を永遠の苦悩から何としても救ってやりたい気持ちだけでなく、救ってやれば自分がこれまでの人生で犯してきたさまざまな罪や過ちをある程度許してもらえるのではないかとも、最近おのれの過去を振り返って慚愧の念にとらわれることも一度ならずあったので、思ったのです。

それで、ある時は、ウィリアムという名を宣教師からもらったという彼の話から察するに、名付けてもらったけれども明らかに洗礼は受けていない様子だったので、わたしに可能な範囲で、

彼を洗礼してやりもしました。幼児の場合でも大人の改宗者の場合でも、洗礼という命名に先立ってとりおこなわれる間違いなくより重要な儀式を怠るのは宣教師としてなんと杜撰なことだろうと思いました。それに起因するリスクを考えて、ただちに彼を洗礼してやろうと思ったのです。幸い、まだ正午前だったので、手持ちの唯一の容器である小鍋を使って、ただちに、敬虔な気持ちとともに、洗礼をほどこしてやりました。神の目にも有効だったと信じます。それから、キリスト教の深い秘義を教えてやり、形だけでなく、心からのキリスト教徒に成ってもらおうと努めました。

もっとも、チャウボクに正しく悟らせるのは至極大変ですから、うまく行かなかったかもしれません。まったく、洗礼をほどこしたその日の晩にはまたブランデーを盗もうと二〇回目の試みをしたのですから。彼をきちんと洗礼できたのだろうかと、かなり落ちこみもしました。彼は宣教師から二〇年以上使われた祈禱書をもらって持っていたものの、心にしっかりと刻まれていたのは、そこに記されたアデレード王太后（訳注　英国王ウィリアム四世の未亡人）という称号だけで、強く感動したり感激したりすると、その名をよく唱えました。それは彼にとってほんとうに、何かしら深い精神的な意味を持っているようでした。また、そこまでではないものの、マグダラのマリアという名にも魅せられており、彼の頭の中では、マグダラのマリアとアデレード王太后が完全に切り離されていませんでした。

教えがたい男でした。しかし、いろいろと彼をつつくことで、自分の部族の宗教に対する信仰心は崩すことができたので、それが彼をきちんとしたキリスト教徒にさせる第一歩にはなったの

ではないでしょうか。でも、それも、過去の話です。わたしが彼を霊的に助けることも、彼がわたしを物質的に助けてくれることも、もうできません。それに、どんな連れであっても、まったくひとりでいるよりはよかったのです。

そう考えていると気分がとても滅入りましたが、カモを煮て食べてしまうと、ずっと調子よくなりました。茶葉はすこし残っていましたし、タバコも一ポンドばかりあり、気をつけて吸っていけばあと二週間はもちそうです。堅パンも八枚あります。六オンスほどあった一番大切なブランデーは、夜が寒く、一気に四オンスまで減らしてしまいました。

早い夜明けとともに起きて、一時間後には出発していました。孤独感が重く肩にのしかかり、気弱というわけではないものの奇妙な心持ちでした。しかし、ここまで幾多の困難を乗り越えてきたこと、そして、今日こそこの地を縦断する大山脈の頂に立てるだろうことを思うと、希望に胸がふくらみました。

三、四時間のあいだ、一歩一歩、着実に登りました。とくに大きな障害はありません。高原に出ました。目標とするあのルートの一番高いところにあった氷河が間近に見えます。その上にも、折り重なるように、ごつごつの絶壁と雪におおわれた山の斜面が見えます。耐えがたい寂寥感です。この暗鬱な場所と比べれば、わたしの雇い主の牧場の上にあった山など、群衆の行きかう大通りです。空気も暗く、重く、孤独感に圧倒されます。雪や氷におおわれていない所はどこも墨を流したような黒です。草は一本も生えていません。

刻一刻と、自分がだれなのか、自分の過去とこの現在が果たしてつながっているのかどうか、

曖昧になってゆき、怖ろしい疑念におそわれます。森の中で迷った者が正気を失ってゆく最初の兆候です。ここまではそういう気持ちと戦いながら、なんとかそれを抑えてきたわたしですが、この荒涼たる岩だらけの自然の張りつめた沈黙と陰鬱には耐えられません。冷静さを保てなくなってきていました。

すこし休みました。それから、ごつごつだらけの地面を進んでゆくと、氷河の下端にたどり着きました。すると、東の山腹を流れ落ちて小さな湖に至る別の氷河が見えます。その湖の歩きやすい西岸ぞいを半分ばかり進んだところで、前に向こうの山から見えたあの平原が見えるのではないかと期待したのですが、そのもくろみは外れました。わたしが来た側は大丈夫だったのですが、こちら側は、雲がルートの一番高いところまでわきあがっていて、気がつくと薄く冷たい霧にかこまれてしまっていたのです。自分の足元数ヤードより先は見えなくなっていました。すると、古い雪が大きく残っている所に、ヤギの足跡が、半分融けてはいましたが、はっきり見えました。一ヵ所、それを追う犬の足跡らしきものもありました。ここは羊飼いの土地なのでしょうか。地面の雪におおわれていない場所を見ると石だらけの不毛の地で、草もほとんどありません。小道や羊がとおる獣道の痕跡も見つかりません。それでも、いきなり、ここの住人に出会ったりしたら、いったいどんな扱いを受けることになるのだろうかと、ずいぶん心配になってきました。そんなことを考えながら、霧のなかを慎重に進んでゆくと、前方に、霧よりも暗い物体がぼうっと現れました。気のせいでしょうか。さらに数歩近づくと、言葉を超えた恐怖に、体がぶるぶる震えました。わたしの背の何倍もある巨大な何かが円形に置かれています。霧のヴェール越しに、

灰色の暗鬱なものが直立しているのが見えます。

おそらく、気絶していたのでしょう。しばらくして、気がつくと、わたしは地べたに座りこんでいて、死人のように冷えきった体で嘔吐していました。厚い闇のカーテン越しに、しかし、まごうかたなき人間の形をしたものが、じっと動かず、沈黙したまま、おぼろに見えます。

突然、気がつきました。初めてそれを見たときに嫌な予感にとらわれておらず、霧で視界が邪魔されることがなかったならば、間違いなくすぐに分かったでしょう——それは人間ではなく彫像でした。ゆっくり五〇まで数えてみよう、と思いました。そのあいだに動かなければ、生き物ではないことが分かります。

五〇まで数えても動かないのが確認されたとき、感謝の気持ちがこみあげてきました。もう一度数えてみましたが——やはり動きません。

それで、おそるおそる前に出てみると、すぐに自分の推測の正しさが分かりました。出会ったのは、粗野な作りの原始的な彫像から成るストーンヘンジのようなもので、わたしが羊毛小屋でチャウボクに訊いたときに彼が座った座り方で、そのときの彼が顔にうかべたのと同じ、人間とは思えないほど邪悪な表情をうかべています。みんな座っていましたが、二体ほど倒れていました。野蛮な印象を与えますが、それはエジプト風でもアッシリア風でも日本風でもありません。しかし、それらすべてと違いながら、同時にそれらすべてと似てもいます。人よりも六、七倍大きく、太古の昔に作られたらしく、すり減って、苔むしています。全部で一〇体あります。頭部をはじめ雪が積もりそうなところには雪がたまっています。一体は四、五個の巨石でできていて、

どのように組み立てられたのかは、当事者以外だれにも分かりません。それぞれが異なった風におそろしい。苦痛と絶望の淵にしずむ憤怒の相のものあり、飢えに苦しみやせ細った死相現るるものあり、冷血と愚鈍の極致ににたにた笑うものあり――にたにた笑いのものが倒れていて、その倒れた姿はいいようもなく滑稽です。みんな、多かれ少なかれ、口を開けていて、背後にまわってみると、頭の内側がくりぬかれている。

寒さに震え、気分が悪くなり、すでに孤独感におかしくなりそうになっているときに、このような荒涼とした風景のなかでこのような悪鬼軍団にいきなり出会えば、人格は崩壊します。どんな犠牲をはらってでも雇い主の牧場に戻りたいと思ったものの、それはかなわぬ夢。もう頭が働かない。ぜったいに生きて帰れないと確信しました。

そのとき、一陣の突風がびゅうと吹きました。すると、頭上の彫像のひとつから呻き声が聞こえました。わたしはおそろしさに、両手を祈るかたちに組み合わせました。わなにかかったネズミのように、暴れて近くにあるものはなんでも噛みついてやりたくなりました。風がますます激しくなります。すると、呻き声もより甲高く、いくつもの彫像から聞こえてきて、ふくれあがって合唱のようになります。すぐに仕組みは分かりましたが、あまりにもこの世のものならぬ響きに、分かったとしてもほとんど慰めにはなりません。悪魔にふきこまれてこのような彫像を立てた人間ならざる者たちは、頭の部分をパイプオルガンの音管のように作り、口から入った風を利用してそのような音が出るように仕組んだのです。ぞっとする響きです。どんな勇敢な男も、この場所でこのような唇からこの悪魔の音楽が聞こえてくれば、平気でいられません。わたしはあ

りとあらゆる罵りの言葉を投げつけながら、霧のなかへ逃げ出しました。影像が見えなくなり、振りかえっても背後には嵐の亡霊がうずまくばかりとなっても、怨霊の詠唱のようなものが聞こえてきます。まるでその内の一体がうしろから追いかけてきて、その手でわたしを捕まえ、絞め殺されそうな気がします。

そう言えば、イギリスに戻ってから、友人がオルガンで弾く和音を聞いて、このエレホン国――そう、これがわたしがそのとき足を踏みいれつつあった土地の名前です――の影像のことをまざまざと思い出したことがあります。史上最大の音楽家の筆による次の楽曲を友人が弾きはじめた瞬間、あの影像群の姿がくっきり、瞼の裏にうかびました。

（原注　ヘンデル『ハープシコード楽曲集』リトルフ音楽出版、78 頁）

第六章　エレホンに到着

さて、その後、気がつくと、小さな流れにそった狭い山道を歩いていました。歩きやすい道を歩けるのが嬉しすぎて、どうしてそんな道があるのか、ちゃんと理解できていませんでした。それでも、ここは人の住む未知の土地なのだということはじきに分かってきました。とすると、この住人の手にかかって、わたしはどうなるのか。捕まって、あの山道で会った醜悪きわまる守護神への生け贄として焼かれるのか。そうかもしれない。そう考えると身が震えましたが、それでも今では孤独に対する恐怖がわたしの心の大半をしめています。体は冷えきり、心は悲嘆のあまり、茫然自失の状態で、たくさんの幻想・妄想が次々と脳裏をよぎるものの、そのなかのどれかに焦点を当ててしっかり考えるということができません。

足を速めて、先を急ぎます。下へ、下へと下りてゆきます。川の数が増えてきて、松の丸太を何本か渡した橋があり、ほっとします。未開人には橋は作れないでしょうから。それから、言葉を失うほどの経験をしました。呼び戻せるのであれば歓喜とともに抱きしめたい、人生にいくつ

かあるかないかの忘れがたい、もっともすばらしい、もっとも予期せざる瞬間がおとずれたのです。雲の層を抜けるといきなり、あふれんばかりに光りかがやく夕陽につつまれたのです。北西の方向に歩いているわたしの顔に正面から陽光がふりそそがれます。なんという光景！　その光になんと励まされたことか！　シナイ山の頂に立ってモーゼがながめた、彼自身は足を踏みいれる運命になかった神の約束の地もかくのごときだったと思わせる広大な土地が目の前に広がります。夕刻の空は深紅と金に美しくかがやき、青と銀と紫がまざりあって、たとえようもない色あいです。心が静まります。薄れゆく光のなかに薄れゆく平原が点々と見え、その平原のなかにたくさんの市や町が見えます。高い尖塔をもつ建物、円屋根の建物。もっと間近の、足下には、山稜のうしろに山稜が重なり、複雑な山の形を成しています。光と影がさまざまに交錯するぎざぎざの峡谷が見えます。松の木の大きな森がいくつもあり、神々しい川がきらきら光りながら大平原をくねってゆきます。たくさんの村落があり、かなり近くに見えるのもあります。一番気になったのはこれらの村のことです。大きな木の根元に腰をおろして、どうするのが最良の判断か考えてみましたが、疲れきっていて、きちんとまとまりません。じきに陽の光に体が温まり、気持ちが落ち着いたこともあって、ぐっすりと眠りこんでしまいました。

チリンチリンと鳴るベルの音で、目がさめました。見上げると、近くに四、五頭のヤギがいて、草を食んでいます。わたしが動くとすぐ、こちらを向いて、とても不思議そうにしています。走り逃げることもなく、じっと立ち止まったままで、じろじろとこちらを眺めまわすので、こちらも同じように眺めかえしました。すると、ぺちゃくちゃおしゃべりしながら笑う声が聞こえて、

美しい少女がふたり近づいてきました。年のころは一七、八で、それぞれ、腰に帯をまいたリネン地のガウンのようなものをまとっていました。わたしに気づきます。わたしはじっと座ったまま、そのあまりの美しさに目まいをおぼえながら、ふたりを見つめました。ふたりは一瞬、わたしを見つめ、次にたがいの顔を見あいました。とても驚いています。それから、小さく怯えたような叫び声をあげて、全力で走って逃げていきました。

大あわてで逃げてゆくふたりを眺めながら、「ま、そんなものだ」と独りごちました。ここを動かずにいて、それがどんなものであれ、来る運命に身をまかすのが一番いいということは分かっていましたし、たとえ、もっといい策があったとしても、わたしにそれを実行する余力はありませんでした。いずれ住人たちと接触するわけだから、それならば早いほうがいい。逃げ出して、大さわぎになって明日かあさって捕まるよりは、恐れていない様子を見せるほうがいい。そこで、じっと静かに待ちました。一時間ぐらい経つと、興奮してしゃべる声が遠くから聞こえて、その二、三分後には、ふたりの少女に導かれた男六、七人のグループがやって来ました。槍や弓矢などできちんと武装しています。ほかに手はないので、姿を見られたあとも、じっと動かずにいると、すぐ近くまで来ました。そして、じっくり、見つめあいました。

ふたりの娘も男たちも肌は褐色でしたが、イタリア南部やスペインの人たちより黒くはありません。男たちはズボンをはかずに、アルジェリアでわたしが見たアラブ人とほとんど同じ出で立ちです。強い存在感があり、娘たちの美しさに負けないほど、たくましくかつハンサムです。しかも、表情は折り目正しく、善意にあふれています。こちらがすこしでも暴れるそぶりを見せた

ら、ただちにわたしを殺したのだと思います。しかし、おとなしくしているかぎり、こちらを傷つけてくる雰囲気はまったくありません。わたしは初対面の人間をすぐ好きになるようなタイプではありませんが、彼らに対しては予想をはるかに超える好印象をいだきました。ですから、ひとりひとり彼らの顔を見つめながら、怖いという気持ちはすこしもわいてきませんでした。彼ら全員が強い男たちです。わたしにも六フィート以上ある長身にふさわしい強さがあり、体の強さが一番のとりえと言われたこともあるので、一対一で戦えば勝負になったかもしれませんが、向こうがふたりでかかってきたら、とてもかないません。高い山を越えてきたばかりで今みたいにふらふらの状態でなかったとしてもです。彼らは、わたしの金髪、碧眼《へきがん》、明るい肌の色に一番驚いた様子です。彼らには、わたしがどうしてそんな具合なのか、理解できません。どうしてこんな服を着ているのか、さっぱり分かりません。体じゅうをじろじろとなめまわすように見ても、見れば見るほどわたしのことが分からなくなってくるようです。

しばらくして、わたしは立ち上がりました。そして、手にもった杖にもたれながら、彼らの中のリーダー格とおぼしき男に向かって、その場で頭にうかんだことを思いつくままに話しました。彼にはぜったいに分かりっこないのですが、英語で話しました。「何度も命びろいをした挙句、偶然と言っていいほどの導きで、足を踏みいれてしまったのですが、ここはなんという国なのでしょうか。わたしのこれからの運命はすっかり皆さんの手の中にあるので、わたしに悪いことが起きないよう守ってくださると信じていますが」と伝えました。落ち着いてしっかりした口調で、ほとんど表情を変えずに、言い終えました。英語は分かってもらえませんでしたが、互いに顔を

見かわしながら肯くようにしていました。実は疲労困憊のあまり怖れを感じる余裕がなかっただけなのですが、彼らはわたしが怖れも劣等感も示さなかったことを評価しているように見えました。すると、男たちのひとりが、山の彫像のあった方を指さして、それを真似て、しかめ面をします。わたしは思いっきり身震いしながら笑い出してしまい、それを見て、彼らもみんな笑い出し、ぺちゃくちゃぺちゃくちゃおしゃべりをはじめます。何を言ってるのか、まったく分からないのですが、どうもわたしが彫像に出会ったことをとても可笑しがっている様子です。また、ひとりが前に進み出て、ついてこいと身ぶりで示したので、わたしは一片の躊躇なく、そうしました。逆らうことなどできるわけありませんし、それ以上に、彼らにとても好感をいだくようになっていて、わたしに危害をおよぼす意図がないこともかなり確信できました。

一五分ほどで、丘の中腹に立つ小さな村落に着きました。小さい通りがあり、寄りそうように家が集まっています。屋根は大きく、ぐっと張り出しています。窓にガラスをはめた家もすこしありますが、多くはありません。全体として、あまり知られていない山道を歩いてアルプス越えをしロンバルディアに入ったときに出会う村々とそっくりです。わたしは、自分の存在がまきおこしている興奮については、見て見ぬふりをしようと思いました。たくさんの好奇の目がそそがれましたが、非礼なふるまいはなく、それだけで十分です。わたしを捕まえた者たちのものらしい一番立派な家に連れていかれ、そこで歓待されました。ミルクとヤギ肉とオートミール製ビスケットのようなものから成る夕食を供され、それらをばくばく食べました。しかし、食べているあいだじゅう、わたしが最初に見かけたあのふたりの美しい少女のほうに視線を投げずにはいら

れませんでした。どうも彼女たちもわたしのことを、自分たちが捕獲したのだから自分のものだと思っている風があります。たしかに、彼女たちのためなら、それがどっちの娘でも、「たとえ火の中、水の中」と思いました。

それから、わたしがタバコを吸いはじめると、やはりとても驚いた様子でした。これについては、詳述をひかえましょう。わたしがマッチを擦ると、眉をひそめる気配もなくはない興奮のざわめきが聞こえました。どうしてかは分かりませんでした。それから、女たちが座を外して、男たちだけになりました。彼らはあらゆる工夫をこらして、わたしと話そうとしますが、独りぼっちなことと山の向こうから遠路はるばるやって来たことを除くと、なにも伝えられません。そのうち、男たちは疲れてくるし、わたしは睡魔におそわれました。身ぶりで、自分の毛布で床に寝たいと伝えましたが、乾かした羊歯《しだ》と草をたっぷり敷きつめた小ベッドを用意してくれました。そこに身を横たえると、あっというまにぐっすり寝てしまいました。翌朝も、遅くまで目ざめることもなく、気がつくと、わたしは小屋の中で男ふたりの看視下にあり、老女が料理をしています。わたしの目が開くと、男たちも嬉しそうです。明るく「おはよう」と挨拶するかのように話しかけられます。

家から数ヤードのところを流れる小川で顔と体を洗おうと外に出ます。家の者たちは興味津々で見ています。わたしの一挙手一投足のどんな微細な部分も見逃すまいと集中して、わたしが何かする度に、顔を見合って、相手の反応をたしかめています。わたしの沐浴は食い入るように見つめられました。どうもあらゆる面で自分たちと同じ人間なのかどうか、疑わしかったようです。

腕をつかまれ、調べられもしました。筋肉が発達したたくましい腕であることをたしかめて、満足したようでした。それから、足、とくに足先を調べ、「いいじゃないか」という具合に肯きあっていました。髪にくしを入れて梳かし、現況の許す範囲でできるだけ身だしなみを整えると、わたしの評価がぐんと上がった様子です。彼らはわたしに対して十分に敬意を表しているかどうか自信がなかったようです。それはわたしにも分かりませんが、ただ、彼らにとても親切にしてもらったことはたしかなので、何度も心をこめてお礼を言いました。歓待されない可能性だってとても高かったのですから。

個人的にも、彼らのことが好きになりましたし、尊敬の念もいだくようにもなりました。彼らの静かな落ち着きと威厳のある気安さに、たちまち魅せられました。彼らの態度から、わたしは彼らに、個人的に嫌悪感をいだかれてはいないものの、今まで見たことのない想定外の発見で理解不能の存在であることが分かりました。強いて言えば、彼らはイタリア人のもっともたくましいタイプと近かったです。物腰も、自意識がまったくないところがイタリア人にそっくりです。イタリアはよく旅したので、彼らの手や肩のささいな動きから、いつもイタリア人を思い出していました。わたしのほうは、これまで同様ありのままの自分でいて、さいの目がどっちに転ぶか分からないものの運命に身をまかせることが最良策ではないかと感じました。

彼らに見つめられながら沐浴をすませ家に戻るまで、そんなことを考えていました。戻ると、朝食が出されて、トーストとミルクと羊のような鹿のような焼肉を食べました。調理法と食べ方は欧州流です。もっとも、フォークの代わりに串だけを使い、肉を切るときは肉屋の大包丁のよ

うなものを使います。家のなかのものを見れば見るほど、それらがヨーロッパ風であることに驚きを感じます。これで、壁に『イラストレイテッド・ロンドン・ニュース』紙や『パンチ』誌の切り抜きが貼られていたら、自分が雇い主の牧場の羊飼い小屋にいると錯覚してしまいそうです。それでも、ほんのわずかに違っています。鳥や花に関しても、イギリスのものとよく似ていました。ここに着いて嬉しかったことに、ほとんどすべての鳥と草木がイギリスでよく見られるものとそっくりだったことがあります。コマドリ、ヒバリ、ミソサザイ、ヒナギク、タンポポ。すっかり同じというわけではないものの、同じ名で呼んでもかまわないくらい似ています。このように、この家のふたりの男たちのふるまいも、家のなかの物も、ほとんどヨーロッパと同じで、何から何まで物珍しい中国や日本に行くのとは全くちがいました。ところが、その点で、すぐ驚かされたのは、彼らの道具がとても稚拙で、五、六〇〇年は今のヨーロッパより遅れていることでした。ただ、これも、イタリアの多くの村々で経験することです。

朝食を食べながら、そのあいだずっと、彼らはどういう部族なのだろうと考えていました。すると、すぐにある思いがひらめき、興奮のあまり頬が真っ赤になりました。旧約聖書に記されたイスラエルの失われた一〇部族ということはあり得るだろうか。わたしの祖父も父も、彼らは今でも知られざる土地に生きていてパレスチナへの帰還を心待ちにしているのだ、と話していました。もしかしたら、神は彼らを改宗させる手立てとして、このわたしを選んだのかもしれない。ああ、なんということ！　わたしは手にもった串を下に置き、さっと彼らを見まわしました。ユダヤ人らしいところはまったくありません。鼻はあきらかにギリシャ人風だし、唇も厚いものの

ユダヤ人のタイプではない。

さて、どう答えを出したものか？　わたしはギリシャ語もヘブライ語もできませんし、ここで話される言語が分かるようになったとしても、これら二言語との共通性云々ということは分からないでしょう。まだ着いたばかりで彼らの習慣に詳しくはないのですが、信心深い人たちという印象は受けません。しかし、それはよく分かる話です。というのは、この一〇部族はいつもひどく信仰をおろそかにしていたのです。しかし、わたしには彼らを変えることができないのでしょうか。イスラエルの失われた一〇部族に、彼らが忘れていた唯一の真実を思い出させられたら――これこそ、とこしえの名誉と栄光ではないでしょうか！　そう考えると、心臓の鼓動が速く激しくなります。来世において、どんなに高い地位に就けることか。いやこの世でさえ！　こんなチャンスを無駄にするのは愚の骨頂だ！　イエスの使徒たちと並ぶ、とまではいかないが、彼らに次ぐ地位を、小預言者よりはぜったいに上位の、もしかしたら、モーゼとイザヤは除くとしても、旧約の諸書の作者よりも高位の席をさずかるかも。それなりに成功が見込めるのなら、一片の躊躇なく、この未来の栄光のためにあらゆる犠牲をはらいたい。これまでもずっと宣教師の努力に強く共鳴してきましたし、ときには、彼らの活動を支援して貧者の一灯を寄進したこともありました。しかし、自分で宣教師になろうと思ったことは一度もなく、彼らへの気持ちを正確に記すと、好きというよりは偉いと思う、羨望まじりの敬意と称賛です。それでも、ここの住人たちがイスラエルの失われた一〇部族だとなると、話はまったく違ってきます。みすみす取り逃がすにはあまりにも貴重な機会で、もし彼らが失われた人たちであることを示すに十分な兆候が

確認できたら、ぜったいに改宗させてやろうと心に決めました。

ところで、本書の冒頭で述べたのは、この発見のことなのです。時間が経てば経つほど、この最初の思いに対する自信が深まりました。数か月ほどはまだ確信できなかったのですが、今はもう迷いません。

朝食を食べおわると、家の者たちが近づいてきて、「一緒に行ってもらうよ」と言うかのように、入国ルートになる渓谷を指さします。と同時に、わたしの腕をつかんで「連行」の気配をただよわせますが、暴力を行使はしません。わたしは笑って、谷のほうを示しながら手刀でのどを掻っ切るしぐさを見せ、そこに着いたら殺されるのではないかと恐れていると伝えました。すぐにその意味を察した彼らは、強く首を振って、危険のないことを示します。わたしはほっとしました。三〇分後には荷づくりを終え、「さあ行こう」と気合十分です。ぐっすり眠って美味しいものを食べたので、元気になったのです。希望と好奇心は、この尋常ならざる事態にまさにぎりぎりの所まで高まりました。

しかし、興奮は醒めはじめてもいました。結局、「失われた一〇部族」ではないかもしれないと思ったりもして、そうなると、人口もあふれんばかりに多いこの国では、すでに開発しやすい資源の開発は終わってしまっているだろうから、危険を冒し苦労を重ねてたどり着いたにもかかわらず、ここで金もうけをするのはほとんど絶望的な状況です。それに、いったい、どう戻ったらいいのでしょう。とても親切な人たちでしたが、「わたしを捕まえたからにはもう逃がさない」といった気配も彼らにはあったのです。

第七章　第一印象

　わたしたちは、アルプス風の山道を四マイルほど、時に氷河を水源とする渓流が眼下何百フィートをごうごうと流れている上を、時にその渓流のほとんど横を、歩いてゆきました。秋も大いに深まり寒い朝で、霧もすこし出ていました。松に似てはいるもののイチイでしょうか、森を何度か抜けました。時折、道端に祠《ほこら》があって、たいへん美しい像が祀られています。男神あり、女神あり、美と力と若さの頂点を示すものあり、実に重厚な成熟期や老年期を迎えたものありです。同行の者たちはかならず頭を下げて通りすぎます。ぬきんでた個人的美点、というか個体美を表する以上の目的をもたない像を人びとが拝みたてまつるのを見てショックを受けましたが、驚いたり顔をしかめたりしないように気をつけます。今のわたしは「人に合わせて振るまい」なさいというパウロの教えを忘れてはいけないのです。そのような祠のひとつを通りすぎてすぐ、突然、霧のなかから集落が現れました。好奇や敵意の対象になるのではないかとあわてましたが大丈夫でした。同行の者たちは道で出会った多くの村人に話して、相手も大いに驚いた様子を見せたも

のの、同行者はこのあたりでよく知られており、相手も自然体で礼節を知る人びとだったので、困る事はおきませんでした。それでも、じろじろ見合ってしまいました。ここで、その後の体験からも導かれたわたしの結論を前もって言ってしまってもいいでしょう。つまり、彼らはたくさんの欠点をもち、多くの事柄に対して極端なまでに奇矯な考え方をしたにもかかわらず、わたしが出会った人間のなかで、もっとも育ちのよい人たちでした。

村落は朝に発った村と同じ作りで、ただ、もっと大きかったです。道は狭く舗装もされていませんでしたが、それでもずいぶんきれいでした。ブドウの木のある家の多くには、ボトルとグラスが描かれた看板が出ていて、ほっとします。この岩棚の村にもわずかながら小さな店があり、商店風の匂いはほとんどしないのですが、それなりに根づき、息づいています。こんな感じで、すべてを大ざっぱにヨーロッパ系とまとめることができます。細部はちがっています。祖国同様、窓に子ども用に大麦糖と砂糖菓子を入れた瓶があるのを見て、笑みがこぼれましたが、大麦糖はねじり棒の形ではなく、板状で青く着色されています。より立派な家にはガラスがたくさんあります。

最後に申しあげておきたいのは、人びとの体が、他の土地とは比べものにならないくらい、奇跡的に美しいことです。女性はきびきびとしていて、胸を張って闊歩します。肩から頭にかけての線の優美さは言語を絶しています。顔の造作も申し分なく、まぶたもまつ毛も耳もほとんど非の打ちどころのない完成度です。肌の色はイタリア絵画の傑作に比肩して、とても透きとおった小麦色の上に健康の象徴のようなかがやく赤みがさしています。表情は女神のようでした。とて

も困った風に半ば口を開けて恥ずかしそうに一瞥されると、改宗させようなどという考えは吹き飛んでしまい、ずっと生き物めいた感情にとって代わられます。一人また一人と見ていくうちに、会う女性、会う女性が世界で一番美しい気がしてきて、目がくらくらしました。中年女性も美しさを失っておらず、小屋の戸口にいる白髪の老女にも、「威厳がある」とは言えないまでも、ある種の品位がそなわっています。

男たちも女性たちの美しさに負けてはいません。わたしも、これまでずっと美を愛でてはきましたが、これほどのかがやくばかりの美男子の前に立つと、まごつくばかりです。エジプトとギリシャとイタリアのハンサムの「いいとこどり」をしたようなタイプなのです。子どもたちもあふれんばかりにいっぱいいて、みな並外れて陽気です。やはり並外れて美しいのは言うまでもありません。そのことを身ぶり手ぶりで同行者に伝えると、とても喜んでくれました。そして、彼ら彼女らは、自分たちの美貌に誇りをいだいているようでした。もっとも貧しそうな人たちでさえ――お金持ち風の人はいなかったのですが――きちんと身だしなみに気をくばっていました。さて、住人たちの服飾については、とても奇妙に感じた数多の点も含めて、際限なく書けるのですが、ここでそうするのは控えておきましょう。

村をあとにすると、霧が上がってゆき、雪山とそのまわりの支脈の壮麗な光景が広がります。前には、昨日の夕刻、一望した大平原が時折ちらりと見えます。耕作地が多く、岩棚にも栗やクルミやリンゴの木が植えられており、今はリンゴが実りつつあります。ヤギがたくさんいて、川ぞいの湿原には黒い小型の牛みたいな家畜がいました。川幅が急に広がって、山すそが退いた後

の広くなった平地のあいだを流れています。丸鼻で巨大な尻尾の羊を数匹見かけました。犬も、とてもイギリス風なのが、わんさかいます。しかし、ネコは見かけず、知られてもいません。代わりに、小さいテリアみたいな動物がうろちょろしています。

出発から四時間ほど歩き、さらに二、三の村を通過すると、かなり大きい町に着きました。案内役の同行者がしきりに何かを伝えようとしますが、わたしには、危険の心配がないこと以外は、さっぱり分かりません。町の詳細は省いて、イタリア・スイス国境周辺のイタリア語圏の町ドモドッソラやファイードを想像してほしいとだけ申し上げておきましょう。そして、わたしは治安判事長の前に連れていかれ、彼の命により、ふたりの男と一緒にアパートの一室に収容されたのでした。ふたりはここではじめて出会う、ハンサムでも健康そうでもない連中でした。ひとりは明らかに体調をくずしていて、懸命に抑えていたものの時折こらえきれずに咳きこんでしまいます。もうひとりも青ざめた顔で具合が悪そうでしたが、信じられないほど無口で、どういう病気か分かりません。ふたりとも、よその国から来たらしいわたしを見てびっくりした様子ですが、近づいてきて話しかけこちらの正体をたしかめるほどの元気がありません。まず、ふたりの名前が呼ばれて、そのおよそ一五分後に、わたしも一緒に来るように言われたので、すこしびくびくしましたが、それ以上に興味津々の気持ちで、ついてゆきました。

治安判事長はあごひげをはやした白髪のとても賢そうな顔つきの男で、たいへん立派です。わたしのことを頭のてっぺんから足の先まで、上から下へ、それから下から上へ、眺めまわしました。およそ五分がんばっても、何も分からないようです。そこで、とうとう、端的に訊くことに

します。どうも「きみは何者だ?」と訊かれたようです。わたしは英語で、落ち着きはらって、まるで彼に伝わるかのように話し、できるだけ自然体でいるよう心がけました。彼は困りきった様子で出てゆくと、とてもよく似た風采の男ふたりを連れて戻ってきました。それから、わたしを奥の部屋に連れてゆき、彼の監視の下で、このふたりがわたしの服を脱がしました。脈をはかり、舌を見、胸の音を聞いたあと、体じゅうの筋肉を触ってたしかめました。ひとつの検査が終わるごとに判事長のほうを見て、わたしの健康を確認するかのようにうなずき、とても感じのいい口調でなにか言います。おそらく目の充血の有無を調べるためでしょう、両方の下まぶたをひっぱり下げられましたが、大丈夫でした。やっと検査が終わりました。わたしがきわめて健康であるばかりかとても頑健であることも分かったようです。それから、わたしに向けた老判事長のスピーチが五分ばかり続いて、他のふたりは大したものだととても感心しているようですが、わたしにはさっぱり分かりません。スピーチが終わるとすぐ、彼らはわたしの荷とポケットの中味のチェックをはじめました。お金はもっていませんし、彼らが欲しそうなものも、わたしが失いたくないものもないので、気楽な気持ちでいました。しかし、じきに分かるのですが、わたしは思い違いをしていたのです。

彼らもはじめは調子よく進めていました。タバコのパイプを見つけて、使って見せてくれとせがむので、そうしてやりました。びっくりしてはいましたが不快感はなく、タバコの匂いを気に入った様子です。しかし、そのあとで、内ポケットに入れておいて自分でも忘れてしまっていた懐中時計が見つかりました。手に取るやいなや、彼らの表情がくもります。蓋を開けて動かして

みろと指示されて、そうして見せると、眉根を寄せてとても嫌そうにしています。いったい何がそんなに不快なのか見当さえつけられず、とても不安になりました。

彼らがはじめに時計を見つけたとき、「未開人は懐中時計を見るとすぐにその設計者（訳注　神）がいると結論する」というペイリー大主教（訳注　一八〇〇年前後に活躍し、『自然神学』の著者として知られる英聖職者・哲学者ウィリアム・ペイリーのこと）の言葉を思い出していました。ここの人たちは未開人ではないものの、やはり、そういう結論に行きつくのだろうと思いこみました。ペイリー大主教はほんとうに頭のいい人だと感心していると、判事長の顔に恐怖と狼狽の表情がうかんでいるのを見て、はっとしました。彼は、時計の「設計者」云々というのではなくて、時計自体を、判事長本人を含むこの宇宙の設計者（訳注　神）であるように、あるいは万物の第一原因のひとつと捉えている様子です。

すると、「たしかにヨーロッパ文明を知らない人間が時計を見たときに、そう考えるのも無理はない」気がしてきて、わたしにとんでもない思い違いをさせたペイリーにすこし腹が立ちました。それでも、じきに分かってきたのは、判事長の表情の意味をわたしが誤解してしまったということです。それは恐れではなく憎しみの感情だったのです。彼は厳しく深刻な口調で、二、三分、わたしに語りかけました。そして、自分の話が通じていないことが分かると、廊下をいくつか通って、大きな部屋に連れていきました。あとから分かったのですが、着いたのは町の博物館で、そこで見た情景にわたしはかつてないほど驚く羽目になります。

ありうるかぎりの珍品を収納したケースで部屋はあふれています。たとえば骨格、剝製、石の

彫像――そのいくつかは、あの峠で見たものに似た、しかしそれより小ぶりのもの――がありましたが、部屋のほとんどはありとあらゆるタイプの機械で占められていて、しかも壊れています。大きな機械は一個のケースをまるまる占有して、わたしには読めない文字の書かれた札が付いています。蒸気機関車のさまざまな破片がすべて壊れ錆びついてあります。シリンダーとピストン、壊れたフライホイール、その横の床に置かれたクランクの一部など。老朽化した客車もあり、車輪は錆びついてボロボロですが、かつては線路を走っていたことが分かります。なんと、ヨーロッパ文明最先端の発明品の数々がそろっています。それらの断片がすべて数百年前に作られたような状態で、後学のためというより珍品として置かれています。繰り返しますが、みんな、傷つき、壊れています。

次から次へ、陳列ケースを通りすぎてゆくと、最後に置時計や掛時計がいくつかありました。古い懐中時計も二、三交じっています。すると、判事長が足を止め、ケースを開けて、そこにある時計とわたしの時計を見比べます。作りはちがうものの、あきらかに同じタイプの時計です。判事長は、わたしのほうを向いて、何度も何度もケースの時計とわたしの時計を指さしながら、厳しく怒った口調で説教します。わたしが手ぶり身ぶりで「自分の時計もあなたに渡すから、このケースに入れたらどうか」と伝えて、やっと怒りがおさまり、落ち着いてきました。わたしは英語で――口調と物腰が言いたいことを伝えてくれることを信じて――「持ちこみ禁止の品をもっていてほんとうに申し訳ありません。正規の関税を逃れる意図はなかったのです。わたしの時計を差し出すことで、知らずに法を犯したことの償いになるのであれば、喜んでそうします」と

言いました。彼はすぐにおだやかになって、口調も優しくなりました。わたしに罪を犯す意図がなかったことが分かったのでしょう。しかし、彼の態度が変わった一番の原因は、わたしが彼にきちんと敬意を表しながらも、彼を恐れるそぶりを見せなかったことだと思います。それから、彼も他のみんなと同じく身ぶりで示していたのですが、わたしが金髪で色白だったこともよかったのだと思います。

金髪はここでは大変珍しく、その持ち主は大いに讃えられ羨ましがられることがあとで分かりました。それはともかく、わたしの懐中時計は没収されましたが、そのおかげで仲直りもできて、身体検査を受けた部屋に戻されました。そこでまた判事長にひと演説ぶたれ、すぐ近くの建物に移されることになりました。町の普通の監獄だったのですが、ほかの囚人とは隔離された一室を与えられました。ベッド、テーブル、椅子、暖炉、洗面台がありました。入ってきたドアのほかにもう一つ、バルコニーに出られるドアがあり、そこから行ける階段を下りると、壁に囲まれたある程度広い庭に出ました。わたしを連れてきた男が身ぶりで、階段を下りて好きなときに庭を散歩するのはかまわないと伝えてくれました。それから、なにか食べるものを持ってくるとも。自分の毛布と毛布にくるんであったいくつかの所持品はそのまま持っていることも許されましたが、それでも、自分が囚人になったことは疑いをいれません。ここにいつまでいるかもまったく分かりません。男は去ってゆきました。

その時はじめて、すっかり気弱になりました。すっからかんの状態で、習慣も言葉も知らず友だちもいない外国で、監獄に入れられたのです。自分とはほとんど共通点のない人たちの手中に落ちたのです。それでも、わたしは、このとびきり困難で複雑な事態に魅せられてもいて、ここの人びとに大いなる興味をいだかずにいられませんでした。今見た古い機械でいっぱいのあの部屋の意味は、わたしの懐中時計を見たときの判事長の怒りの意味は、いったい何だったのでしょうか。今のこの国では機械は無いにひとしいのです。ここに来てからまだ一日も経っていないのに、何度も何度もその現実を目の当たりにしました。機械化という点では、今はせいぜいヨーロッパの一二、一三世紀程度なのに、かつてはわれわれの最先端の発明品のことも知り尽くしていたようなのです。昔はそれほど進んでいた文明が、いったいどうしてここまで遅れてしまったのでしょうか。無知が原因でないのは明らかです。彼らはわたしの時計を見て、それが時計だと分かりました。壊れた機械に説明文を付してきちんと保存してあるということは、彼らが自分たち

の文明の昔の姿を忘れていないということです。考えれば考えるほど分からなくなります。それでも、ようやく、石炭や鉄を掘りつくして涸渇または涸渇同然になり金属の使用は王侯貴族の一部しか許されないようになったのだろう、と結論づけてみました。それ以外、思いつきませんでした。あとになって、それがまったく的外れだったことが分かるのですが、そのときは、これに違いないとかなり自信がありました。

この結論にたどり着いてから四、五分以上経っていなかったと思いますが、ドアが開くと、トレーをもった若い女性が入ってきて、たいへん食欲をそそる夕食の匂いがあたりに立ちこめました。テーブルの上にクロスを敷き、その上に美味しそうな料理を置く彼女に見惚れてしまいます。その姿に大いに慰められて、すでに事態がぐんと良くなった気分です。二〇歳を超えてはいないと思います。平均よりかなり高い背で、動きはきびきびとして力強いのですが、顔つきは可憐としか言いようがありません。ぽってりと厚くかわいらしい唇、深いハシバミ色の目は、長くそりかえったまつ毛に縁取られていました。髪は額のところから編みこんでいます。肌の色、肌理《きめ》は、美神のようです。がっしりした体つきですが、それが完璧な女性美と調和していて、矩《のり》を超えていません。手や足先は、彫刻家のモデルにもなれると思います。シチューをテーブルの上に置くと、あわれみの視線をこちらにちらりと投げて、出てゆきました。そのあわれみが育って好意に成ってくれればいいのですが。彼女がボトルとグラスを持って戻ってくると、わたしはベッドに座って、手で顔をおおい、絶望のどん底に落ちた、ふりをしました。指のあいだから彼女の様子をうかがっていると、また部屋を出てゆきます。わたしへのあわれみの情がぐっと増えたにちが

いありません。彼女の視線がなくなると、わたしはもそもそと動きだして、夕食を食べました。とても美味しかったです。

一時間ぐらいして、娘がお皿を取りに戻ってきました。一緒に腰に大きな鍵束を下げた男がついてきました。振るまいを見ていると、看守です。あとで分かったのですが、看守は食事を持ってきてくれた美しい娘の父親でした。わたしはふりをするのが抜きんでて得意というひどい偽善者ではありませんから、どんなに努力しても、この状況下で絶望の淵に落ちたふりをつづけるのは無理です。すでに気持ちは立ち直っていて、看守とその娘と一緒にいると、とても愉快な気分になります。ふたりの心づかいに礼を述べると、言葉が分からないながらも、互いに見合って、吹き出して、ぺちゃくちゃしゃべっています。父が冗談を言ったようです。娘はほがらかに笑って走り去りました。残された父が皿を片付けます。それから、もうひとり、男がやってきました。こちらはあまり魅力的ではありません。自分が偉いと思っているようで、こちらを見下すように接してきます。本を一冊かかえていて、ペンも紙も持ってきています。すべて、とても英国風ではあるのですが、それでも、ペンもインクも紙も印刷も装丁も、われわれのものとすっかり同じわけではありません。

ここの言葉を教えてやるから早速はじめよう、とのことです。とても嬉しかったです。意思疎通ができるようになればその分居心地が良くなるでしょうし、当局がわたしに対して厳しい処置を考えているのであれば言葉を教えようとは思わないでしょう。すぐに学習開始です。部屋にあるものの語を全部覚え、数詞と人称代名詞を学びました。残念ながら、これまで至るところに感

じていたヨーロッパとの類似性は、言語的には見つかりません。ここの言葉は、これまでわたしがほんの片言でも学んだことのあるいかなる言葉とも似ていません。もしかしたらヘブライ語でも学んでいるのかもしれないと思いました。

ここからは、詳しく話すのをやめておきます。というのは、一本調子な生活がはじまったからです。看守の娘イラムがいなかったら退屈したことでしょう。イラムはわたしをとても好いてくれて、これ以上ないくらい優しく接してくれました。言葉を教えてくれる男も毎日来るのですが、ほんとうに辞書と文法書の役目をはたしてくれたのはイラムです。彼女にいろいろ質問しながらおしゃべりすることで、わたしは驚異的な進歩を見せました。一か月後には、脇で話しているイラムと彼女の父親との会話の多くが分かるようになりました。教師の男もわたしの進歩にとても満足して、当局に好意的な報告をしておくと言ってくれました。そこで彼に「これから、どのような境遇がわたしを待ち受けているのだろうか」と訊きました。彼が答えるには「きみが来て国じゅう大さわぎになっている。このまま厳しい監視下の留置がつづくが、追って政府の沙汰もあるだろう」とのことでした。「懐中時計を所持していたことだけがまずかったな」と言い添えます。理由をたずねると、えんえんと説明してくれたのですが、わたしの今の不十分な語学力では何のことやらさっぱり分からず、ただ、それは凶悪犯罪であり、わたしの聞きちがいでなければ、「発疹チフスにかかる」のと同じくらい重罪であるとのことでした。「でも、金髪だったから助かったんだよ」とも言っていました。

庭を歩くことは許されていて、そこに高い塀があるので、素手を使った壁打ちテニスのような

ボール遊びを考えだして、相手がいないのは馬鹿らしくもあるものの、監獄にいるストレスを紛らわせました。そうこうするうちに、町の人たち、近所の人たちが看守に近づいて、わたしに会わせてくれとせがむようになり、看守もいい謝礼をもらって、わたしとの面会を許すようになりました。みんな親切にしてくれました。やりすぎの感もあって、名士あつかいされるのは嫌でした。とくにご婦人方が優しかったのですが、彼女たちはイラムに気をつけなければなりませんでした。イラムは若い上に嫉妬ぶかい質で、わたしに婦人の訪問があると、するどく監視の目を光らせます。それでも、わたしは、イラムにはとても惹かれていましたし、わたしの生活の快なる部分のほぼすべては彼女のおかげだったので、イラムを怒らせないように細心の注意をはらって、わたしたちはとてもいい友人でいつづけました。男たちはずっと控えめで、女たちに一緒に来るよう言われなければ、自分たちの意思で近寄ってくることはなかったでしょう。わたしは、ここの人たちのりっぱな風采とおだやかで美しい物腰には心うたれました。

出される食事は質素なものでしたが、変化があり、かつ健康的でした。赤ワインがすばらしい味です。庭で見つけた一種の草を積み重ねて発酵させ、乾かしてタバコの代わりにしました。イラムがいて、語学の勉強があり、訪問者も来て、さらに庭での壁打ちやら、代替タバコの喫煙やらで、加えて睡眠もとったので、思ったよりも快適に、そして思ったよりも速く、時間がすぎてゆきました。それから、それなりに腕に覚えはあったので、小さな横笛を作って、ときどき、オペラの一節やら、「オー・ウェア、オー・ウェア」(訳注　一九世紀の童謡)や「埴生の宿《ホーム・スウィート・ホーム》」などを吹いて楽しみました。これがとても役に立ちました。というのは、この国の人たちは全音

階を聞いたことがなく、われわれのだれもが知っているようなメロディを聞いても、腰をぬかすほど感嘆するのです。彼らにせがまれ、歌うこともよくありました。「ウィルキンス・アンド・ヒズ・ダイナ」（訳注　正しくは、「ウィリアム・アンド・ダイナ」という民謡があり、そのパロディとして一九世紀半ばの流行歌「ヴィリキンス・アンド・ヒズ・ダイナ」がある）、「ビリー・テイラー」、「ネズミ捕り屋の娘《ラットキャッチャーズ・ドーター》」（訳注　いずれもイギリスの民謡）の類《たぐい》の曲を覚えているかぎり歌ってやると、いつもイラムの目がうるみました。

手帳に印をつけて曜日を数えていたのですが、日曜日には聖歌と讃美歌のメロディしか――歌詞は残念ながら忘れました――歌わないのですが、一度か二度その話を彼らとしたことがあります。彼らは宗教的感情をまったく、あるいは、ほとんど持ち合わせません。聖なる安息日という制度を耳にしたことさえなく、わたしが日曜に歌わないのは七日ごとに気分が落ちこむからだと考えていました。それでも、とても寛容で、「ときどきふさぎこむのは仕方ないわよねえ」と優しく言ってくれたご婦人もいました。「でも、もっとひどくなったら、相談しに行くといいわ」とも言われ、わたしは当たり前のように肯いてみせたのですが、じつは意味がよく分かりませんでした。

イラムに理解しがたい冷たい仕打ちをうけたことが一度だけあります。というか、そのときはそう感じたのですが、こんな話です。庭での壁打ちで体がほてって、深秋の寒い日にもかかわらず、この海抜三〇〇〇フィートは下らないコールド・ハーバー（この監獄のある町の名を英訳するとこうなります）の町で、ベストも上着も着ずにいたのです。すると、外気のなかで休みを長

くとりすぎて、急に体が冷えてしまいました。翌日は、ひどい風邪で、ぐったりしていました。風邪気味になることさえめったにない丈夫な質なので、たまにはイラムに甘やかしてもらおうと思い、無理して元気なふりをすることをしませんでした。いや、それどころか、わたしは自分を病人扱いにするということでは最悪の選択をしてしまったのです。朝食を運んできたイラムに、わたしはなさけなさそうに「体調が悪いんだ」とこぼして、故郷の母や姉妹がしてくれるような同情心あふれるご機嫌とりを期待しました。ところが、イラムの反応はまったくちがいました。急にカッとなって、「いったいどういう意味なの。自分が置かれた立場もわきまえずに、そんな無礼なことを口にして。お父さんに報告したいけど、そうしたら、あなたがどんなひどい目に遭うことか」と言います。彼女はムッとして、それからキッと口を結び、怒りをあらわにしたので、わたしは風邪のことなどその場で忘れてしまって、「それなら、どうぞどうぞ、ぜひお父さまにおっしゃったらどうですか。あなたに何かから守っていただいているなんて存じませんでした」と返しました。それでも、ありったけの辛辣な言葉を吐いたあとで、すぐに落ち着いて、「ぼくのしたことのどこが悪かったの。言ってくれたら、かならず直すから」と言うと、彼女も、わたしが何も知らずに悪気なくやったのだと気がつきました。それで分かってきたのは、ここエレホン国では、どんな病気にかかるのもたいへん不道徳かつ重罪だということです。「だから風邪をひいただけで裁判にかけられ、ずいぶん長く投獄されることだってあるのよ」と言います。わたしは驚きのあまり茫然として口がきけませんでした。

自分の不十分な語学力の許すかぎりにおいてさらに詳しく説明を聞くと、不健康についての彼

ご尽力のたまものです。難しいところの教え方がほんとうにすばらしいので」と返すと、とても
が「きみの進歩には腰をぬかすほど驚いている」と言ったので、わたしは気をつかって「先生の
るようになりましたし、言いたいこともそれなりにすらすら言えるようになりました。教師の男
　また一か月があっという間に経って、語学力は長足の進歩をとげ、言われたことはすべて分か
た。しかし、看守に会う機会はめったになく、イラムと話すときは大体ほかの話をしていました。
い向こう側にはだれがいるのだろうと思うことはよくあって、今度看守に訊いてみるつもりでし
としていると誤解されると厄介ですから、よじ登ってたしかめることはしていませんが、いった
の向こう側から咳やうめき声がよく聞こえてくるのです。高い壁で、看守に見られて脱獄しよう
歩や壁打ちをして遊ぶ庭の壁をへだてた向こうの庭が彼らの運動場になっているのでしょう。壁
働つき懲役刑となったようです。今もわたしのいるこの監獄で罪をつぐなっていて、わたしが散
に会った判事の前で一緒に調べられたふたりの男は、どうも不健康の罪で捕えられ、長期の重労
　この小さな事件がきっかけで、これまで謎だったことがだいぶ分かってきました。入国した日
朝にはすっかりよくなっていました。こんなに早く風邪が治ったことは記憶のかぎりありません。
寝つく前にこっそりと熱い蒸留酒のお湯割りとたくさんの毛布を持ってきてくれて、わたしも翌
のかをここで話すことは控え、ただ仲直りできたとだけ述べておきましょう。イラムはわたしが
にしていませんでした。だから、このときのイラムとわたしのあいだでどんなやりとりがあった
せんし、やがて知ることになるエレホン国民のさらなる驚天動地の思想的奇癖についても想像だ
女の考えがおぼろげながら分かってきました。それでも、すみずみまで理解したわけではありま

親しい友人になりました。

わたしに会いにくる人たちがさらに増えてきました。男でも女でも、シンプルで、てらいがなく、明るく温かく、なによりもとびきり美しい人たちがいて、とても嬉しく思いました。そこまで育ちはよくないものの、それでも美しくて好感のもてる人たちもいました。もっとも、なかには、ものすごい見栄っぱりもいました。

三か月目が終わるころに、看守と語学教師がそろってやって来て、政府から連絡があったとのことです。「素行良好にして理屈もそれなりに通る者であれば、かつ健康と活力に問題がなく、またほんとうの金髪碧眼で肌の色も白いならば、国王陛下および王妃殿下との謁見のため、ただちに都に送らるるべし。しかして、都到着の折には、無罪放免の身となり、しかるべき額の手当も給付されるべし」という内容です。語学教師が言うには、それに加えて、この国の大商人のひとりが招待状を送ってきて、彼の家に行けばそこで好きなだけ長いこと居候《いそうろう》できるとのことです。「すばらしい男だが、じつは×××にひどく苦しんでいて」と教師はつづけます。（「×××」のところを聞きのがしてしまったのですが、病的窃盗癖《クレプトマニア》よりもずっと長い単語です。）「それで最近になってやっと、真に痛ましい状況下で巨額の横領を行ない、そこから立ち直ったばかりなんだ。それでも、もうすっかりよくて、矯正師が言うには、「ほんとうにすばらしい回復ぶり」だそうだ。きみもきっと好きになると思う」

第九章　都へ

と言い残して、彼は社会的地位のありそうな人間から聞いたとは思えないその異様な言葉にわたしが驚愕の念を表するいとまを与えず、部屋を出ていってしまいました。わたしは、「真に痛ましい状況下で巨額の横領を行なった男の家に行ってこのわたしに居候になれだって！」と心のなかで叫びました。「そんなことするもんか！　この一番はじめの大事な時期に、すべてのきちんとした人から見て、自分の信用を台無しにするようなことを仕出かしたら、ここの人たちがイスラエルの失われた部族であれば、彼らを改宗させられなくなるし、そうでなければ、彼らを利用したお金もうけができなくなる！　そんなこと、ぜったいにするもんか」。そこで、次に彼に会ったときに、「先日のご提案ですが、とうてい受け入れがたく、なかったことにしてください」と話しました。「学校で学んだこと、両親に教えられたこと、そして、ある程度は生まれもった直観に照らして、わたしはお金に関して汚いことをするのが心底嫌なんです。フェアに働いて稼いだお金を大事にすることにおいては、他のだれにも引けを取りませんが」

するとき彼はすっかり驚いてしまって、そんなに片意地張ってかたくなに断るのはとても愚かな振るまいだよと諭します。そして、こうつづけます。

「ノスニボーさんの資産はすくなくとも五〇万「馬力」ある。（ここでは人の財産を計るのに、その資産によって産み出されるフィートポンド数（訳注　一ポンドの重さの物を一フィート動かす仕事量の単位）を用いるのですが、それは大体「馬力」と同じくらいになります。）供される食事もじつに豪勢だ。それに加えて、娘さんふたりはエレホン国で一、二をあらそう絶世の美女なんだよ」

聞き終えて、白状するとわたしは大いに動揺しました。「それで、彼の上流社会での評判はよろしいのですか？」と訊いてみます。

「もちろん」という答えが返ってきます。「この国一番の評判だ」

それから、「きみの反応を見ていると、まるで、ノスニボーさんが黄疸か肋膜炎を患っているか全般的に不運なため、感染を恐れているかのようだ」と言われます。

「感染が怖いのではありません」いらいらと答えました。「自分の評判を大切にしたいのです。他人のお金を横領した人間とはぜったい知りあいたくありません。病気とか貧乏とかなら別の話ですが……」

すると、男は目をまんまるにして、わたしの話をさえぎりました。「病気とか貧乏とかなら別の話、だって！　きみは極悪人とつきあうのは構わないけど、横領しただけの人間とは楽しくつきあえないっていうのか。きみのことは理解できないね」

わたしは思わず叫びました。

「わたしだって貧乏です」

答えが返ってきます。

「たしかに。でも、それで重い罰を受けそうだったんだぞ。きみのことを話しあった会議では、ひどい懲罰を科すことに決まりかけたんだ。わたしに言わせれば、自業自得だがね」彼もカッカ来ていましたし、こちらも同様でした。「ところが、王妃殿下が大変興味をお示しになって、きみにとても会いたがってね。国王陛下にきみの恩赦を請うて、さらには、きみがすばらしく白い肌だというので年金を賜ることになった。国王陛下がきみの今のような発言を聞かなかったのはきみにとって運のいい話だ。聞かれたら恩赦も年金も取り消しだからね」

こういう言葉を聞きながら、わたしの心は沈んでゆきました。自分がきわめて難しい立場にあることを痛感します。この国の慣習に歯向かえば、極悪人になってしまいます。わたしは数分黙りこんだあとで、「横領した方にご招待いただいた件、よろこんでお受けいたします」と答えました——すると、語学教師の顔がぱっと明るくなって、「きみも話が分かるじゃないか」と言われました。しかし、居場所のない心地がしました。彼が部屋を出てゆくと、今の会話をじっと考えてみましたが、やはり理解できません。思いもよらない偏った考え方です。自分と考え方のちがう人たちと密に付きあうのは耐えがたく、みじめです。ありとあらゆる雑念がおそいかかってきて、わたしは雇い主の小屋を思い、この無謀な冒険を最初に思いついた山腹のお気に入りの場所を思い出しました。この旅に出てから、もう何年も経ったような気がします!

命がけで峡谷を上ったこと、それからここにたどり着いたこと、チャウボクのことなどを思い出しました。彼は戻ってからどんな話をしているのでしょうか。たしかに戻ったのはチャウボクにとって正解でした。美貌どころか——ひどく醜い男ですから、ここではそれがとても不利に働いたことでしょう。日が暮れてきて、雨が窓にぱらぱらと当たりはじめます。船でイギリスを発って最初の三日間に船酔いに苦しんだとき以来、こんなに落ちこんだことはありません。座って鬱々ともの思いにふけっていると、イラムが明かりと夕食を持ってやって来ました。彼女も、かわいそうに、みじめな気持ちでいます。わたしの出発を聞いたからです。彼女は、わたしが監獄を出たあともずっとこの町にいるだろうと思いこんでしまっていたのです。そして——わたしはそんなことはすこしも仄めかさなかったのですが——わたしと結婚するつもりだったのではないでしょうか。語学教師との気が滅入るような奇妙な会話、友人がひとりもいないこと、イラムまで滅入っていることに、言いようもなく落ちこんでしまい、そのままベッドに行って、やがて眠りがおとずれるのを待ちました。

翌朝、目がさめると、ずっと良くなっていました。迎えの馬車が来て一一時ごろに出発予定とのことです。環境が変わると思うと心がはずんできて、涙にぬれたイラムの顔を見ても、さほど動揺しませんでした。それでも何度も何度も彼女にキスをして、「ぜったいにまた会おう。そのときまで、片時もあなたの親切を忘れません」と約束しました。上着のボタンふたつと髪の毛ひと房をさし出し、お返しに彼女の美しい頭の美しい巻き毛をもらいました。一〇〇回ぐらい「さよなら」を言いあうと、彼女のあふれんばかりの魅力と悲しみにかなり圧倒されそうになったも

のの、わが身を引きはがすようにして、階段を下りて、待機していた二輪馬車に乗りこみます。そのすべてが終わり、旅路の人となって、なんと有難かったでしょう。過ぎたことはいち早く忘れたいのです！　イラムもエレホン国人のだれかと結婚して、わたしのことなど忘れていてくれればいいのですが！

さて、長く退屈な旅がはじまります。できるだけ手短に片付けましょう。もっとも、ほとんどの時間、目隠しされていたので、あまりお話しすることもありません。毎朝、包帯のようなものを目の上に巻かれ、夜、宿に着いて、やっと解かれました。道そのものはよかったのですが、われわれはゆっくり進みました。馬車を引くのは一頭のみで、それが朝から晩まで、二時間の途中休憩をのぞくと、六時間ばかり頑張ってくれますが、平均して三〇から三五マイル以上は進まなかったと思います。馬は毎日変わりました。すでに述べたように、まわりを見ることはかないません。ただ、土地が平らなこと、何度か大きな川を渡し舟で渡ったことは分かりました。宿は清潔で快適でした。一、二の大都市ではずいぶん豪華な宿もあり、出される食事もみごとな料理で美味でした。どこにおいても、同じ鮮やかな美と健康と洗練に満ち満ちています。

わたしは注目の的でした。御者が言うには、待ちかまえる報道記者の目を避けるために秘密のルートをとり、時には回り道をしなくてはいけなかったそうです。毎晩、歓迎会が開かれて、同じことを繰りかえし訊かれて、同じ答えを何度も何度もするのにうんざりもしました。それでも、とても感じのいい物腰の人たちなので、怒りの感情はとても抱けません。彼らはけっしてわたしの体調を尋ねません。疲れを気にすることさえありません。最初の質問はほとんどいつも、わた

しの機嫌に関するものです。その幼稚さに非常に驚きましたが、じきに慣れました。寒い日があって、疲れていたこともあり、また同じことを言うのにあきあきしていたこともあって、質問した相手にすこしぶっきらぼうに答えたことがあります。「今はとても不機嫌で、自分に対しても他人に対してもこんなに虫の居所が悪いことはめったにないんですよ」と言いました。すると、びっくりしたことに、これ以上ないくらい優しい言葉をかけられました。しかも、「あの方はご機嫌が悪い」という情報が部屋中に広がると、人びとが寄ってきて、いい匂いのする物や美味しい物をくれます。そして、実際、効果もあったようで、じきに気分が良くなったのですが、すると、たちまち、「よかった、よかった」と一緒に喜んでくれます。翌朝には、私が泊まっている宿に召使をよこして砂糖菓子を届けさせた上に「ご機嫌すっかり直りましたか」と訊いてくる人も二、三人いました。いい贈り物をもらったことに味をしめて、毎晩不機嫌になろうかしら、と思ったくらいです。でも、尋ねられるのも慰められるのもわずらわしかったので、それに元々いつも上機嫌な質なので、結局、自然体が一番楽だと分かりました。

わたしのところに来た人びとのなかには、「屁理屈大学《コレッジ・オヴ・アンリーズン》」で教養教育を受け、その中心を成す「仮説学《ハイポセティックス》」の最高学位を得た者もいました。この種の紳士たちは卒業すると、矯正師、「音楽銀行《ミュージカル・バンクス》」の支店長や出納係、聖職者など、さまざまな職業につき、大学での学びを活かして、この国の至るところに文化と教養の種をまいています。もちろんわたしは彼らに、この国に来てこれまで理解できずにいるたくさんの事柄について質問しました。この国にたどり着く前にあの高地の峠で出会った彫像の意味と目的を尋ねると、「あれは大昔のもので同じような彫像群

が他にもいくつかあるものの、あなたが見たものが一番すごいです」と教えてくれました。元々、病気と奇形を司る神の怒りをしずめるという宗教的な目的があり、そのころは大山脈を越えてチャウボクの部族のもっとも醜い者を捕らえてきて、生贄として神の御前にささげることで、病と醜悪さをエレホン人から遠ざけようとしていたとのことです。さらに、何百年も昔は、エレホン人の中で醜かったり健康でなかった人を生贄としてささげて範をしめすという風習があったが、それはさすがにひどいというので行われなくなったという噂が、教えてくれた人自身は嘘だと力説するのですが、あるようです。そして、今はあれらの彫像を信じて拝む人はいないとのことです。

わたしは好奇心にまかせて、今、チャウボクの部族の者が山を越えてエレホン国にやって来たらどうなるのか、と訊いてみました。すると、「もう長いことそういうことは起きてないので分からないけれども、彼らの醜さを考えれば行動の自由が認められるとは思えないものの、刑法で処罰されることはない。倫理的に非難されるという程度だろう。といっても、矯正師の手には負えないだろう。もしかしたら「処置なしのうんざり野郎」のための病院に入れられて、日に何時間も、互いの退屈さには我慢がならぬという国内の入院患者相手にうんざりさせられるという作業を強制されるかもしれないね。この国の「うんざり野郎」には自分たちの犠牲者が必要で、だから彼らが捕まったら、「うんざりさせられ屋」の仕事があてがわれるかもしれない」という答えが返ってきました。それを聞いて、ことによると、これが噂に発展して、チャウボクの部族のあいだで流布しているのかもしれないと思いました。彼のいかにも怖ろしげなもだえぶりは、単

に彫像の前で火あぶりにされる恐怖以上の何かを表していたからです。

古い機械をおさめた博物館のことと、芸術と科学と技術のすべてが明らかに退歩した原因についても訊いてみました。およそ四〇〇年前には、彼らのテクノロジーはわれわれのそれをはるかに凌駕し、かつ猛烈なスピードで進化しつつあったのですが、「仮説学」の抜きんでて学のある教授のひとりが一冊の途方もない本を書いて、機械が最後には人間に取って代わり、動物が植物と異なるように、機械は動物と異なるだけでなく、動物よりも優れた生命力にあふれるようになる運命にあることを証したとのことです。この本の抜粋はあとで紹介します。彼の理屈あるいは屁理屈はあまりにも説得力があって、国じゅうが同意見になって、エレホン国では、使いはじめられてから二七一年以上経たない機械はきれいさっぱり廃棄処分になりました。（二七一という数字は妥協に次ぐ妥協ののちの落としどころでした。）そして、機械のさらなる改良や発明を厳しく禁じて、この禁を破った者は最悪の犯罪と見なされる発疹チフスを発症したがゆえの強制労働と同等の刑に処せられることになりました。

これは彼らが頭の病と肉体の病をごっちゃにしてしまった唯一の例ですが、彼らは法的な理屈をこねくりまわしてそれを正当化してしまいました。わたしは自分の懐中時計のことを思い出して不安になりましたが、この種の犯罪は今では根絶されているので、まったくのよそ者、とくにわたしのような善い「人格」――ここでは良い体格の者が善い「人格」の持ち主とされるのですが――と美しい金髪の者には、法も穏便に処してくれるだろうと言って慰められました。それに、わたしの時計はじつに珍しい逸品で、都の博物館の収集品に加えられるだろうから、さほど心配

には及ばないとも言われました。

これについては、「屁理屈大学」と『機械の書』を論じるときに、さらに詳述したいと思っています。

出発から一か月ほど経つと、都はもう間近だと言われました。もはや捕まらずに逃げ帰ることもできないだろうということで、目隠しをされることもなくなりました。それから、美しい街の通りをゆられながら楽しく過ぎて、ポプラ並木の広く平らな道に出ると、周囲からわずかに高くなっているその道がえんえんとつづきました。昔は線路だったのでしょう。その両側はほとんどすべて耕作地で、もうワイン用ブドウも含めて作物の取り入れは終わっていました。季節の変化では説明できないくらい急に寒くなってきたので、太陽とは反対の方角に、つまり、出発時と比べて赤道から何度か離れたのだなと思いました。それでも、作物の様子からは暑い気候であると分かるものの、人びとがだらっとしていることはありません。いや、むしろ、とても頑健な人たちで、大変な忍耐力をそなえています。全体として、これほど良い体格の人たちを見たことがありませんし、強い体をそなえているのと同じくらい気立ても良さそうだと身にしみて感じます。花の季節はほとんど過ぎていましたが、花がない代わりに、イタリアやフランスの桃、ナシ、イチジクに似た美味しい果物がたくさん実っていました。野生の獣は見ませんでしたが、ヨーロッパにいるような鳥がたくさんいて、ただ、山脈の向こう側ほど人慣れした感じはありません。ここでは火薬が知られて――あるいは使われて――いないので、石弓や矢を使って鳥を獲ります。

さて、都が近づいてきました。巨塔、要塞、そして宮殿のような高い建物が見えます。いった

いどういう扱いを受けるのか不安になってきましたが、今までとてもうまくやってきたので、これまでどおりの方針で行くことに決めました。つまり、とりあえずはイギリスにいるときとまったく同じように振る舞い、それで大失敗をしたということになったら、そのときは状況を見きわめられるまで口をつぐんでいよう、というものです。ますます都が近づいてきます。わたしの到着は都でもニュースになっていて、道の両側に集まった大群衆が興味津々、敬意にあふれた眼差しをこちらに送ってくるので、わたしは右に左にお礼のお辞儀をしつづけなければなりませんでした。

あと一マイルほどのところで、市長と何人かの市議会議員に出迎えられました。風格のある老人がいて、「あなたを自宅に招待しているのはこの方だ」と市長とおぼしき人に紹介されました。わたしは深々とお辞儀をして、「ほんとうにありがとうございます。ご厚意をたまわるのはこの上ない喜びです」と言いました。彼は「まあ、そのくらいで」とわたしの言葉をさえぎると、近くで待機中の馬車を指さし、なかの座席にお座りくださいと身ぶりで示しました。再度わたしは市長と市議会議員に深々とお辞儀をしてから、歓待役をつとめるこのセノジ・ノスニボー氏の馬車に乗って走り去りました。半マイルほど行くと、幹線道路から外れて、町の城壁ぞいを進みました。ちょうど郊外がはじまる小高い場所にお屋敷が建っていて、これがノスニボー氏のお屋敷でした。これ以上にすばらしい館を想像することはできません。近くに古い鉄道駅の壮麗かつ神さびた廃墟があり、家の庭園からその威風をおがめます。一〇から一二エーカーにおよぶ広さの敷地はひとつがもうひとつを見下ろす階段状の庭園となっていて、その傾斜に応じて幅広の階段

が上ったり下ったりしています。その階段には技巧のかぎりを尽くした彫像があります。彫像の横にはこれまで見たこともないさまざまな低木の枝であふれんばかりの花瓶が置かれています。階段の両側には糸杉やヒマラヤ杉の老木が何列か立ち並んでいて、木と木のあいだを草むす小道が走っています。さらに進むと、たわわに果実を実らせたとびきりのワイン用ブドウ園や果樹園があります。

中庭を通って家に入ります。庭のまわりを回廊がめぐっていて、古代都市ポンペイのように、そこからたくさんの部屋のなかに入れます。中庭には風呂と噴水があります。中庭を抜けて、二階建ての母屋にたどり着きました。部屋は大きく、天井も高く、はじめは家具が少なく、殺風景に見えるかもしれませんが、暑い国ではそうでない国よりも部屋をがらんとさせておくものです。それでも、時折ご婦人方がいい加減にごぉんごぉんと鳴らしまわる五、六台の青銅の大銅鑼《どら》がある大応接間を除けば、どの部屋にもグランドピアノの類の楽器がないのは寂しく感じます。大銅鑼もいい音がするというわけではありませんが、同じくらい不快な音楽は、それ以前にも、その後も、聞きました。

ノスニボー氏に案内されて広い部屋をいくつか通り抜けると、エレホン語を教えてくれた通訳の男から噂に聞いたあの奥方とふたりの娘の部屋にたどり着きます。ノスニボー夫人は年のころは四〇ほどで、まだ器量は衰えていませんが、とてもでっぷり太ってきていました。ふたりの娘は若さの盛りで、たとえようもない美しさです。アロウィーナという名の末娘のことがたちまち気に入りました。上の娘はお高くとまっているのに、妹の方はとても人好きのする物腰です。夫

人もこれ以上ないくらいきちんと優しく接してくれました。これで歓待されていると感じないのは、よほど神経質な恥ずかしがり屋くらいでしょう。ひととおりの紹介が終わるとすぐに召使が現れて、「となりの部屋で夕食の用意ができております」と告げます。ひどく空腹だった上に、料理が賞賛してもしきれないほどの美味しさでした。「すばらしい家に招かれた」とわたしが独りごちたのを、読者は意外に感じられるでしょうか。「あの人が横領の罪を犯しただなんて、まさか?」とひそかに思いました。「そんなこと、ありえない」

しかし、食事のあいだじゅう、ノスニボー氏は不安げでした。小さなパンとミルク以外、なにも食べません。食事が終わるころに、背の高い痩せた黒ひげの男がやって来ると、ノスニボー氏はじめ家族全員がうやうやしく挨拶します。彼はこの家の矯正師でした。ノスニボー氏がこの男と一緒にもうひとつの部屋に入っていってしばらくすると、悲鳴と泣き声が聞こえてきました。わが耳を疑いそうになったものの、二、三分聴いていると、たしかにノスニボー氏の声であることが分かります。

「かわいそうなパパ」落ち着いた様子で塩の瓶をとりながら、アロウィーナが言います。「ひどく苦しそうだわ」

「そうね」と夫人が答えます。「でも、これで危険は去ったわ」

すると、女性たちが、状況の詳細に加えて、矯正師がどんな治療を施しているのか、その治療がどれほどの効果をあげているのか、を話してくれました。そのすべては、また章を改めて、それも事実を伝えてくれた人たちの言葉そのものを記すのではなく、このことに関するエレホン的

世論の要約という形でお伝えしようと思います。それでも、ぜひ信じていただきたいのは、次の章でも、さらにそれにつづく章においても、わたしが可能なかぎりの努力をはらってできるかぎりの正確さを期したということです。この国の世論や慣習について、わたしが常にそのすべてを理解しているわけではないとしても、間違っていると分かって書いたことは一度だってありません。

　こういうことらしいのです。この国では、七〇歳前に、体調をくずしたり、病気になったり、あるいはそれ以外の意味でも体が弱くなったりすると、陪審員の前で裁判にかけられるのです。そして、有罪になると、もの笑いの種になり、かつ、その時々の事情で多少の差はあるものの、総じてきびしい判決が下されるのです。イギリス同様、重罪と軽罪の区別があり、どんな病気かによって細かく分類されています。重病の場合はきびしく裁かれ、それまでずっと健康だった人が六五を過ぎて目や耳が衰えたくらいだと、罰金あるいは罰金が払えない場合にかぎっての投獄程度に終わります。ところで、小切手を偽造したり、放火をしたり、強盗を働いたり、あるいはその他イギリスだったら犯罪と見なされることを行っても、この国では病院に連れていかれて、公費でねんごろな治療を受けるだけです。裕福な人であれば、われわれが自分の病気を人に話す調子で、「ひどい反道徳的発作におそわれちゃってさ」と友人たちに言い散らかすでしょう。すると、みんな、見舞いにやって来て、とても心配して、どうしてそんなことになったのか、初め

はどんな症状だったのかなどと親身に訊いてくれるので、当人はあっけらかんと全部答えることになります。というのは、悪行に対するエレホン人の態度は、われわれが病気に対して示すものと似ていて、当事者が大きな問題を抱えているのはまちがいないとしても、それをけしからんと非難することはなく、出生前あるいは出生後に起きた災難の結果であると考えるのです。

この話の奇妙な点は、反道徳的行為については性格とか環境の不幸のせいにするのに、イギリスではただただ同情と憐みの対象となるような事柄に関しては、不運だったという弁解を聞こうとしないことです。あらゆる不運な出来事、他人から受ける虐待や暴行でさえも、その話を聞くと人を落ち着かなくさせるというので、社会への罪と見なされます。だから、財産を失っても、頼っていた親友に死なれても、物理的な非行にほとんど劣らぬくらいきびしく罰せられることとなります。

われわれには理解しがたい考え方ではあるのですが、一九世紀のイギリスにも、それとちょっと似た考え方は少しばかりあります。たとえば、膿瘍《のうよう》ができると医者は「悪い」ものがたまっていますと言います。「病気」の意味で、腕が「悪い」とか、指が「悪い」とか、全部「悪い」といった言い方をします。イギリスの外に出ると、エレホン的な考えがもっと目立ってくるかもしれません。たとえば、イスラム教徒は今でも女性の囚人を病院に送りますし、ニュージーランドのマオリ族は何か悪いことが起きるとその当事者の家に押し入ってその人の持ち物すべてを破壊し燃やし尽くします。イタリア人は「ディズグラツィア」という語で不名誉と不運の両方を表します。あるイタリアのご婦人が若い友人のことを「あらゆる美徳をそなえている」と褒めたたえな

がら、「でも、運が悪かったのね《ボヴェロ・ディズグラツィアート》、彼、叔父さんを殺しちゃったのよ」と叫んだのを聞いたことがあります。

これを聞いたのは、子どものころに父に連れていかれたイタリアでのことですが、わたしがこの話をした相手の男は全然驚きを見せませんでした。彼の話では、とある町で、二、三年間ひいきにしていたとても美しく感じのいい若いシチリアの辻馬車の御者がいなくなったので、消息をたずねてみると、銃で父親を殺そうとして、服役中とのことでした。さいわい、父親の命は助かり、数年後には、その同じ快男児から明るく声をかけられたといいます。彼いわく「お久しぶりです、旦那さま！　五年ぶりになります。三年間、軍隊にいました。二年間、運の悪いことがありました」と叫んだそうです。つまり、服役していたことを「運の悪いこと」と表現するわけです。道徳的に悩んでいる様子は微塵もなく、今は父親ととても仲がいいようです。ずっとそんな風につづいてゆくのでしょう。また、「運の悪いこと」が起きて、かんかんになって相手を殺してやると思うことがないかぎりは。

次の章では、わたしたちなら不運とか逆境とか病とか呼ぶであろう事柄が、ここエレホン国ではどのように扱われるか、その例をいくつか、お示ししましょう。本章では、話を戻して、犯罪とわたしたちなら呼ぶであろう事件のエレホン国での取り扱いの説明をつづけます。繰り返しになりますが、その種の出来事は法的な処罰対象ではなく、「矯正が必要」な事案と見なされます。そこで「魂の施術」の訓練を受けた「矯正師」と呼ばれる者たちが登場するのです。「矯正師」というのは、「曲がっているものを真っ直ぐに戻す者」というエレホン語のできるかぎりの直訳

です。仕事のやり方はイギリスの医者に似ていて、往診に出かける度に、半ばこっそりと報酬を受け取ります。イギリスの医者同様、患者の家ではぞんぶんに歓待され、その指示には絶対服従です。要するに、手厚くもてなされるわけですが、それというのも、みんな、できるかぎり早くよくならないと困るし、また、どんなに「矯正師」の治療が痛くても、病気になった時に受ける世間のあざけりに比べればずっとましだと分かっているのです。

誤解しないでいただきたいのは、たとえば詐欺といった、わたしたちが犯罪と呼ぶであろうことをエレホン人が犯したからといって、それで世間との付き合いが難しくなることはない、という意味ではありません。わたしたちがお金がなかったり気分がよくなかったりする相手とはあまり会いたくなくなるのと同様、ここエレホン国でも、一緒にいて心地よくない人間からは友だちが離れてゆくのです。自分を大切にする者は、家柄、健康、資産、容姿、能力などにおいて自分より劣っている相手のことを、あまり思いやらないものです。運のいい者が、運の悪い人間、すくなくとも、あまり出会うことのない大きな不運に出会った人間に対して抱く嫌悪や憎悪の気持ちは、人でも獣でも生物の集団としては自然であるばかりか望ましいものです。

ですから、ここエレホン国で、病が非難されるようには犯罪は糾弾されないということがあるとしても、やはり、自己中心的なタイプの連中は、たとえば銀行強盗をしたような友人とは、彼からすっかり強盗癖が抜けるまでは、交友を避けてしまうのです。しかし、エレホン人は、身体の病を持つ人を「わたしだったら、そんなひどいことはしない」といった見下す調子で犯罪者扱いするみたいに、銀行強盗を断罪することは決してありません。だから、人びとは、ありとあら

た矯正師の話を聞くと、患者のほうも、病気のことはすべて分かってくれている気がして、とても安心するのです。実際、患者はほとんどの場合、その病名をききたがります。それから、病気のほうは自分のせいじゃないと思いたがるもので、聞くとかならずその者の問題点を命名できるという利点があり、そういった長々しい病名に通じはありますが、現場の治療には大いに役立っているようです。つまり、矯正師には、患者の話を彼らの体系というのがあって、それに従って分類もしています。わたしには理解できない代物でに、屁理屈大学で教授される「仮説語」の語彙を用いて名前をつけるということまでしています。情してもらいます。実際、矯正師は、これまで知られているあらゆる精神的不調のひとつひとつったり、まだ「不機嫌」がつづいていたりした場合は、すぐに正直にそう答えます。そして、同あの不機嫌からご快復のご様子で」といった挨拶になります。そして、もし「ご機嫌」じゃなかホン国の上流階級では許されません。「今朝は、ご機嫌なご様子で」とか「前回お会いした時のいうことになります。「お元気そうですね」といったよくあるお世辞を含んだ表現も、ここエレ

そこから、ここでは、「お元気ですか?」といった類のわたしたちのあいさつはとても失礼と

的状況を話すのにそれなりに気をつかってもいます。

状態を気にするのを隠したり話したりするのと同じように、たいていのエレホン人は自分の道徳な人たちもいることはいるのですが、やはりそれは例外的な存在です。わたしたちが自分の健康というか、実は結構いい性格なのに自分たちが邪悪だと神経質に考えてその様子がとびきり滑稽ということを、彼らの名誉のために言い添えておきましょう。実際、精神的に病むふりをしてるはずいぶんあけっぴろげなのです。といっても、精神的に最悪な状態の人間はさほど多くはないゆる嘘をつき、策を練って、病気をかくそうとする一方で、もっとも質の悪い精神疾患について

も安心するというわけです。

そんな状況なので、お分かりになると思いますが、だれにも嘘だと分かるような決まった言い訳を使って、病気に関する法律で罰せられないようにするという抜け道がしばしば使われます。その場合、聞き手が相手の嘘を分かっているような表情を顔にうかべることさえ、ひどく無礼なことと見なされます。たとえば、わたしがノスニボー家に着いた翌日か翌々日に、わたしに会いにやってきた大勢のご婦人の中に、「申し訳ありません。夫のほうは今朝市場でソックスを一足盗んでしまったので、名刺のみで失礼いたします」と言った人がいました。すでに、「けっしておどろいた表情を見せないでください」と注意されていたので、「それはお気の毒に」とだけ応えた後で、「まだエレホン国の都には来たばかりですが、わたしも思わず服のブラシを盗んでしまうところでした。これまでは何とか誘惑に負けないでいますが、また特別に欲しいものを見かけてしまったら、それが熱すぎてさわれないとか重すぎて運べないということがないかぎりは、わたしも残念ながら矯正師のお世話になってしまうかもしれません」とつづけました。

わたしが話す一言一句に聞き耳をたてていたノスニボー夫人には、そのご婦人が去ってから、とても褒められました。「この国のマナーでは、これ以上礼儀正しい心づかいはない」そうです。また、「ソックスを一足盗んでしまったので」とか、もっと口語的に「ソックスをやっちまったので」と言うのは、その人がちょっと体調をくずしているということの隠語のようなものだそうです。

そんなこともあるにはあるのですが、総じて、彼らは「元気」であることに起因する喜びにと

ても敏感な人たちです。気分がいいことも高く評価され、他人が上機嫌だととても喜んでくれます。そして、他の義務に反しないかぎりは、あらゆる手立てを用いて、上機嫌であろうとします。虚弱体質の家系と思われる者と婚姻関係をむすぶのは極端に嫌います。なにかひどく道に反することをしてしまった時はすぐに矯正師に来てもらいます。しでかしてしまいそうになった段階で来てもらうこともしばしばです。何週間も監禁されたり、きびしい拷問まがいのことをされたりと、治療がとびきり辛いものとなった場合でも、道理の分かったエレホン人が矯正師の指示を守らなかったという話は聞いたことがありません。道理の分かったイギリス人なら、身の凍るような内容でも医者から「必要です」と言われれば我慢して手術を受けるのと同じ話です。

イギリスでは、痛くされるのが嫌だというので、自分の具合を正直に医者に話さないという人間はひとりもいません。医者にどんな苦しいことを強いられても、歯をくいしばってそれに耐えます。病気になっても白い目で見られることはないし、医者は治すために全力を尽くしてくれているし、患者の素人判断よりも医者の診断のほうがたしかだということが分かっているからです。しかし、イギリスでも病気になることがこの国みたいに白眼視されるのであれば、われわれだってあらゆる病を隠すようになるでしょうし、反対に、道徳的・知的な欠陥についても、エレホン人と同じような対応を取るにちがいありません。つまり、精妙きわまる手立てを尽くして、できるかぎり、健康なふりをするでしょうし、病気がばれて刑罰として一回だけ鞭を打たれるよりは、たまたま運が悪くて病気になったことを理解してくれる医者に優しくソフトに手足を一本切り取られるほうがましだと思うでしょう。そういうわけで、エレホン国の人たちは、矯正師の指示を

かならず守って、週に一回鞭打たれたり、二、三か月つづけて、パンと水だけの食事をとったりすることになるのです。

お人よしの未亡人から全財産を巻きあげたノスニボー氏も、実際、医者の治療を進んで受け入れるイギリスの患者以上に苦しんだとは思いません。それでも、とても辛かったのでしょう。わたしの耳に聞こえてきた音からは彼がはげしい痛みに耐えていたことがはっきり伝わってきました。それでも、矯正師の施術から逃げようとすることは一度もなく、氏自身は「役立っている」ことを信じていましたし、その判断は正しかったとわたしも思います。なぜならば、これで他人の金を横領しようなどともう二度と思わないでしょうから。あるいは、再犯があるとしても、それはずっと先のことでしょう。

監獄に入れられていた頃から、そして、このエレホン国の首都に連れてこられる間も、以上述べたような事情の多くはすでに分かっていました。ただ、今でも、とびきり奇異な感じは残っていて、エレホン人と同じ見方ができずに、いつ礼を失してしまうか分からないという恐れが常にありました。それでも、ノスニボー家に何週間か住まわせてもらうと、だいぶ理解も進みました。とくに、ノスニボー氏は、自分の問題について、くりかえし、あらいざらい話してくれたので、勉強になりました。

彼は長年にわたって市の証券取引所に勤めていて、莫大な財産をきずきました。それは一般に「法外」と見なされるほどの額ではなく、すくなくとも社会的に許されるような取引に基づいてなされたものでした。ところが、何回か、自分のなかに会計をごまかしてお金を得たいという欲

望があるのに気づくことがあり、実際、二、三度、良心に反するような計算を行いました。そして、運悪く、彼はそれを大したことと思わずに、自分の疾患を鼻で笑って無視してしまいました。すると、事情に事情が重なって、ついに、かなり巨額の詐取を可能にするような機会がおとずれてしまったのです——それがどういうものだったのか、どんなに大きな悪の誘惑だったのかを氏は語ってくれましたが、ここではその詳細は省きます——とにかく、彼はその誘惑に飛びつきました。そして、気がついた時は、すでに時遅く、彼は完全におかしくなっていました。「自分を見つめることがすっかりおざなりになっていた」と彼は言います。

すぐに馬車に乗って家に戻り、妻と娘たちにできるかぎり落ち着いて事の次第を打ち明け、それから、エレホン王国で最も名高い矯正師を呼びにやり、かかりつけの先生と相談してもらいました。あきらかに深刻な事態だったからです。その矯正師が到着すると、自分の話を聞いてもらい、「道徳的にもう回復不可能かもしれない」という懸念を打ち明けました。

その名高い男は言葉すくなに「大丈夫です」と励ましてくれました。そして、本格的な診断に移ったのです。「ご両親は道徳的に健全でしたか?」と、親のことを訊かれました。ノスニボー氏が「両親についてはとくに大きな問題はなかったが、容姿もすこし似ていると言われてきた母方の祖父が稀代の悪党で、最後は病院に入れられて死にました。父方の叔父のひとりも長年にわたって極道な生活をつづけたあとで、ようやく新潮流の哲学者に治していただきました」と答えます——どうも、この哲学新潮流の古い流派に対する関係は、逆症療法《アロパシー》に対する同種療法《ホメオパシー》みたいなもののようです——すると、矯正師は頭をふって、笑いながら、「いや、自然に治ったんです

よ」と返しました。そして、さらに、いくつか質問をしてから、処方箋を書くと、帰ってゆきました。

その処方箋を見せてもらいました。「横領した金の二倍の額を罰金として国に納めること」とあります。それから、「半年間、パンとミルク以外の食べ物は摂らないこと」とあります。そして、「一年間、月に一度のきびしい鞭打ち」です。罰金の内訳にお金をだまし取られてしまった気の毒なご婦人への返済という部分が見当たらず驚いたので訊いてみると、彼女もまた「お人よし罪特別裁判所」なる機関で起訴されるはずのところ、みずからの損失を発見してすぐに死んでしまったために、法的な裁きを逃れることができたということでした。

ノスニボー氏は、わたしが到着した日に、一一回目の鞭打ちを済ませました。その日の午後に彼に会ったわけですが、まだとても痛そうでした。それでも、矯正師の指示を逃れるすべはありません。というのは、エレホン国の「公衆衛生法」とでも言うべき規則はとても厳格で、矯正師に自分の指示がきちんと守られていると判断してもらわないと、貧乏人のように、病院送りになってしまい、それはひどい目に遭うことになるのです。すくなくとも、「法」ではそういうことになっています。ただ、そのような強制執行が必要になることは決してありません。

その後で、ノスニボー氏とノスニボー家かかりつけの矯正師の面談に同席する機会がありました。彼には矯正治療完遂を確認するお役目と資格があるのです。その際にとても印象的だったのは、患者ノスニボー氏の体調については一切ふれようとしない彼の細やかな気づかいでした。ノスニボー氏の両目のあたりにはある種の黄ばみが見られ、胆汁症の可能性を示していたにもかか

わらずです。そのことにふれるのは矯正師の職務上、タブーに近いふるまいだったのです。しかし、同時に、矯正師は自分の診断に資すると考えた場合、時折、患者のささやかな身体的不調の可能性についてちらりと考えることはあるそうです。ただ、患者に質問を投げても、返ってくる答えはたいてい、嘘かはぐらかしなので、矯正師は自力で診断をくだすことになります。「関係のありそうな身体的不調はすべて矯正師に内密に打ち明けるべきだ」と言う分別ある人もいるようですが、たいていの患者は、矯正師の前で自分の評価をさげる告白をすることをなんとなく躊躇してしまいますし、矯正師のほうも医学的知識が極端にとぼしいという問題を抱えています。「先生、こんな風に、突然、はげしく不機嫌になってとっぴな妄想におそわれるのは体調不良のせいではないでしょうか」と思い切って告白したご婦人の話を耳にしたことがあります。それを聞いた矯正師は、優しくしかし重々しい調子で、「そう考えないようにしてください。矯正師は患者さんの体については何もできないのです。そういう問題はわたしたちの管轄外なのです。ですから、それ以上詳しいお話は、もうお聞きしたくありません」と返したので、ご婦人は泣き出してしまって、「もう、ぜったいに、体調不良にはなりません」と心から誓ったそうです。

さて、ノスニボー氏の話に戻ると、夕方が近づくにつれて、ぞくぞくと、鞭打ちの様子を聞きに、馬車にのった見舞客がやって来ました。鞭打ちはとてもきびしかったけれども、「見舞いの人たちにありとあらゆる質問を浴びせられ、とても嬉しかったので、また悪いことをしようかと思ったよ。だって、回復期には友だちがとても気づかってくれるからね」と彼は、もちろん、冗談なのですが、言っていました。

わたしがエレホンにいる残りの間ずっとノスニボー氏はいつも働いていて、すでに大きかった財産をさらにうんと増やしました。それでも、彼がまた体調をくずしたとか、至極まっとうなやり方以外の策を用いてお金をかせいだというようなことは、ちいさな噂にさえなりませんでした。あとで、こっそり、「矯正師の治療で彼の健康はだいぶ影響を受けたという証拠がある」という話は聞きました。それでも、彼の友人たちはあまりそこを詮索することはなく、彼が仕事に戻っても、体調の件は、「あれほど辛い目に遭ったのだからもういいだろう」ということで、皆で示し合わせたみたいに黙認されました。ここでは、身体的条件に起因する割合がすくなければすくないほど、体調不良は微罪あつかいされるのです。暴飲あるいは暴食で健康を害した場合、それは精神的なものに起因するとほぼ見なされて、ほとんど問題視されません。ところが、熱病やら鼻・喉の炎症やら肺疾患となると、わたしたちには個人の力の及ばないことのように思えるのですが、ここエレホン国ではきびしい非難にさらされるのです。麻疹《はしか》のような子どもの病気の場合は「若気の至り」ということで、あまり重篤にならず、またその後全快すれば、大目に見てもらえるわけですが。

わざわざ言うに及ばないとは思いますが、矯正師として働くには、長期にわたる専門的な訓練が必要です。道徳的疾患を治す専門家は道徳のありとあらゆる面に通じていなければならないというのはよく分かる話です。矯正師を目指す学生は決められた数の「季節」だけ宗教的義務のようにひとつの悪徳に専念しなければなりません。それらの「季節」は「精進」と呼ばれ、ついにすべてのよくある悪徳を自らコントロールできるようになるまでつづけられます。自分の経験に

もとづいて患者に指示を出せるようになるためです。

一般診療の矯正師ではなく専門をもつ矯正師になるためにはさらにひとつの特化した分野に専念し、それを仕事の中心にすることになります。一生修行をつづけざるを得なくなる者もいます。暴飲、暴食など、自分の専門と決めた領域のきびしい修行ゆえに命を落とす献身的な者もいます。しかし、たいていの矯正師は、その時々に必要とされるさまざまな悪徳の研究に励んだからといって体を壊したりすることはありません。

というのは、エレホン人は混じり気のない美徳をあまり極端に追い求めないほうがいいと思うタイプの人たちだからです。ご先祖さまの真の美徳、とされていたものの報いが、三、四世代くだった子孫にふりかかったというような事例を複数回、目にしました。矯正師の考えによれば、美徳はせいぜいそれが多くあったほうがいい程度のもの、総じて失くすよりもあったほうがずっといいという程度のもので、むしろ世間には気をつけないと手遅れになって人をひどい目に遭わせる偽の美徳がたくさん出回っているよと、語気を強めます。そして、一番いいのは美徳も悪徳もほどほどといった人間だと言います。わたしは彼らに、ホガースの風刺画集『勤勉と怠惰』に出てくる勤勉な徒弟と怠惰な徒弟の話をしてやったのですが、どうも彼らは勤勉な徒弟にあまり好感を抱けない様子でした。

第一一章　エレホン国の裁判をいくつか

他の国同様、エレホン国にも特別裁判所がいくつかあります。すでに述べたとおり、総じて、不運のたぐいは犯罪と見なされるわけですが、それでも種類によって分類されていて、それぞれのケースに合わせて、所轄の裁判所が担当することになります。このエレホン国の都に着いてまだ間もないころ、「死なれ人裁判所」なる場所にぶらぶら入ってゆくと、つい先だって心から愛していた妻に先立たれ、あとに三人の小さな子が残されたという男が裁きを受けていて、とても興味をひかれるとともに胸が痛くなりました。遺児たちは長子でさえまだ三つです。

被告の弁護士がとった戦術は、男がじつは妻を全然愛していなかったことを証明しようというものでしたが、それはまったくうまく行きませんでした。検事側の証人たちが次々と出てきて、二人がいかに愛しあっていたかを証言し、被告も証拠として挙げられたエピソードを聞きながら取りかえしのつかない喪失を思い出して何度も泣いてしまったのです。陪審員たちはほとんど審議する間もなく有罪の評決を下しましたが、以下の理由による減刑の勧告が付されました。被告

は最近妻にかなりの額の生命保険をかけ、二回しか掛け金を払っていないのに保険会社からあっさりと保険金をせしめたというので、その幸運が高く評価されたのです。

今、陪審員たちは有罪の評決を下したと言いましたが、判決を申しわたす時に裁判官が被告側弁護士を叱責したことにおどろかされました。その弁護士はある書物に言及して、被告が犯した不幸罪の情状酌量を求めたのですが、その本の内容が度を越していて怒り心頭に発したと裁判官は言うのです。

「この種のおざなりに書かれた体制転覆的な本が折にふれて出されると、人が崇拝対象としてふさわしいのは幸運のみ、という道徳公理がまかりとおってしまう。他人より多く幸運を獲得して周囲の尊敬を集める権利が一個人にどの程度あるかということは、これまで一種の市場かけ引きにより、すなわち最終的には野蛮な力によって、大体のところを常に決められてきたし、これからも常にそうであろう。しかし、それはともかく、不運は許されないと考えるのは当然の話である。ささいな不幸は仕方ないとしても」

それから、裁判官は、被告のほうを向くと、こうつづけました――「きみは大きな喪失を経験した。そのような喪失にきびしい罰をあたえるのは自然の摂理である。人間の法律はその摂理を強調しなければいけない。ただし、本来ならば六か月の重労働つき懲役刑を申しわたすところだが、陪審員からの減刑勧告もあり、ここは三か月とし、さらには、保険会社から得たお金の四分の一の額の罰金でも可、という選択肢を与えよう」。

すると、被告はこう返した――「ありがとうございます。実刑になると子どもたちを世話する

者がいなくなってしまいますので、裁判長さまにたまわりました罰金の選択肢をありがたく選択させていただき、ご指示いただいた額を払わせていただきます」。そして、被告席から退去しました。

次の裁判の被告は成年にたっしたばかりの若者でした。未成年時代に近親者の後見人に巨額の財産をだまし取られた罪で起訴されていました。ずっと前のことになるが父に死なれたということで、この「死なれ人裁判所」担当の裁きとなりました。弁護士を付けずに、被告本人が「若く、未経験で、後見人もとても怖く、独立した専門家の意見をもらうこともできずに」とうったえかけると、裁判官はきびしい口調で「おい、きみ、たわごとはおやめなさい。「若く、未経験で、後見人もとても怖く、独立した専門家の意見をもらうこともできずに」ということ自体がいけないのです。そのような不品行によってご友人たちの道徳観を逆なでするのであれば、それにふさわしい罰を受けてもらいましょう」と言い、被告に、「後見人への謝罪」を命じ「九本鞭《キャトナインティルズ》で の一二回の鞭打ち刑」に処しました。

しかし、このとんでもない人たちの裁判の本末転倒ぶりが最もよく分かるのは、次の肺結核の罪で起訴された男のケースでしょう。肺結核はごく最近まで死刑だったそうです。この裁判を見たのは、エレホン国に来てすでに数か月が経っていたころなので、すこし時間的に先回りになるのですが、これを抜きにエレホン国の裁判を語ることはできないので、ここにその様子を記すことにします。そうしないと他の話題にも移れませんし、そもそも律儀に時間順に話しつづけて、日々出会う無数の不条理事を詳述していたら、わたしの話は終わらなくなってしまいますから。

だいたいヨーロッパと同様に、被告が被告席に着き、陪審員たちは宣誓させられました。被告に罪状認否をさせるところに至るまで、手つづきはほぼわたしたちの裁判と同じです。彼が「無罪です」と答えて、審議がはじまります。検察側の証拠はとてもよくそろっていましたが、手つづき的には非の打ちどころなく公正な審議だったことは申し上げておくべきでしょう。被告の弁護士は手を尽くして被告を弁護することを許されていました。彼の主張は、「被告は年金型保険に入る際に、条件をよくするために結核のふりをし、保険会社をだまそうとした」というものでした。この主張が認められれば、刑事訴訟はまぬがれるので、被告は「道徳的疾患」の治療のため、病院に送られることになります。ところが、エレホン国屈指の弁護士が担当して、ありとあらゆる巧みな詭弁および雄弁を用いたにもかかわらず、さほど効果があがりませんでした。実態があまりにもあからさまだったのです。被告はいつ死んでもおかしくないぐらい息もたえだえで、ずっと前に法廷で裁かれ有罪判決を受けていないのが不思議なほどです。ずっと咳をしていて、審議が終わるまで二人の刑務官に抱えられてようやく立っていられたという状態でした。

裁判官の陪審団に対する事件要点の説示は見事なものでした。被告に有利に解釈できそうな点をすべて詳述したあとで、「しかしながら、全体として証拠の示す結論に疑いをはさむ余地はなく、すぐに出されるであろう評決に関する本法廷の確信はゆるがない」と述べると、陪審員が陪審席から退去しました。そして、一〇分ほどで戻ってくると、陪審長が「被告は有罪です」と答申しました。それをたたえる小さなささやきがもれましたが、「静粛に」と注意されて、すぐに静かになりました。そのあとで、裁判官が判決を言いわたしたのですが、その内容を忘れること

はけっしてないでしょう。わたしは、エレホン国を代表する新聞に翌日掲載されたこの裁判の報道記事をノートに書き写しました。多少要約した部分もあり、わたしの書いたものを見ても、伝わってくるのは、あの裁判長の「荘厳なる」というのは言い過ぎだとしても「おごそかな」厳しさの口調の痕跡程度に過ぎないとは思うのですが、とにかく、次のような言葉でした。

「そこの被告よ。きみは肺結核にかかるという重罪で起訴され、今、わが国の陪審団の前での公正な審議を経て、有罪の評決が出された。この評決の正しさに議論の余地はない。有罪を示す証拠は決定的であり、わたしに残された仕事は、きみにこの国の法の目的にふさわしい判決を申しわたすことのみである。判決は非常に厳しいものでなければならない。まことに心が痛むのは、まだこれほど年若く、他の点では前途洋々たるきみが、まったくもって根っから「邪悪」としかいいようのないその体質ゆえに、かくも嘆かわしい状態におちいったことである。だが、同情の余地はない。これはきみがはじめて犯した罪ではない。犯罪まみれの人生を送ってきたきみは、かつて示された慈悲と寛恕を逆手にとって悪用し、この国の法と制度を乱す、より重い罪を犯した。昨年は気管支炎をこじらせて有罪とされた。まだ二三歳であるにもかかわらず、なんとこれまで一四回も、いずれも忌まわしい病に倒れては投獄された。いや、お前は一生の大半を刑務所で過ごしたと言っても過言ではない。

両親の体が弱かったからと言いたいのはよく分かるし、子どものころに大きな事故に遭って、それ以来ずっと体が弱かったという話も分かる。だが、そんなものはよくある犯罪者の言い訳だ。当法廷では一瞬たりともそんな話に耳をかたむけることはできない。これやらあれやらの原因を

探るような奇妙な形而上学的な問題にここで立ち入るつもりはない。そのような問いかけをはじめたら最後、際限なく疑問は浮かんでくるし、結局は原初の細胞組織が悪いやらガス状の元素が悪いやらという話になってしまう。だが、問題なのは、きみがどのように悪くなったのかではなく、端的に言って、今のきみが悪いか否かに尽きるのだ。それに関してはすでに「悪い」という結論が出ているし、その結論の正しさについてわたしは一片の疑義さえも抱いていない。きみは悪くて危険なやつだ。そして、今、極悪人のひとりとして、同胞たちの間で恥辱の宣告を受け、ここにいる。

正しい法律かどうかを決めるのはわたしの仕事ではない。否応なくきびしさをそなえる法というものも時にはある。きびしい判決を下さざるを得ない状況に忸怩《じくじ》たる思いを抱くこともある。しかし、きみの罪はそういった類のものではない。いや、それどころか、結核に対する極刑が廃止されていなかったら、わたしはためらいなくきみに死刑を申しわたしたことだろう。

このような恐るべき極悪犯罪が罰せられることなく野放しにされているのは耐えがたいことである。きみのような者がきちんとした人びとの間でのうのうとしていると、壮健ならざる者があらゆる種類の病気を軽く見てしまうという由々しき事態を招いてしまう。あるいは、将来きみが「未生《みしょう》の者」にしつこく迫られ、汚染された子を生む可能性をもつことも許しがたい。「未だ生まれざる者」をきみに近づけてはいけない。本来われわれの天敵である「未生の者」を守らなくてはならないというよりは、わたしたち自身を守りたいのだ。最後は「未生の者」に言い負かされるのがわたしたちの運命であるがゆえに、彼らのことは彼らを最も汚染する可能性の少ない者に

託すべきなのである。

しかし、以上のことは別として、あるいは、きみが犯した類の大罪と結びつく肉体的有責性以外にも、与えたくてもきみに情状酌量を与えるわけにはいかないもうひとつの理由がある。わたしたちの間に隠れ住む医者と称される連中のことだ。法の裁きなり世論の動向なりがいささかなりとも緩むことがあると、今は秘密裡に活動していて、大きなリスク抜きには診療してもらえないようなあの放埓な者どもがどの家庭にもしょっちゅう往診をするような存在になるだろう。そして、医師会が、あらゆる家庭の秘密をにぎり、社会的・政治的権力をふるうようになって、だれも抵抗できなくなるだろう。かかりつけの医者が家長よりえらくなって、夫婦間の、主人・召使間の問題に介入してくるだろう。そして、ついには、医者こそがエレホン国唯一の権力者と化し、わたしたちが大切に思うすべての事柄を我がもの顔に支配するだろう。国じゅうが「病気をして当たり前」という時代になるだろう。街じゅうにありとあらゆる薬売りがあふれ、ありとあらゆる新聞に広告をうつだろう。対抗策はひとつ。ただひとつだけ。それは長いことわが国の法の基本原則だったこと、すなわち、どんな病気でも罹患が判明した時点で法的に最大限にきびしく「鎮圧」することだ。そう、現状よりもはるかに徹底的な取り締まりが望ましいのだ。

しかし、こんな明々白々なことをくだくだと話すのは、これくらいにしておこう。ともかく、きみは「こうなったのは自分の責任ではない」と言いたいのかもしれない。しかし、それに対する答えはすでにある。よく聞いてほしい。きみが健康で裕福な両親の下に生まれて、子どものころにきちんと育ててもらったのであれば、この国の法を犯すことはけっしてなかっただろうし、

今のような恥辱にみちた状況に陥ることもなかっただろう。もし、自分の両親も教育も自分では選べなかったのだから「病気を自分のせいにされるのは不公平だ」と反論するのであれば、わたしも次のように答えよう——「肺結核になったのがきみのせいかどうかに関係なく、肺結核はきみの中にある罪だ。だから、そのような罪からこの国を守るのがわたしの義務となる」。きみは「不運にも罪人になってしまったのだ」と主張するかもしれない。それなら、わたしも答えよう——「不運がきみの罪なのだ」。

最後に、次のことを言っておこう。ほとんどありそうもないことだが、仮に陪審団の評決が「無罪」だったとしても、わたしは今これから述べるものとほぼ同じ内容の判決を申しわたすだろう。きみが訴因となった罪に関して無罪とされればされるほど、きみはそれとほとんど劣らぬもうひとつの大罪を犯したことになるのだ。すなわち「いわれなく中傷された」という重罪である。

それゆえ、わたしは一片の躊躇を感じることなく、きみを重労働つきの終身刑に処することとする。堕落しきったきみに耳をかたむけてもらえるとは思っていないが、どうか、服役中は、今までの罪を悔い改め、すっかり体を治してほしい。さて、個人的にはここで甘い顔を見せずに話を終えたいところだが、わが国の慈悲深い法にはどんな常習犯に対しても有罪決定時には公に定められた三つの医薬の内のひとつを与えることという規定がある。それゆえ、ここに毎日ヒマシ油を大さじ二杯飲むべしという指示をとりあえず出しておこう」

以上の判決が言いわたされると、被告は聞こえるか聞こえないかの小声で言葉少なに「判決ご

もっともです。公正な裁きをしていただいたと思います」と述べました。そして、もう死ぬまで出られない刑務所に移送されていきました。裁判官が語り終えるとまた拍手が起こりそうになりましたが、前同様、すぐ「静粛に」という声が聞こえ、拍手は止みました。法廷内の人びとはずっと被告に対してきびしい視線を送っていましたが、暴力・暴言的なこころみはありませんでした。彼が囚人護送用馬車で連れていかれる時、見物人の中から小さな野次が飛ばされたくらいです。いやはや、エレホン国滞在中に受けたさまざまな印象の内、あまねき法と秩序順守の精神ほどおどろかされたものはありませんでした。

正直なところ、家に帰ると、気分がかなり落ちこんでいました。そして、今見たばかりの裁きのことをもっとじっくり考えてみました。裁判所では、一時《いっとき》わたしも自分の言動に一片の疑いも抱くことのない周囲の人たちの意見に影響されてしまっていました。法廷内では、だれひとりとして、目の前の出来事が少しでも間違っているかもしれないと思う者はいなかったのです。この疑うことを知らない全員の信仰が、わたしが育った知的伝統とは天と地ほどにかけ離れていたにもかかわらず、わたしにも伝染していました。だいたいの人間はそんなものです。人間は周囲が当たり前と受け止めている様子を見て、それを当たり前と思いこんでしまうのです。結局、なにか事態が深刻にならないかぎりは、そうすることが義務でもあるのです。

それでも、独りになって、裁判を振りかえってみると、そこにあった筋のとおらない奇妙な論法にびっくりしました。もし、裁判官が、病弱の両親から生まれたとか幼少期に餓えを経験したとか肺病の原因となる事故に遭ったといった被告の個人的事情を認めた上で、そのことは分かっ

ているにもかかわらず、大変心苦しいことではあるが、社会を守るために、すでに大いに苦しんでいる被告に仕方なくさらなる苦痛を与えなくてはいけない、と述べるのであれば、それは間違った考え方だと思ったとしても、理解可能です。その場合、裁判官が確信しているのは、不健康な状態がこれ以上広がらないようにする唯一の手立てとして弱った病人を罰すれば、ここで被告に与える苦痛の一〇倍分の苦痛が、そのような一見きびしい判決を下すことにより、他の人びとに広がらないようにできるということでしょう。だから、このようなひどく悪い例がさらに広がってエレホン国の生活水準を低下させることに対する必要な防御策として被告への刑罰があるというのは、十二分に理解できます。しかしながら、被告に対して、もっと体が強かったら、もっと子どものころに苦労しなかったら、健康でいられたのに、と告げるのはほとんど幼児の論理ではないでしょうか。

こう書くと大いにためらいも感じるのですが、それでも言ってしまうと、わたしには、不運だからといって人を罰したり、幸運だというだけで褒美を与えたりするのは別に構わない気がするのです。人生の一般的条件とはそういうものです。良識ある人間なら、万人に共通する基本状況に不平をこぼすことはないでしょう。それは致し方ないことなのです。自分の不運に対して責任はないと言うのは愚かなことです。責任とは何でしょうか。きっと、責任をもつとは、問われたら答えなければいけないということです。だから、生きとし生ける者はすべて、社会からその権威ある代理人を通して問いかけられた時、自らの生命と行動について応答しなければ、つまり、責任をもたなければいけません。

人は、手をかけて育てあげ、なつくようになった子羊を、結局は殺してしまうわけですが、この子羊の罪とは何でしょうか。それは、運悪く人間に食べたいと思われる存在に生まれ、しかも、自分で自分を守る術をもたない、ということです。それで十二分な理由になるのです。人間社会のもつ権利に限界を定めるのは人間社会自身だけです。社会に益をもたらさない個人への配慮など許されないのです。大金持ちの息子に生まれて大いに得をするという事態はどうして許されているのでしょうか。それは、そのことによって社会全体の幸福がまず間違いなく増大すると思われているからです。お金持ちの父の息子であることによって生じる利益を廃してしまうと、物の保有権の存在自体が危うくなってしまい、社会はそうなることを求めないからです。さもなければ、社会は金持ちの息子の金をすぐに奪いとってしまうことでしょう。ただちに自分のものにしてしまおうとするはずです。というのは、所有するとは強奪することだからです。いや、わたしたち人間はみな強盗あるいは強盗志願者なのです。ただ、必要に迫られて、組織化して、それをしているだけのことです。人間は、性欲を満たす時も、復讐を果たす時も、組織化せずにはいられないのと同じことです。財産、結婚、法律。川の水が流れるから川床が出来るように、本能があるから慣習が生まれるのです。あふれんばかりに川が増水したときはけっして堤防をいじるなかれです。

いや、話を元に戻しましょう。イギリスでも、男が乗船中に黄熱病にかかったら、その不運は彼の責任とされるではありませんか。長いこと隔離されてどんなに辛くとも我慢してもらわなくてはなりません。それで命を落としたとしても、仕方ないねと他人は首をすくめるだけです。人

生はだれにとっても自己責任なのです。しかし、自己防衛を超えて、他人を侮辱するのは、侮辱すること自体が最善の自己防衛策でないかぎりは、極悪非道なふるまいです。もうひとつ、狂人の例を挙げてみましょうか。狂人は自らの行為に責任をとらない、とわたしたちは言います。しかし、同時に、わたしたちは、彼らにその狂気のふるまいの責任をとらせるべく、いろいろな策を講じますし、それはそうあって然るべきです。彼らの反応が気に入らなければ、精神病院と呼ばれる『あの聖なる避難所《ダット・モダン・サンクチュアリー》の現代版！』にぶちこみます。これでも、彼らに責任をとらせていないのでしょうか。ただ、同時に、狂人でない者と比べて、わたしたちの社会は狂人の応答に対してより寛容であることができると言うことができます。狂気は犯罪ほどには社会の中で伝染力がないからです。

蛇を見て危険を感じたら、ただ「こういう蛇がこういう場所にいた」というだけで、わたしたちは蛇を殺します。しかし、蛇が無害な生き物ではないからといって蛇を一方的に責めることはありません。蛇の罪とは蛇であることなのです。しかし、それが死罪に値する罪なので――逃がすより殺そうとするほうが危険な場合は話が別ですが――人間にとって、行く手に立ちはだかるその蛇を殺すことは正しいわけです。ともかく、殺したとしても、蛇のことはかわいそうに思うでしょう。

しかし、今書き記した裁判の場合、そうではないのです。法廷内のだれもが、自分はただ親や環境にめぐまれた結果たまたま結核にかかっていないのを知っているのに、被告に対して裁判官がじつに陳腐で冷酷な言葉を投げるのを聞いて、「とんでもない」と思う人間がひとりもいない

のです。裁判官自身も親切で思いやりのある人です。堂々として善良そうなオーラもあります。あきらかに鉄のごとき壮健な体にめぐまれ、最高に賢そうで、経験も豊かそうな表情を顔にうかべています。にもかかわらず、年齢的にも知識という点でも申し分ないのに、どんな子どもでもすぐに分かりそうなことが見えていないのです。生まれてこのかた教えこまれてきた観念の奴隷になって、自分を解放できないばかりか、自分が奴隷であるということさえ気がついていないのです。

それは、陪審員も、傍聴人も同じです。そして、一番おどろかされるのは、被告自身もそうだということです。彼は、裁判の始めから終わりまで、自分がまっとうな裁きを受けていると信じて疑っていませんでした。裁判官から「社会に害を及ぼさぬ必要に迫られてということもあるが、むしろそれよりは、生まれも育ちも不運だったという罪状で、きみは罰せられてしかるべきだ」と言われ、もっともだと思いこんでしまっているのです。しかし、同時に、「もし彼がわたしのように考え出したら、かえって辛いかもしれないな」とも思いました。結局、何が正義であるかということは、その時の状況次第で変わるわけですから。

ここで、わたしがエレホン国にやって来るほんの数年前は、有罪判決を受けた病人は今以上にひどい扱いを受けていた、という事実を言い添えておいてもいいかもしれません。そのころは薬をもらえませんでしたし、雨の日も風の日も最もきびしい重労働を課せられ、たいていがこの極端に過酷な境遇のため、命を落としてしまっていたのです。ある意味でそれは国のためになりました。その分だけ犯罪者を扶養する出費が少なくてすんだからです。しかし、人びとの暮らしが

贅沢になり、かつてのきびしさは緩みました。感性豊かな世代は、もはや、最重罪人に対しても、過酷に見える待遇を認めません。それどころか、陪審員が有罪の評決を出すことをためらうようになってきて、有罪で実質死刑か無罪放免かという段になると、二つの選択の中間がないために、正義がないがしろにされるという事態がしばしば起こるようになりました。また、過酷に対処することが再犯・再投獄を増加させ、国の出費がかさむと考えられるようになりました。取るにたらぬ微罪でも投獄されて刑務所暮らしをした結果、治癒不可能の動けない体になってしまうことが頻繁に起きたのです。一度有罪判決を受けると、たいていは、その後ずっと国のお世話になるという仕儀に立ち至ったのです。

このような問題点はすでにずっと前に指摘され、広く認識されてきたことですが、人びとはその苦しみを他人事のようにほったらかして、事態を変えるべく自ら動くことがありませんでした。それでも、ようやく、ひとり、善意の人間が現れ、自分の人生を必要な改革の実現のためにささげてくれました。彼はすべての不調を頭の病気、胴体の病気、下肢の病気の三つに分け、頭の外か内かに関係なくすべての頭の病気にはアヘンチンキを、胴の病気にはヒマシ油を、そして下肢の病気には濃硫酸水溶液の塗布を法的に義務づけました。

大ざっぱな分類だと思われるかもしれません。処方も適切さを欠くものかもしれません。しかし、どんな改革も、始めることが難しいのです。まずは小さく始めて、人びとに基本方針を知ってもらうことこそ大切なのです。ですから、こんなに現実的な人たちの社会にまだ改善の余地があるのかとおどろくべきではありません。エレホン国の大衆は今のシステムにとても満足してい

て、罪人の取りあつかいを変える必要はほとんど感じていません。ただ、少数の熱い連中がいることはいて、その意見は世間的には極論と見なされてはいるものの、彼らは最近の変化を糸口として、改革をもっと先まで進めたいと思っています。

苦労しましたが、そういった人たちの意見を集めてみました。どうしてそのような意見をもつに至ったのか、その理由も調べてみました。これら不平の徒は一般大衆には毛嫌いされていて、すべての道徳の転覆者と見られていますが、彼らの言い分は次のようなものです。「病気というのは発病に先立つ原因の避けられない結果であり、ほとんどのケースでは、一個人にはいかんともしがたいことなので、肺結核患者を責めるのは、腐った果実になぜお前は腐ったのかと問いつめることと似ている。たしかに、もう食べられなくなってしまった果実は捨てざるをえないし、結核患者は他の市民の安全を考えれば投獄しなければいけない。しかし」——とこの過激な連中は言うわけです——「患者の身柄を拘束し、きびしい監視の下におく以上の罰を与えてはいけない。一旦、彼らを社会に害悪を及ぼしえない状況に置いたならば、何でもいいから社会の需要に応えることで社会に貢献することを認めてやらなければいけない。そのような形でお金をかせげるようになった連中には、刑務所内の生活もできるかぎり居心地よくしてやって、脱獄したり、病状がさらに悪化することのないかぎりは、自由に行動させてやらなくてはいけない。ただし、その稼ぎから、食事代、住居費、監視費用全額と有罪判決にかかった費用の半分を差し引かせてもらう。具合が悪くて働けず、刑務所滞在費をまったく払えない場合は、与えられる食べ物はパンと水のみ、それもごく少量とする」。

さらにこうつづけます——「以前迷惑をかけられたからといって、そいつに社会貢献してもらわないのは、社会としても愚かなことだ。病者の労働に反対するのは、保護貿易を守ろうとすることと結局は同じである。本人の労働力および労働意欲から目をそむけて、労働を禁じるのは、その分物価上昇を許すことにつながり、すべての者の損失となる。

それに、生きているかぎりは、そいつだって、とても嫌なやつかもしれないけれど、同じ人間として仲間だろう。彼が今のようになった原因の多くは他人の行動から来るのだから、今、彼を断罪する社会自体が責任をまぬがれえないのだ」。そして、こう言います。「そのように、自由をはく奪し、きちんと監視下に置き、刑務所内の稼ぎからそれなりの額を強制徴収し、興奮性の飲食物は最小限に制限するか、働かざる者については完全禁止とし、また独身禁欲生活を強制的に送らせれば、何よりも友人のあいだの評判がガた落ちになることもあり、現在の施策に負けない効果的な防止策となるだろう。人びとが自分の健康をないがしろにすることへの歯止めとなるだろう。だから、病がさらに広がることを恐れる必要はないのだ。そして、囚人は刑務所に入れられても、可能ならば、それまでの仕事をつづけたほうがいい。もし、それがかなわないのであれば、それまでの仕事に近いことをすればいい。生まれながらの紳士で働く必要のなかった者は、槙肌《まいはだ》を作るなり、新聞に美術批評を寄稿するなりすればよい」

そして、さらに「この国に今ある病気の大半は常軌を逸した現行の対応策に起因する」と断じます。

彼らは「病気は多くの場合、日々彼らの周囲で目撃される道徳的病の治癒同様、簡単に治せ

る」と信じているのです。「体の不調の原因についてもっと正しい見方をしないと、大きな社会改革が実現しない。今は、病気にかかっていることが分かってしまうとまわりから白い目で見られるので、人びとは病気を隠そうとする。隠そうとするのは、医術が悪いのではなく、社会的偏見が悪いのだ。体の不調がばれると隣人に見下されるという現在の状況が変わって、それが宝石店に押し入って高価なダイヤのネックレスを盗むのと同じような、避けえない先行原因の結果と見られるようになれば、つまり自分たちもたまたま生まれや育ちにめぐまれただけで、それがなければいつなんどき自分に起きても不思議はない出来事と見られるようになれば、事態は良化するだろう。投獄されても刑務所の居心地が社会の感染予防策や病気の治療法の現状より不快でないと感じられるようになれば、今のエレホン国民が遺書を偽造したり人妻とかけおちしたりしたくなった時すぐに「矯正師」に連絡をとるように、天然痘にかかったと知っても、気軽に警察に出頭するようになるだろう」

しかし、不平の徒が自説の中心として強調するのは経済的な利点です。お金をもっていない人はいませんから、お金の話題をふれば、みんなが耳を傾けてくれることを知っているのです。理屈で攻めても、人の思考の中味はあらかた借り物と盗品ですから、遅々として話が先に進みません。それに、お金の話が一番手っ取り早く、分かりやすいと思っているのです。ある政策により国の支出が減り、その手段も不正蓄財のようなものでなく、かつ他の方面で支出が増えるというような副作用も伴わないならば、そのような政策案を最後まで頑固に反対しとおすことはすまいと考えているのです。ここでその主張の正誤に関する私見は控えさせていただきますが、彼らは

病者に対して医療中心の人間的な施策を採れば、長期的に見て国にとって大いなる節約になるだろうと考えています。しかし、これらの改革者も、より重篤な病者に対する鞭打ち刑や死刑に反対しているわけではないようです。彼らも、重病人の数を効率よく抑えるための良策を思いつけないのです。そこで、鞭打ちか絞首刑かということになるのですが、「最大限の情けをかけつつ、これを行うべし」という点が彼らの主張のようです。

関係のない話をえんえんとしてしまいましたが、これでも、彼らが熱く語ってくれたところの十分の一ほどにもなりません。しかし、読者諸賢には長いことわたしの無駄話に付きあわせてしまいました。

第一三章　エレホンの人たちは死をどう観るのか

エレホン国の人たちは、死を病気ほどには嫌がりません。たとえそれが罪だとしても、法の力のおよぶ範囲ではないと考えるので、何の法的規定もありません。それでも、彼らは、死んだと思われる人びとのほとんどはまだ生まれていない、すくなくとも、あの唯一考察に値する不可視の世界にはまだ生まれていないと主張します。この不可視の世界については、可視世界にさえ達しないうち「流産」する者がいて、可視世界に達した後に「流産」する者もいると考えられているようです。そして、真に不可視世界に生まれ落ちることのできる者はほとんどいないそうです。国じゅうのほとんどの男女はその前に「流産」してしまうのです。そして彼らは、そのことはわたしたちが考えるほど大した問題ではないと言います。

いわゆる死については、「騒ぎすぎだ」と彼らは言います。いつか死ぬという単純な事実がわたしたちをとても不幸にするわけではありません。だれも死なないとは思っていないので、そのことでがっくりくるわけではありません。もう先は長くないと知ったとしてもさほど気にはしな

いものです。唯一、われわれが心の底から動揺するのは、死の一撃が正確にいつやってくるかを知った時、あるいは知ったと思う時です。さいわい、だれも自分がいつ死ぬか正確には知り得ないわけですが、それを知ろうとして、みじめな気持ちになる者はたくさんいます。でも、どこかに天使のような存在がいて、人間がその知の針を死の尻尾に突き刺すことを妨げてくれているみたいです。分かるのであれば知ろうとするでしょうが、分からないおかげで、死は怖いものではあるものの、どんな状況においても、怖いもの以上のものにはならずにすんでいます。

一週間後の死刑執行を宣告され、とても脱獄できない刑務所に収監されたとしても、その前に刑執行の猶予が与えられるのではないかという希望を片時も捨てられないものです。それに、刑務所が火事になるかもしれませんし、その結果、絞首刑ではなく、ふつうの煙で窒息するかもしれません。刑務所の庭で運動している時に雷に打たれて死んでしまうかもしれません。絞首刑執行の日の朝が来ても、その朝の食事を喉につまらせることだってありえますし、絞首台の床が落ちる前に心不全で死んでしまうかもしれません。また、床が落ちた後も、自分が死ぬかどうか確信をもてはしません。実際に死んでしまうまでは分かりません。そして、その決められた瞬間に死ぬかどうかが分かっても、その時はすでに遅すぎるのです。だから、エレホンの人たちは、死を生と同じように痛いというよりは怖いものとして捉えています。

死者は火葬にふし、遺灰はすぐに故人が希望した場所にまきます。その望みを拒むことは許されません。ですから、たいてい、若いころに行ったり好きだったりした庭園とか果樹園が選ばれます。故人は遺灰がまかれた場所の熱心な守護霊にその後なると考える迷信的な人もいます。生

者は、故人がかつて幸せだったゆかりの地と一体になったと考えることを好みます。

死者のために記念碑をたてたり墓碑銘を記したりはしません。もっとも、昔はイギリス同様そういったことをしていました。体が朽ちた後も名前は残したいという気持ちは人類に共通する本能のようで、類似の習慣があります。つまり、お金に余裕のある者は、まだ生きている間に、自分の彫像を作らせて、その下に、わたしたちの国のお墓に刻まれた銘と同様、たいていは事実とまったく異なる言葉を記すのです。ただ、その作法が異なります。というのは、エレホン人は、かんしゃく持ちだったとか嫉妬ぶかかったとか強欲だったと記すことをためらいません。それから、まずほとんどの場合で、容姿美麗であったと——それが事実か事実に反するかはお構いなしに——記します。国債をたくさん所有していたとも書かせます。容姿が醜悪な人は、本人が自分の彫像のモデルとして座るのではなく、友人で一番ハンサムな人に頼んでモデルになってもらい、そこに自分の名前を記します。だから「わたしの代わりにわたしの彫像のモデルになってくれませんか」と言うのがお世辞の決まり文句のひとつになっています。ご婦人は、もっともなことながら友人より容貌が劣ることを自ら認めたくないので、たいてい本人が自分の彫像のモデルになるものの、実物よりも美しく理想化された像を求めます。しかし、どの家庭でも、そのような彫像がたくさん余って置き場所に困るようになってきているようでした。おそらく、ほどなく、この習慣は廃れることでしょう。

実際、公人の彫像については、すでにそのように廃れてしまっていて、皆、現状に満足しています。この首都全体で、公人の彫像は三体しかありません。「おどろいた」と人に話すと、「あな

たがここに来るおよそ五〇〇年前には町は彫像であふれかえっていて、人がどこにも行けない状態になっていました」という答えが返ってきました。すこしでも動いたり向きを変えたりするとそこに像が立っていてその由来を読むと自分には何の関係もないことが分かるので、みんな、堪忍袋の緒が切れてしまったそうです。そのころの像の大半は、飼い主が死んだペットの犬や鳥やカマスをはく製にさせたような代物のさらに劣化版で、小さな仲間内で作らせていました。モデルになった人を彫像にして持ち上げることで自らを持ち上げるつもりで作られ公衆に押し付けられたものが大半でした。仲間内で「娘の婚約者が若手の彫刻家なのでこいつに仕事を与えてやろう」とだれかが言い出して話がはじまるといったことも珍しくありませんでした。そんな経緯で生まれた彫像が醜悪でないはずがありません。技術が広まるとまたたく間に、そんな作り方が定番になってしまいます。

どうしてかは分からないのですが、最高級の芸術の絶頂期はじつに短いものです。頂きにたったしたかと思うと衰退がはじまります。衰えはじめた時に息の根を止めてしまえればいいのですが、芸術は生き物に似ていて、残念ながらそうもいかず、だんだんと老いて、死に近づいてゆきます。老いた芸術を若返らせる手立てはありません。そのためには、生まれなおして、新たに幼児期からはじめて大きくなってゆかなくてはなりません。恐れに全身打ちふるえながら一回一回の努力をとおして自らの救済を見つけてゆくしかないのです。

五〇〇年前のエレホン人には、このようなことが何も分かっていませんでした。今だってどのくらい分かっているでしょうか。とにかく彼らが欲したのは人間のはく製もどきで、中の詰め物

がかび臭くならなければよかったのです。本物の衣服を着せ本物そっくりに彩色したロンドンのマダム・タッソー蠟人形館のような施設を作るべきでした。その種の施設ならば、入場料をとれば、自主運営も可能だったかもしれません。しかし、実際は、拙く、冷たく、うす汚れた、無色の男女の英雄たちが晴れの日も雨の日も広場に街角にたむろして町の美観をそこねるという事態をまねいてしまったのです。死んだ芸術作品を人目につかぬ場所に片づけるべしといった法的規定もなく、いわば国の残滓的な印象の一部を形づくるために消化されてしまった彫像を体外に排泄するシステムが整えられていなかったのです。そのため、仲間内の口車にのせられ軽い気持ちで像が建てられてしまい、建立者もその子孫もその後しばしば、国家に莫大な人的•経済的な損害を与えた空っぽなおしゃべりばかりの臆病者に悩まされながら暮らすことになってしまったのです。

そして、その弊害があまりにもひどくなって、ある時、人びとが立ち上がり、憤怒のあまりに見さかいなしに、良い像も悪い像もいっしょに打ちこわしてしまったのです。破壊された像の大半はひどい出来栄えでしたが、数少ないながら優れたものもあって、現代の彫刻家は各地方の博物館にあるそれらの破片を見て悔しがっています。それから二〇〇年ほどは国じゅうで一体の彫像さえ作られませんでした。しかし、自分たちのはく製を残したいという人間の強い本能には結局勝てず、また作りはじめました。作り方の知識はすでに廃れていて、学者のお門違いの指導もなかったので、この時代の最初期の彫刻家は自分で創意工夫をこらし、ふたたびきわめて興味ぶかい作品を作り出すことに成功しました。それが刺激となり、三、四世代あとには、数百年前のレベルにほとんど見劣りしない完璧さに達しました。

すると、また悪循環がはじまりました。彫刻家は高い収入を得るようになり、芸術が商売となり、高い授業料をとって、高尚な芸術的精神性を教えると標榜《ひょうぼう》する学校が生まれました。国の至るところから学生が群がり集まってきて、いずれ金もうけをしようと、彫像術を学ぼうとしたものの、彼らを送り出した連中の罪の報いか、使い物にならない芸術家がたくさん出来ました。いずれ第二の彫像破壊騒動勃発必至という状況に陥ったものの、その時、先見の明のある政治家が現れ、「いかなる公人の彫像も、建立五〇年後に、無作為に選出された二四名から成る陪審団による「次の五〇年も残さるるべし」という答申のないかぎり、破壊すること」という内容の法律を制定しました。五〇年ごとに再審議が繰り返され、陪審団二四名中一八名の賛同を得ないかぎりは打ち壊されることになりました。

もっとシンプルに「少なくとも死後一〇〇年はいかなる公人の彫像の建立も禁じ、そののち五〇年ごとに故人の資格と彫像の意義の再審議を行う」とする選択肢もありえたものの、新法は総じて満足のゆく結果をもたらしました。第一に、旧システムの下で認められたような多くの公共の彫像が、まず間違いなく五〇年後に壊されると分かると、注文されなくなったのです。それから、自作の運命をはかないものと知った彫刻家たちがひどく手を抜くようになって、素人目にも明らかに醜悪な像を作るようになりました。そんなわけで、じきに、予約者たちは、死んだ政治家の像を注文する際に、「像を作らない」という条件で注文を出すようになったのです。そうすれば、故人に敬意を表したという申し訳はたちますし、彫刻家も収入が減りませんし、一般市民も被害をこうむりません。

しかし、その習慣の堕落した形が今広がりつつあるようです。「像を作らないこと」という条件の予約注文の競争がとても激しくなった結果、彫刻家があらかじめの申し合わせに従い、受け取り代金のかなりの額をキャッシュバックするという慣行が知られるようになりました。といっても、それはかならず秘密裡に行われます。そして、彫像が建つはずの場所の舗道に「かくかくしかじかの像が注文されたもののまだ完成に至っていない」という短い文章が刻まれます。私的鑑賞目的の像建立を禁じる法律はありません。しかし、すでに述べたように、以上のような慣習は廃れつつあります。

死にまつわるエレホン国の慣習に戻ると、ひとつ、ぜひ、お話ししておきたいことがあります。ここでは、だれかが死んでも、友人たちはお悔みの手紙を書きません。散骨に立ち会うこともありませんし、喪服を着ることもありませんが、人工の涙をいっぱい詰めた小さな箱を送ります。その箱の蓋に送った人の名前をきれいに描きます。涙の数は二つぶから一五、六つぶまでさまざまで、遺族との親密度、近親度に応じて決まります。何つぶ送るかを決めるのがマナーとして難しい点で、頭を悩ませることも度々です。奇妙に思われるかもしれませんが、この涙のことで気くばりができる人が高い評価を得ます。逆にそこを怠ると大ごとになります。昔はのりでこの涙を頬につけたもので、親族の死後何か月かは、公の席ではそのような恰好をしていました。それから、涙をつける場所が頬から帽子に移り、今ではそれもしなくなりました。

子どもの誕生は、痛ましい出来事として、触れないのがエチケットとされます。母親の体調不良は、出生告白書――詳しくは後述――にサインせざるをえなくなって隠しきれなくなる時まで、

注意ぶかく秘められます。出産前何か月かは家族で引きこもってほとんどだれにも会わずに過ごします。出産後は――理屈としては変ですが――黙認してもらいます。出産という、自然の恵みであり、衝突緩衝装置であり、人生の計算をひっくり返しつつも人生に意味を与えてくれるものであり、人を盲目にすると同時に賢くしてくれる人の創造行為の輝かしい頂点であるこの素晴らしい矛盾は、他の国に変わらず、ここエレホン国でも存在します。最もきびしい道徳観をもつ作家たちは、良きものが生ずるためといって健康を害するのは間違っているという理由から、女性が出産するのは邪悪な行いであると主張してきました。しかし、一般の人たちは、子どもが生まれないと困ってしまいますから、否応なくニュースになってしまうような目に余るケース以外は黙認しようと思っています。ただ、目に余る場合は、容赦しません。危険かつ長引いたと思われる出産をしたご婦人は、出産前の社会的地位を取り戻すことがほとんど不可能になります。

こんな慣習は合理性に欠け残酷だと、わたしは思いました。しかし、いろいろ想像して体調不良を気に病むことを防いではくれます。妊娠は大きな関心をもたれることを意味するのではなく、ここではあきらかに非難に値しうる状態なので、ご婦人がたはできるかぎり注意を払って、夫に対してさえ、不品行が分かるときびしく叱責されるのではないかと恐れながら、これを隠そうとします。それから、赤ん坊は、歩いたり話したりできるようになるまでは、出生告白書にサインする日以外は、できるかぎり人目につかないようにします。幼くして残念ながら世を去った場合は、検死が義務づけられますが、世間で尊敬されてきた家族の評判に傷をつけないよう、検死結果は、まず間違いなく、「没年七五歳以上、死因老衰」となります。

そのままノスニボー家に滞在をつづけたのですが、数日たつと鞭打たれたノスニボー氏の具合もよくなり、次の鞭打ちが最後だというので、その日を心待ちにしている様子でした。もう鞭に打たれなくてもいいのにとわたしは思ったのですが、彼は「念のために、あと一回分、一二発打たれておくよ」と言います。今では仕事ぶりもいつも通りに戻って、重い罰金を払ったにもかかわらず、これ以上ないほどもうかっているようです。日中は、わたしと話す時間もほとんどありません。大変な重要人物となっていて、年収とか月収とか週給とか日給とかではなく、分単位で報酬を得ています。しかし、彼の奥さんと娘たちはわたしのことをとても大事にしてくれて、わたしに会いに大挙して押しかけてくる友人たちを紹介してくれました。

そのひとりにマハイナという名のご婦人がいました。彼女が部屋に入ってくるとノスニボー氏の長女のズローラがすぐに駆け寄っていって、「かわいそうに、あなた、アルコール癖はいかが?」と優しく尋ねながら抱きしめます。するとマハイナは「ほんとうにひどいのよ。わたし、

すっかり酒びたりになっちゃって。こんな状態でも体が丈夫なことだけがなぐさめだわ」と応えるのです。

　すると、他のご婦人たちも寄ってきて「まあお気の毒に」とか――それぞれの精神疾患ごとに必ず役立つアドバイスがあって――「これこれのことをするといいわよ」とか口にします。「わたしの矯正師、いいわよ」と勧めたり「マハイナさんのはダメ矯正師だわ」とけなしたりもします。ノスニボー夫人はお気に入りの秘策を説明しているのですが、それがどういうものか結局わたしにはよく聞こえませんでした。「それを何度も繰り返せば、酒を飲みたいという欲望がかならず消えるという自信が×××その自信がすべて×××ぜったいに酒をやめるという鉄の意志をもつことを過小評価するわけじゃあぜんぜんないけれど×××あまりにも失敗するケースが多くて×××このやり方で、一〇〇パーセント治ります×××決まった形を×××ぜったいに」といった具合です。そのあとは、会話も聞こえるようになりましたが、けっこう長いこと話していました。その言葉巧みに言い表された裏表のある複雑な話の一部始終をお伝えしようとすると、わたし自身混乱してしまいますし、読者諸賢も同じだろうと思います。とりあえずは、マハイナの訪問もじきに終わり、ご婦人方全員から優しく温かく抱きしめられながら辞去した、とのみ言っておきましょう。わたし自身はと言えば、マハイナの顔つきと会話の内容に嫌な感じをおぼえたので、はじめに紹介されたあとは、彼女に近づかないようにしていました。そして、彼女が部屋を去ったあとのこぼれ話の片々に、いささかの慰めを得ました。

　最初、ご婦人方は「マハイナさんってこういう方ね」、「ああいう方ね」ととても慎ましやかに

褒めたたえていたのですが、わたしのほうは聞けば聞くほど彼女に対する嫌悪感がつのってゆき、とうとう「どうして矯正師はノスニボー氏を治したようにマハイナさんを治せないんですか」と訊いたのです。

するとと、わたしの言葉を聞いたノスニボー夫人の顔にいわくありげな暗い影がさしました。「マハイナは、矯正師の手にはおえない」とほのめかすかのようです。わたしははっとしました。「もしかしたらマハイナさんは酒などぜんぜん飲まないのかも」と思ったのです。そこで、こんなことを訊いてはいけないと分かってはいましたが、どうしても訊きたくなって、「いったい、マハイナさんはお酒を飲むんですか、飲まないんですか?」と単刀直入に質問してしまいました。「わたしたちはだれも他人の調子を判断することはできないんですよ」と優しく重々しくノスニボー夫人は答えながら、ちらっとズローラを一瞥します。

「ママったら!」と半ば怒ったふりをしながら、ズローラはずっと遠回しに言いたかったことをはっきり口にできるチャンスが来たことに嬉々として、こうつなげます。「わたし、あの人の言うことはひと言だって信じてません。全部、消化不良が原因だわ。去年の夏にまるまる一か月マハイナさんの家に泊まらせていただきましたが、ワインだって蒸留酒だって一度も、なめさえしなかったわ。実はひどい虚弱体質なので、ほんとうは非難されて然るべきなのに、友だちに我慢してもらうために酔っぱらいのふりをしているのよ。体が弱くて決められた徒手体操もできないので、道徳的に欠陥があるという言い訳をしないといけないんです。そうしないと、強制的にやらされるから」

すると、いつも優しく親切な下の娘が「マハイナさん、お酒はときどき飲むと思います」と口をはさみました。「それに、たまにケシの汁を絞ってジュースにして飲むと思います」

「それなら、ときどきは飲むのかもね」とズローラが返します。「でも、自分の欠点を隠すために、飲酒癖をずっと誇張してるってもんだわ」

このようにして、三〇分以上も、マハイナの飲酒癖の虚実をめぐって、あれやこれや言っていました。時々、みんなで、そろって、親切げな決まり文句を口にして、「マハイナさんって、あの残念な飲酒癖さえなければ、とっても健康体よ」というふりをするのですが、それが結論になりかけると、また落ち着きをなくして、自分の言った綺麗ごとを撤回し、マハイナの体には深刻な欠陥があるといった非難の言葉を投げるのです。そして、ついには、サイクロンや台風みたいに話がぐるぐるぐるぐる旋回しだして、始まりがどこか、終わりがどこにあるか、分からなくなったので、わたしは「失礼します」といきなり座を辞して、自室に戻りました。

やっと独りになれたわけですが、すっかり落ちこんでしまいました。ここの人たちには、高度な文明があり、数多くの美点がそなわっているにもかかわらず、何世代にもわたって子どものころに間違った見方を学んでしまった挙句、歪んだ世界観に囚われてしまっていて、どうしたら問題を解決できるのかが皆目分からないでいるのです。この人たちにどう言ったら、自分の体質はまったくコントロールできないのだということを分かってもらえるのでしょうか。それとは対照的に、精神は気持ちの持ち方次第で作り直したり方向づけできたりするまったくの別物だということを分かってもらえるのでしょうか。精神および性格の習慣は持って生まれた精神の力や受け

た幼児教育とはまったくの別物であるのに対して、体は両親と生育環境の影響を大きく受けるので、不健康であることを罰するのは伝染予防策として以外には認めるべきではないし、罰せざるを得ない場合でも惻隠《そくいん》の情が大切だということを彼らに分からせるのは無理な話なのでしょうか。たしかに、気の毒なマハイナの場合も、虚弱体質ゆえに馬鹿にされるという恐れがなくなり、自分の身体不調を公言しても大丈夫と感じられれば、かつ自分の体調をかなり率直に話せる医者が見つかれば、ひどい薬はぜったいに飲みたくないという気持ちもあり、ためらうことなく病気を打ち明けることでしょう。彼女の病気は——というのはいろいろ聞いたことを総合すると、飲酒癖は単なるふりで、彼女はあらゆる面できちんと節制できる人です——もう治らないのかもしれないし、もしそうだとすれば、この国では嫌がらせを受けても当たり前だし、拘禁されても当然のこととなります。しかるに、治るか治らないかは、彼女が自分の症状のすべてを打ち明けられるような状況にならないかぎり、だれにも分かりません。ここエレホン国の人びとは、病気を根絶しようと熱心になった挙句、やり過ぎてしまっています。彼らは病気を隠すことの名人で、技をこらして顔を塗りたくり、老化や事故で生じた皺や傷やたるみをごまかすので、いったい、だれが健康で、だれが病んでいるのか、数か月、数年かけて付き合いが深まらないかぎりは判別不可能です。最も眼力に秀でた人でもしょっちゅうだまされていますし、病気を隠す化粧術を駆使した相手と結婚してしまい、悲惨な結果をまねくこともしばしばです。

病気を治すにはまず、近親者と友人に病気の事実を告げることから始めなければいけないような気がします。たとえば、頭痛がしたとします。その時、常識の範囲内で、頭が痛いとすぐに言

えるようにするべきです。そして、周囲のだれもが眉をひそめたり涙を流したりといった騒ぎなしに、自室に戻って頭痛薬を飲むことが許されるべきです。それが、この国では、だれそれが頭痛持ちだとささやかれると、その場に居合わせた全員が、まるで自分は生まれてこのかた頭痛を経験したことがないような表情を浮かべるのです。たしかに、ここの人たちは病気になるときびしく罰せられるため、想像しうるかぎり最高に健康的で美しく、頭痛もひどく多くはないのですが、それでも、最も健康にめぐまれた人でさえ、たまには調子が悪くなるものです。戸棚のどこかに薬箱のない家だって、めったにありません。

第一五章　音楽銀行

客間に戻ると、マハイナの話題は終わっていました。ご婦人方は自分の仕事を片付けて、外出の準備をはじめています。「どちらへ?」と訊くと、「すこしお金を出しに銀行まで」とちょっと控えめに答えます。

この国の商業の形態がわたしたちの国とはまったく異なっているのはすでに察していましたが、分かっていたのは次のことくらいでした。ここにはふたつの異なった商業システムがあります。そのうちのひとつはヨーロッパでわたしたちが見知っているどんな制度よりも強く想像力に訴えかけるタイプです。このシステムに属する銀行はとてもきらびやかな装飾がほどこされていて、取引きをする際にはかならず音楽の伴奏がつくことから、音楽銀行と呼ばれています。もっとも、その音楽はヨーロッパ人にとって、とても耳ざわりなものです。

システム自体については、まったく理解できませんでした。今でもよく分かりません。外国人には知りえないエレホン人だけの掟《おきて》のようなものがあります。ひとつの規則が別の規則とつなが

っていたり衝突していたりして、複雑きわまる文法や中国語の発音のようです。中国語のことは人に聞いた話ですが、ほんのすこしアクセントやイントネーションが変わっただけで文章全体の意味が変わってしまうそうです。これからするわたしの話につじつまの合わないところがあったならば、それはまず間違いなく、この国のシステムについてのわたしの理解が十全でないことに起因します。

しかし、それまでのわたしに分かっていた確かな事実は、ふたつの通貨があって、それぞれがそれぞれの銀行および商業規則の下に管理されているということぐらいでした。音楽銀行のあるシステムのほうが本物とされていて、すべての金銭取引きに使用されるべき通貨を発行しているとされています。わたしの見るかぎり、世間体を気にする人たちはすべて、その額に多い少ないはあるものの、音楽銀行に口座をもっていました。しかし――このことだけは確信があるのですが――音楽銀行での貯蓄額はその外の世界では直接的・商業的価値をまったく有しませんでした。音楽銀行の支店長や出納係の給料も音楽銀行発行の貨幣ではぜったいに支払われていないと思います。ノスニボー氏は、たまに音楽銀行に、とりわけ支店よりも都会の本店に行くことがありましたが、しげしげと通っているわけではありませんでした。音楽銀行でも小さな役職に就いているようでしたが、彼はむしろ、もうひとつの銀行の中心人物でした。音楽銀行にはたいてい女性たちだけで行きました。ほとんどの家庭が、公の儀式がある場合は別として、そうでした。

わたしはこの奇妙な制度のことをもっと知りたいとずっと思っていたので、夫人と娘たちに付いていきたいととても強く思いました。彼女たちは、わたしがこの家に来て以来、ほとんど毎朝、

出かけます。手に大きな財布を、これ見よがしにというわけではありませんが、道で出会った人たちに自分たちの行き先が分かるくらいには見せて持っていました。しかし、それまで「一緒に行きませんか」と誘われたことはありませんでした。

人の様子にはいわく言いがたいところがあるものですが、銀行に出かける時の女性たちを見ていて受ける奇妙な印象にはほとんど言葉に出来ない何かがあります。いっしょに連れて行きたいけれども誘うのはためらわれるし、わたしの側から「連れていって欲しい」と頼むのは礼儀に反する、といったある種のじれったい感じがあるのです。しかし、わたしは、夫人にはっきり話して、連れていってくれるかどうかという問題に決着をつけようと心に決めました。若干交渉めいたやりとりがあり、たくさんの質問が投げかけられ、わたしの「行きたい」という気持ちが確認されると、いっしょに連れていってくれることになりました。

立派な家の並んだいくつかの通りを行き、最後に角を曲がると、大きな広場に出ました。その端に豪壮な建物があります。とても不思議な、しかし風格のある、神さびた建物です。広場に直接面しているというわけではなく、あいだに目隠しがあり、その中にアーチ状の道が通っていて、広場と銀行の実際の敷地をつないでいます。アーチをくぐり抜けてゆくと、緑の芝生に出ました。そのまわりを回廊がめぐっています。目の前には銀行の荘厳きわまる塔と神々しい正面がそびえています。銀行の正面は三つの深い壁龕《へきがん》に分かれていて、ありとあらゆる大理石などの彫像や彫刻で飾られています。両側には美しい古木があり、何百という鳥でにぎわっています。とても住み心地のよさそうな大きく趣のある家々が果樹園や庭園の中に散在していて、大きな安らぎと豊

かさを与えてくれます。

想像力に訴えかける建物であることに間違いはありません。しかし、それ以上の力があります。人の想像力と判断力をとりこにする迫力です。石と大理石でできた壮大な叙事詩です。わたしは圧倒され、魅せられて、身も心もとろける心地になりました。遠い古《いにしえ》の存在を強く意識しました。いつも頭では分かっているのですが、過去の時代の命の生き証人の実物をこの目で見る時ほど、過去が生き生きとよみがえることはありません。おのれの小ささを痛感します。自分ひとりの人生など人類の歴史の中では何と短い時間なのだろうと感じます。この静けさに満ちた建物を建てることができた見事な世界感覚をそなえていた人びとが導きだした結論は、どんな話題に関してでも、間違っているはずがないと思わずにいられなくなりました。音楽銀行の通貨は正しい通貨であるという確信におそわれました。

わたしたちは芝生をわたり、建物の中に入りました。建物の外側も壮観でしたが、中はさらに豪壮でした。とても天井が高く、巨大な柱に支えられた壁でいくつかの部分に分かれていました。窓は、銀行の長い歴史の中で起きた主要な商業上の出来事を描いたステンドグラスでいっぱいでした。遠く、奥のほうで、少年を含む男声合唱団が歌っています。ここで唯ひとつの不協和音です。というのは、いままで聞いたことのないような音階なのです。ヨーロッパ人の耳に心地よい音楽はエレホン国には存在しません。歌い手は鳥の歌や風のうなり声から霊感を得ているようで、風のうなりを模倣する際には暗い抑揚を用いて、時には吠える調子に堕します。わたしには、耐えがたい騒音でした。しかし、同行した女性連には絶大な効果があったようで、「ほんとうに感

動したわ」と口々に言います。歌が終わるとすぐ、女性たちは「歌が聞こえてくる奥のほうに行ってきますから、ここで待っていてくださいね」とわたしに言いました。

待っているあいだ、いろいろなことを考えました。

まず、建物ががらんとしているのが奇妙だと思いました。わたし以外にほとんど人がいませんし、興味をひかれて入ってきたごくわずかの人も、ここで取引きをする気配がありません。奥のほうにもっといるかもしれないと思い、カーテンのあるところまで忍び足で歩いてゆき、思い切ってカーテンの端を横に引いてみました。お客さんはほとんどいません。窓口には出納係がずらりと並んで、小切手を現金化しようと待ち構えています。役員株主らしき人物もひとりふたりいます。ノスニボー夫人と娘たちとその他二、三人のご婦人の姿も見えます。さらに老婦人が三、四人と近くの屁理屈大学の男子学生連中がいますが、それ以外はだれもいません。あまり商売は繁盛していない様子です。町のだれもが音楽銀行とは取引きがあると、いつも言われてきたのですが。

この奥で起きていることのすべてをお伝えすることはできません。黒いガウンをまとった怖そうな顔の人がやって来て、のぞきこんでいるわたしに不快そうな身ぶりをするのです。たまたま、ポケットにノスニボー夫人からもらった音楽銀行の貨幣があったので、その一枚をチップとしてわたそうとすると、それに気づいた男が激怒しました。わたしは他の通貨の貨幣を与えて、彼をなだめなくてはなりませんでした。すぐに礼儀正しくなりました。彼が姿を消すとすぐに、もう一度のぞいてみました。ちょうどズローラが出納係のひとりに小切手みたいな紙切れをわたして

いるところです。出納係はそれをろくに見ることなく、脇にある古めかしい手提げ金庫に手を入れると、無造作な様子で硬貨をがばっと取り出し、数えもせずに、それをわたします。ズローラもまた数えることなく、それを自分の財布に入れると、別の通貨の硬貨を何枚か出納係の脇に置かれている献金箱に入れてから、自分の席に戻りました。ノスニボー夫人もアロウィーナも同様にふるまいました。少したつと、三人は出納係から受け取ったお金――わたしの目に入ったかぎりでは――全額を、案内係にわたします。すると、案内係は――間違いなく――それをまた金庫に戻していました。それから、女性たちがカーテンのほうにやって来たので、わたしはのぞくのを止めて、それなりの距離のところまで退いて待ちました。

じきに、われわれは合流しました。数分間、だまったままでした。こらえきれなくなって、わたしが「いつもは違うんでしょうけれども、今日はずいぶん空いていますね」と言うと、ノスニボー夫人は「最も大切な施設がこんなにないがしろにされるということは、とても憂鬱なことです」と返しました。そこで会話は途切れました。しかし、思うに、たいていの人びとは、自分のためになる場所がどこか、大体分かっているものです。

「こんなに人が少ないからといって、この銀行が信頼されていないということではないんですよ。エレホン人はこのような機関を心から大切に思っているのです」とノスニボー夫人がつづけます。「もし、少しでも危機のニュースが流れたら、まったく思いもかけないところからも支援が集まるでしょう。とてもとても安全だと知っているから、残念ながら、うちの主人みたいに、支援の必要はないと思う人びとも出てくるのです。それに、これ以上ないくらい安全で堅実な経営がさ

れているのです。ですから、お金を預けても、ある種のインチキ会社によくあるような利息をつけません。彼らのように不正取引きでたくさんの顧客を奪ってゆくこともしません。こういう恥知らずな連中が打ち出す新機軸のため、音楽銀行の株主は以前より減っています。というのは、この銀行は、配当がないかあっても無に等しく、利益は、三万年に一回、最初の株につく特別配当という形で分配されるだけなのです。それで、最後の特別配当からまだ二〇〇〇年しか経っていないので、人びとは自分が生きているあいだは無理だろうと思って、もっと目に見えてかせげそうな投資を選ぶのです。ああ、考えるととても憂鬱な話になるのですが」

以上のような事実を認めたあとで、彼女は最初の主張に立ちもどりました。すなわち「音楽銀行は全国民に支持されている」ということです。「お客さんはほとんどいませんし、活気にあふれた行員もいませんが、これでいいのです！」とわたしに向かって力説するのですが、なるほどと思うところもありました。夫人がつづけます――「人間組織の堅固さについて一番よく分かっている法律家とか科学者とか医者とか政治家とか画家といった連中はかえって、自分は有能なのでこれこれのことが出来ると勘違いし、手っ取り早く利益を増やしたいという放縦な欲望に取りつかれてあやしげな振る舞いに陥りがちです。それこそ、彼らの批判者の批判の根拠の大半を成すものです。また、彼らは虚栄心が強く、庶民の偏見を鼻で笑うようなところもあります。そして、たいていは病気持ちなので、体にコンプレックスがあって、そのためいつもひどく良心の呵責を感じているのです。

知性がこの上なく秀でていても、体が一〇〇パーセント健康でなければ、この種の事柄に関し

てりっぱな意見を持ちえないものです。体がすべてなのです。もっとも、とても頑健な体である必要はないでしょう」と、夫人は、音楽銀行の従業員の老いて弱そうな体のことをわたしが考えていると見てとると、付け加えました。「しかし、一〇〇パーセント健康でなければいけません。この銀行の場合、アクティブな元気さの少ないほうが、知性がより自由に働きますから、より健全な結論が導かれます。あなたが目にした銀行員の人たちこそ、最も傾聴すべき意見の持ち主なのですよ。彼らは、銀行から得られる利益は計り知れず、それも、もらえて然るべき額よりはるかに大きい額をもらえる、と公言しています」と夫人はしゃべりつづけました。家に着くまで、その弁舌が止むことはありませんでした。

どんなに好き放題に話したとしても、彼女の物腰はまったく説得力を欠いていました。のちに、何度か、銀行に対するまごうかたなき全般的な無関心の兆候を目にしました。支持者たちはそれを否定することが多いのですが、たいてい、その否定の際の言葉づかいが関心のなさを示してしまっています。ビジネス上の危機にあった時、全体に景気が悪い時、大衆は音楽銀行に助けてもらおうとは考えもしません。少数ながら、習慣と昔受けた教育の影響から、あるいは、溺れそうになった時に藁をもつかむ人の本能から音楽銀行のことを思う人はいたかもしれませんが、他の貨幣での借金を返済できなくなった際に音楽銀行が破産を防いでくれるかもしれないと本気で信じていた者はごくわずかです。

音楽銀行の支店長のひとりと話す機会があった際に、礼を失しないよう気をつけながらも分かってもらえるような言葉づかいで、このことを仄めかしてみました。彼は「たしかに最近までは

そうでしたが」と認めつつも、こうつづけました。「しかしながら、全国すべての支店に新しいステンドグラスをはめた窓を設置したのであります。建物の修繕もいたしましたし、オルガンも大きくしました。それに、頭取たちも自ら乗合馬車に乗ったり、街に出てにこやかに人びとに話しかけたり、お子さまがたの年を覚えたり、いたずらをした子にはプレゼントをしたりしておりますので、今後はすべて、円滑に事が運ぶものと思われます」

わたしもおずおずと訊き返します。

「でも、お金に関しては、何も手をお打ちにならなかったのですか？」

すると、次のような答えが返ってきました。

「いや、その必要はありません。ええ、ぜったいに、まったく、ぜんぜん」

しかし、だれの目にも、この銀行発行の貨幣は街でパンや肉や衣服を買う際に支払いに使われる貨幣ではない、ということは分かるのです。一見、使えそうには見えます。大変美しいデザインがほどこされていることが多いのです。誤解のないよう、繰り返しますが、実際に使われる貨幣と見まちがえられることを狙った偽の貨幣ではないのです。むしろ、おもちゃのお金と言うか、トランプのある種のゲームで使われる代用貨幣《トークン》みたいなものと言ったらよいのでしょうか。美しいデザインながら、使われている材料がほとんど無価値です。スズ箔もありますが、大半はむきだしの安価な卑金属製で、わたしにはその正体もよく分かりませんでした。いや、単一の金属というよりは、多種多様なまぜ物と言えばいいのでしょう。固いものもありますが、簡単に曲がってしまって、持ち主のその時の気分次第でほとんどどんな形にもなるようなものもありました。

もちろん、みんな、その商業上の価値がゼロであることは分かっています。しかし、「きちんとしている」と見られたい人はみんな、何枚か音楽銀行発行の貨幣を保有していることが必須であると考えていて、時折、手や財布の中のお金をちらりと見せます。それだけではありません。音楽銀行発行貨幣に比べれば、今この国で流通している通貨はくずだと言い張ります。ただ、じつに奇妙なのは、そう言った本人が時々小さなジョークをかまして、自国の貨幣制度をバカにすることです。匿名で書かれた場合、日刊紙ではどんな当てこすりを書いても、みんな気にしないどころか、拍手喝采されるのに、同じ内容を、面と向かって、主格も対格もはっきりとさせた疑いの余地のない構文で伝えると、彼らはかんかんになって、しかも正義漢づらして、こちらを「あなた、体調不良ですね」となじってくるのです。

今もそうですが、当時は――その後、だんだん彼らの事情も分かってきましたが――「どうして単一通貨ではいけないのか」と思いました。そのほうがずっと取引きがしやすくなるでしょう。でも、思い切ってそのことを仄めかすと、みんな「とんでもない」といった表情をします。他の銀行に資産があり、音楽銀行には間違いなく必要最低限のお金しか預けていない人たちでさえ、「他の銀行は冷たく、邪悪で、腐臭がする」と言うのです。

もうひとつ、気がついて、とてもおどろいたことがあります。となり町で音楽銀行支店の開店式があって連れていってもらった時に、出納係や管理職が勢ぞろいしていて、わたしの席の真正面にいたので、彼らの顔をじっと観察してみました。それは、好きになれない顔つきであり、表情でした。彼らには、少数の例外を除いて、「真にエレホン的」と呼ぶべきあの率直さがありま

せん。他の階級で同じ数の人間が集まったら、もっと晴れやかな好印象を与えたことでしょう。街中《まちなか》で会っても、音楽銀行の行員たちは他の人たちと違って見えます。たいていの場合、表情に鬱屈した感じがあって、それを見るとつらい気持ちになって、こちらも落ちこみます。

その中でも田舎出身者はましに見えます。都会人ほど孤立した生活ではないのでしょう。より健康的で、自由度が高そうです。しかし、それでも——善良で志も高そうな人も少なからずいましたが——わたしが会った人たちの大半を基準として、彼らの表情から国民全体の民度を推測した場合、この国の評価はより高くなるのかと自らに問うてみれば、その答えは「ぜったいにノー」です。上流イドグルン教徒の表情ならば国じゅうに広めたいと思うでしょうが、出納係の顔はぜったいに嫌です。

人の真価は、表情にこそ現れます。そこにその人の内面の霊性あるいは霊性の欠如がはっきり記されるのです。ここにいるほとんどの人たちを見れば、彼らの人生と生活のどこかに自然な発達を妨げる何かがあると感じないわけにはいきません。他の職についていたら、もっと健全な精神を得られたことでしょう。いつも気の毒に思っていました。というのは、行員の一〇人中九人は善意の人ですし、大方は薄給で、体はたいてい丈夫な質です。彼らの無数の自己犠牲や寛大な行為の実例が記録に残っています。しかし、運悪く、大半の者は、まだ若くて十分な判断力ももてない年頃に、この制度のほんとうの問題点について敢えて知らされることなく、だまされるようにこの間違った仕事についてしまったのです。そのような経緯だからと言って、間違った職業の悪影響が減るわけではありません。悪影響ははっきりと彼らの顔に見てとれます。

行員の前で自由にオープンに自分の意見を言う者はほとんどいません。とても悪いことだと、わたしは思います。彼らが部屋に入ってくると、他の人たちはみんな、音楽銀行以外の通貨はすべて撤廃すべきと言わんばかりになります。それでも、出納係本人からして一般人とほぼ変わらず音楽銀行の貨幣をほとんど使わないということは、だれもがとてもよく知る公然の秘密なのです。彼らにとっては、使っているように見せることだけが大切です。能天気な質で、とりわけ不幸そうには見えない連中もいますが、多くは、ほとんど気づいていないのかもしれないし、気づいていても他人には認めないとは思いますが、内心うんざりしているのがはっきり見てとれます。この金融制度全体に批判的な者も少数ながらいます。しかし、彼らはいつ首にされるか分からないので、とても慎重です。すこしでも音楽銀行で出納係をした経験があると再就職ができないのです。ここでは「その教育じゃだめだ」という言い方をしますが、職業的に「使えない」人材になってしまうのです。ですから、音楽銀行の出納係は、事実上、辞めるに辞められない仕事です。そういう仕事に、若者がその受けた教育からして自分の意見がまだ固まらない頃に、誘いこまれるように就いてしまうのです。不当なプレッシャーをかけられたり、都合の悪いことを隠され、欺されて就職するケースが少なからずあります。闇の中の跳躍にひとしい行為に身を任せる前に、問題をじっくりと表から裏から考えてみたいと言える勇気のある者はほとんどいません。仕事を選ぶ際に慎重を期することは、りっぱな父親ならまず第一に息子に教えるべき大原則だと思うのですが、現実にはそうなっていません。

まだ幼い息子に、ぜったい音楽銀行出納係になってほしいという願いから、親が金で出納係の

職を買うといった例もいくつかありました。息子本人はりっぱな大人に成長しそうなのに、子を守るべき親がひと言の相談もなく彼に鉄の拘束靴をはかせてしまいます。これでは、逃れようといくらあがいても逃れられない嘘で塗り固められた人生になってしまうのではないでしょうか。じつは、エレホン国のことで、ここまでショックを受けた事柄は他にほとんどありません。

しかし、イギリスでも、事態はさほど違わないのかもしれません。商業システムの二重性ということであれば、どの国にも——今も昔も変わることなく——地上の法があると同時に、より神聖とされながら日常生活・活動にはずっと影響の少ない、もうひとつの法があります。時に地上の法とぶつかる天上の法の必要性は人間性の深みにある何かから湧き出ずるものであるように思えます。生きているあいだは現世が大事としても死んでしまえばそんなものはちっぽけに見えるかもしれないという意識が人類の中でだんだんと膨らんでゆき、今のような人類になったと考えるのが自然なようです。

世界は存在すると同時に存在しないという永遠の様態の下、世界とその中に在る自らを含む万物は見えると同時に見えないのだという意識を人類がもつにいたった時、見えるものの法と見えないものの法の両方が要ると人間は感じました。可視の世界の法については可視の力に仕切ってもらい、(存在しかつ強大な存在だということ以外は何も分からない) 不可視の世界に関しては、(やはりそこに存在しかつ強大な存在であることしか分からない) 或る力を神と名づけて、その神にすがったのです。

ここでは残念ながら紙幅の制限から十全な説明ができないのですが、「未生の胎児の知性」に関するエレホン人の考えを聞いて、わたしは、エレホン国音楽銀行、そしてもしかしたらすべての国の宗教制度は、この太古の昔から受け継がれてきた無意識裡の深遠な本能的叡智を維持しようとする試みなのかもしれないと思うようになりました。それはまた、比較的浅薄な表層意識の計算とそこからここ三、四〇年のあいだに導き出された儚《はかな》い世界観に抵抗する試みともなるでしょう。（訳注 「ここ三、四〇年のあいだに導き出された儚い世界観」とはダーウィニズムの中にある無神論的傾向を指すと思われる）

エレホン国音楽銀行の制度そのもののいい所は、後でまた触れるこの銀行制度と共存する疑似偶像崇拝的な世界観と異なり、この世ならざる王国の存在を示しつつも、人間の目からその王国の正体を隠すヴェールを破ろうとしないことです。ほとんどの宗教は、この点を間違えます。司祭や僧侶たちは、可視の世界に囚われ未だ盲目の者が知り得るよりも、自分たちのほうが不可視の世界のことをよく知っていると信じさせようとしています。たしかに、見えない王国の存在を否定するのは間違っています。しかし、不可視の王国がそこに在るという以上のことを自分たちが知っているふりをするのも同様に間違っていることを、彼らは忘れているのです。

この章は、わたしが意図していたよりも長くなってしまいましたが、最後に申し上げておきたいのは、今お話ししたような長所が音楽銀行にあるにもかかわらず、宗教についてのエレホン人の意見はこれから大きく変わってゆくのではないかと思わずにはいられなかったということです。とくに音楽銀行を通じて表される信仰は変貌をとげてゆくでしょう。わたしの見立てでは、首都

人口の少なくとも九割は、音楽銀行に対して軽侮に近い気持ちを抱いています。もし、そうなら、いずれ、何らかの大事件勃発が不可避の事態となり、そこを起点として、もっと人びとの知性と感情の双方にしっくりくる新秩序が誕生するはずです。

第一六章　アロウィーナ

読者諸賢もそろそろお分かりではないでしょうか。ノスニボー家に着いて二四時間もたたない内にわたしが感じはじめたことです。家のみんながとてもよくしてくれたにもかかわらず、わたしは、この家の人たちを心から好きになれなかったのです。ただ、アロウィーナは例外です。彼女はまったく違いました。ノスニボー家がエレホン国の家族の典型というわけではありませんでした。ノスニボー家は他のたくさんの家族と行ったり来たりしていて、わたしも会って、話して、その物腰に言葉にならないくらい魅せられた家族も多かったのですが、それでも、お金を横領したノスニボー氏に最初に感じた嫌悪感をぬぐうことはどうしてもできませんでした。ノスニボー夫人も、彼女の話を聞くかぎりは正反対の印象を受けるのですが、実際はとても世間ずれした女性でした。わたしはズローラにも我慢できませんでした。しかし、もう一方のアロウィーナは非の打ちどころのない女性でした。

両親や姉の細々とした用事を片付けてやるのはいつもアロウィーナです。家族というものはそ

ういう人間がひとりいないと回っていかないものですが、彼女はそのような優しさと思いやりに満ちていました。一日中「アロウィーナ、これやって」、「アロウィーナ、あれやって」といった具合なのですが、本人はうまく利用されていることにとんと気づいていない様子です。昼も、夜も、いつも明るく親切です。ズローラもたしかに大変な美貌ですが、アロウィーナのほうがずっと品があり、まさに美と若さの化身です。わたしは彼女の美しさを言葉で表そうとは思いません。どんなに言葉を尽くしても、彼女の魅力には遠く及ばず、誤った印象を与えるだけだからです。想像しうる最も美しい女性を想像してみてください。その姿でさえ、彼女の美しさには及びません。ですから、わたしが彼女に恋をしたことは、ほとんど言うまでもないことでしょう。

彼女にもわたしの気持ちは分かったと思います。しかし、わたしは、最大限の努力をはらって、ちょっとした素振りさえ見せないようにがんばりました。たくさんの理由があるのです。ノスニボー夫妻に知られたらどう言われるかは分かりませんでした。わたしは国王より賜った一日一ポンドほどの年金以外は一文無しなので、おそらくは賛成してもらえないでしょうが、両親がそのように承認しないのであれば、アロウィーナも、すくなくとも今のところは、わたしを一顧だにしないであろうことは分かっていました。しかし、もっと深刻な障害があることはまだ知りませんでした。

そうこうする内に、宮廷に召されました。それはとびきり有難いことなのだと言われました。実際、国王夫妻には数度の謁見を許され、その度に王妃に衣服その他の持ち物を召しあげられ、わたしは一切合財を失いました。イラムにあげてしまったふたつのボタンだけは取りもどすべ

もなく、王妃殿下はとても悔しがっていらっしゃいました。わたしは代わりに宮廷服をたまわりました。元の服は木のマネキンに着せられ、わたしのその後の失脚に影響されていなければ、おそらく、今でも、そのままそこにあるでしょう。国王陛下の物腰は教養あるイギリス紳士のそれと同じででした。陛下はわたしたちの国も君主制であり国民大衆の支持も確固たることを聞き、とても喜んでいらっしゃいました。その傍目にも分かる喜びようを見て、わたしは思い切ってシェイクスピアの美しい一節を引用してみました。

王には神の加護がある。
どれほど手荒に扱おうとも。

（訳注　『ハムレット』四幕五場と五幕二場の言葉をおそらく作者の記憶違いからミックスしている）

しかし、あとで後悔することになります。国王陛下はわたしの望むほどにはその言葉を気に入ってくださらなかったように思えるのです。

ここで、これ以上、宮廷での体験をこと細かに語ることは控えますが、次のような王とのやりとりは、のちにきわめて重要な結果をはらむことになるので、触れないわけにはいきません。

王はわたしが身につけていた懐中時計のことで、「このように危険な発明品がお前の国では許されているのか」と訊いてきたのです。わたしは頭が混乱して、つい「懐中時計は珍しいもので

はありません」と告白したのですが、国王の顔に浮かんだ険しい表情を見て、「いや、このような代物は今急速に廃れつつあって、陛下のお気にめさないような機械のたぐいは他にはほとんどありません」と言い足してしまいました。すると、王は「お前の国で最も新しい機械の名をいくつか挙げてみよ」と仰せられます。わたしには「蒸気機関とか鉄道とか電信装置です」と答える勇気がなく、なんと答えていいものか頭をしぼっていると、なんと、あろうことか、「気球」のことが脳裏に浮かびました。そこで、何年か前に大成功をおさめた気球実験の例を話しました。わたしの言葉を否定するのは失礼だと思ったのでしょうか、王は口をつぐんでいましたが、王がわたしの言うことを信じていないのは明らかでした。その日以降も、王には、わたしの才能――つまり、わたしの白い肌のことなのですが――ゆえに、いつも親切にしていただきましたが、王がわたしの国の習慣・風俗について訊くことは、もう一度もありませんでした。

さて、アロウィーナの話に戻りましょう。うすうす分かってきたのは、ノスニボー夫妻はふたりとも、わたしを婿にもらうことに異存はないということでした。ここエレホン国では、身体的に秀でていれば、他にどんな難点があっても、そのほとんどが帳消しになります。わたしの金髪が功を奏したのです。それ自体は喜ばしいことなのですが、もうひとつの事実が分かったときは腰をぬかしました。わたしの結婚相手に考えられていたのはすでに大嫌いになっていたあのズローラなのです。

われわれをふたりきりにさせるための何気ない仄めかしや小さな仕掛けに最初は気がつきませんでした。しかし、じきに、もっとあからさまになりました。ズローラは、恋心を抱いているか

どうかはともかく、わたしと結婚する肚を固めていました。ノスニボー家によく来る、わたしは大嫌いな年若い知人の紳士との話から、婿入りの時はその家の未婚の娘の内で最も年長の者と結婚すべしという犯してはならぬ神聖な掟があるらしいことが分かってきました。彼がそのことを執拗に何度も言うので、彼がアロウィーナに恋していてわたしを利用してズローラを厄介払いしようとしていることにようやく気がついたのですが、この国にそのような習慣があることは他の人からも聞いて確認されました。なんとも困った事態になったものです。唯一のなぐさめは、アロウィーナがわたしのこの恋敵に肘鉄を食らわして一顧だにしないことでしたが、同時に、彼女はわたしのほうにも視線を投げてくれません。それでも、無視の仕方が、彼に対してとわたしに対してでは違っていました。ただ、それ以上は何もありません。

彼女に避けられていたわけではありません。むしろ、彼女と一対一で話す機会はたくさんありました。というのも、彼女の母親と姉ズローラがわたしに年金の一部を音楽銀行にとても貯金させたがっていたのです。ふたりは女神イドグルンの熱心な信者で、この女神さまの命に従ってのことでした。わたしはアロウィーナに自分の気持ちを隠しとおせているか自信がありませんでしたが、彼女たちは気づいていないので、アロウィーナをたきつけて、わたしを説得させ、わたしに形だけでもいいので音楽銀行口座を開設させようとしていました。言うまでもなく、アロウィーナの説得は成功しました。しかし、わたしは、すぐに説きふせられたわけではありません。アロウィーナの説得を受ける時間があまりにも天国的で、すぐにイエスと言ってそれを終わらせる愚は避けました。それに、すこし迷いを見せたほうが、こちらが折れる時の価値が高まるではあ

りませんか。そして、この時の語り合いの結果、エレホン人の宗教観がよりはっきりと見えてきたのです。それは音楽銀行の制度と共存しながらも、この奇妙な機関にも認知されていない何物かでした。これについては、次章で、できるかぎりかいつまんで、お話ししたいと思います。その後でまた、アロウィーナとわたしの個人的な冒険の話に戻りましょう。

エレホン人は、比較的開化したタイプではありますが、偶像崇拝者でした。そして、他のこと同様、この点においても、本音と建て前のあいだに溝がありました。偶像を崇拝しながら、認知されざる強い本物の信仰を胸にいだいていたのです。

あけっぴろげに崇拝されているのは、正義、力、希望、恐怖、愛といった人のさまざまな性質をそれぞれに表す神々です。これらの神々の本物が雲のはるか向こうの領域に存在すると考えられています。古代人が信じたように、神々は姿も気持ちも人間の男女に似ていて、ただ、人間よりももっと美しく、力があります。そして、人間の目に見えないよう姿を消すことができます。人の祈りによって気持ちを落ち着かせることもありますし、人を助けに向かうこともあります。人間界に強い関心をもっており、全体としては慈愛ぶかいのですが、ないがしろにされると激怒して、ないがしろにした当人を罰するのではなく、腹を立ててから最初に出会った人間を痛めつけます。訳あって怒るわけですが、怒ってしまうと訳が分からなくなるのです。知らなかったし知る由もなかったからといって罪を犯した人間を容赦するということはしません。そのように言い訳を無視するところは、万人がそれを知っていることを前提とするイギリスの法律そっくりです。

たとえば、二個の物体が同時に同じ空間を占めることはないという神々の法があります。空間の神と時間の神が共同で管理・執行する法則です。それゆえ、飛んできた石と人の頭がぶつかる、つまり同一空間を同時に占拠しようとして「横車を押した」——そのように本に書かれているわけですが——場合、かならず厳しい罰がくだります。死が宣告されることさえあります。人の頭がそこにあったことを石が知ろうが知るまいが、石がそこにあったことを人の頭が知ろうが知るまいが、それと関係なく、罰がくだります。と言うか、ここでは、日常の中で起きるアクシデントはそのように考えられるのです。神々は行為の動機については一顧だにしないと考えるのです。彼らにとっては、起きたことがすべてであり、動機は無に等しいのです。

ですから、数分以上大気を肺に入れずにおくことは厳しく禁じられています。そこで、たまたま、水の中に入ったとします。すると大気の神が激怒するのです。決して許さないでしょう。うっかりなのか、わざとかは関係なく、子どもを助けようとして飛びこんだのか、恐れ多くも大気の神を侮辱するために飛びこんだのかも関係なく、彼は大気の神に殺されます。頭を水の上に出して、大気の神に然るべき敬意をはらう場合は別ですが。

物理的な現象をつかさどる神々はそんな具合です。そして、その上に、希望の神、恐怖の神、愛の神などなどが鎮座ましましていて、それぞれに寺院があり、僧侶がいて、それぞれの神の石像があり、人びとはそれが超人的な生ける神を忠実に描いたものであると心から信じています。もし、だれかが、これらの神々の客観的存在を否定して、たとえば、「正義」という名の、天秤をもった盲目の美しい女神がはるか彼方の天上に生きて動いていることなどないと言った場合、

そして、「正義」の神とは人間のある種の思考と行為を人格化したものにすぎないと言い足した場合、人びとは、「正義」の女神の人格的存在を否定することは「正義」を否定することであると考えて、そのような発言者を人びとの宗教的信念を乱す質の悪い攪乱者と見なします。エレホン人が何よりも忌み嫌うのは、彼らが崇拝すると公言するこれらの神々についての考えをより高い霊的次元に導こうとすることです。アロウィーナとわたしも、この点について、激しく言い争ったことがあります。そのままの自然な流れでは、何回もやりあったことでしょう。しかし、わたしは、騒ぎが大きくなるといけないので、負けたふりをしてやりました。

ただ、まず間違いなく、彼女も自分の信仰に疑いをいだきはじめたのだと思います。一度ならず、この問題を蒸し返そうとしました。すると、わたしは叫んだものです。「分からないのかなあ。正義が素晴らしいのは、正義の女神が実際に生きているかどうかとは関係ないんだよ。ほんとうは希望の神が実在しないと考えるようになったら、人間の希望がその分ちょっと減じるとでも思ってるのかい?」すると、彼女は首を振って、「その神さまの実在を信じることができないのなら、正義とか希望とかいった物自体を尊ぶための動機がすっかり失せてしまいます。信じられなくなったその瞬間から、人びとはもう二度と正しくあろうとか希望をもとうとか思わなくなってしまうでしょう」と答えるのでした。

彼女を動かすことはできませんでしたし、わたしも本気でそうしようとは思いませんでした。彼女も、たいていは、わたしの考えを尊重してくれましたが、異を唱えられた時に自分の意見を譲るというわけではなく、今でも、わたしが頼みこんだので洗礼を受けて英国国教会の信徒にな

ってくれはしたものの、子どものころに植えつけられた信仰は一片たりとも変わっていません。それでも、彼女はその中の一点に自らの解釈を加えて、自分の子とわたしだけはエレホンの神々の存在を信じないという理由で神々の復讐を受けることはないと信じています。一〇〇パーセントそう確信しています。そうでなければ、こんなに強く信じこむことはできないでしょう。その確信がどこから来るかについては、彼女自身も分かっていません。知りたいとも思っていません。知らないほうがいいこともあるわけで、これはそのような事柄のひとつです。ただ、彼女に「言い方が違うだけで、ぼくもあなたと同じくらいあなたの神々を信じている」と告げると、アロウィーナは少しきっとなって口をつぐみます。

それでも、一度、彼女の言葉に降参しそうになったことがあります。「わたしが次のように言ったら、あなた、どう思う?」と訊いてきたのです。わたしが説明してきたような性質をもつわたしの唯一神は「善と叡智と力について人が抱く最高概念を表しているに過ぎず、そのような偉大で光り輝く想念のイメージを生き生きと現前させるために、人はそれを人格神として表し、名前をつけた」のではないか、と言うのです。そして、「人間のイメージが不要につきまとって離れなくなるため、そのような人格をもつ唯一神は神の概念として価値がないのではないか、人が崇拝すべき真実とはむしろ、それがどこで見つかるにせよ「神《ゴッド》」ではなく「神的《ザ・ディヴァイン》」なものなのではないのか。「神」というのは単に人が「神的」なものに感じる気持ちを表すための方便ではないのか。正義とか希望とか叡智とかがすべて善の一部であるように、「神」もすべての善とすべての善き力を内に包む表現である。だから、正義の女神が存在しないことが分かったから

といって正義を愛することを止めることはないのと同様に、人格をもつ神の客観的存在が信じられなくなったからといって直ちに神を愛せなくなることはない。いや、むしろ、人格神の存在の信仰を止めないかぎり、神への真の愛は可能にならないのではないか」。

そのようなことを彼女は彼女なりのつたない言い方で、今ここに書き記したような分かりやすく筋のとおったまとめ方ではなく、わたしに話したのでした。そのときの彼女の顔は輝いていました。彼女は「正義とは一個の生ける者」であることをついにわたしが納得したのだと自信満々でした。しかし、たしかに、わたしは、いささか、気圧《けお》されはしたものの、すぐに立ち直って、間違いなく一八〇〇年以上前に書かれた、それが本物であることに疑いの余地はないような書物があり、その中には神自身に語りかけられた人びとの真実の物語が記されていて、その内のひとりは、彼の顔をおおった神の手のすきまから神の背中を見ることが許されたのだと言い返しました。（訳注 「書物」というのは聖書のこと。『出エジプト記』三三章二一～二三節にこのような記述があるが、文意はバトラーの記憶違いのせいか少し異なっている）

これでこっちの勝ちだと思いました。わたしの口調もとても威厳に満ちていたので、彼女もいささかひるんだようで、「わたしたちにもわたしたちの書物があって、そこにはわたしたちの祖先が神々を見たことが記されているのよ」とだけ返してきました。それを聞いて、もうこれ以上何を言っても、彼女を納得させることはできないことが分かりました。それに、わたしの発言が彼女の母親に伝わっても困りますし、どうもアロウィーナのほうも満更ではなさそうなことが分かってきたこの恋の行方に暗雲が立ちこめても困るので、ここはわたしのほうが一本とられたふ

りをして譲っておこうと思いました。実際、この件で、わたしが本心を話したのは、彼女と結婚して、危険が去ってからのことでした。

それでも、彼女の言葉はずっと引っかかっていました。そののち、わたしは、とても信心深く、神について広い知識を有するものの「神的」なことを感じ取れない人たちに会うことが多くありました。他方、芸術の中に、自然の中に――絵画の中に、彫刻の中に――大地に、雲に、海の中に――男性の中に、女性の中に、子どもの中にある――「神的」なものを崇拝する人たちの顔がきらきらと輝いているのを目の当たりにしました。神の性質・属性について語るだけではそのように光り輝くことはありません。神とは何かを語ろうとすると、「神的」なものに対する感性が曇ってしまうのです。

第一七章　イドグルンとイドグルン教徒

　このように彼らの偶像についてエレホン人たちは大さわぎをして、寺院を建てたり、司祭や尼僧を支援したりするのですが、この公認宗教が深く根付いているかと問われれば答えは「絶対にノー」です。実は、他に、もうひとつの信仰があって、それが彼らのふるまいのすみずみまで浸透しているのです。部外者はそんなものがあるとは考えもしないでしょうが、ほんとうは、そちらこそが彼らの行動の指針であり人生の羅針盤なのです。それの規則を参照することなく彼らが何かをしたりしなかったりすることはほとんどないのです。

　というわけで、公認宗教はあまり彼らに影響をあたえていないのではないかとわたしは思っています。まず第一に、その僧侶からして無関心が広がっていることをよく嘆いていますが、理由なくそんな愚痴をこぼすことはないはずです。第二に、公認宗教のほうは、やけに人びとが信仰心をひけらかすのがかえって怪しげです。人びとがほんとうに信じている女神イドグルン教の場合、そういうひけらかしは一切ありません。第三に、公認宗教の僧はいつもイドグルンのことを

「わが神々の最大の敵」としてののしっているのですが、じつはその種の僧こそが国中で一番のイドグルン崇拝者であることが広く知られています。彼らはほんとうは公認宗教の神々に仕えるよりも女神イドグルンに仕えているのです。むしろ、僧の中で最も優秀な連中は、そういう事実上のイドグルン教徒であるように思います。

なるほど、イドグルンの位置づけは変則的です。遍在する全能の神と見られながらも、あがめたてまつられているわけではなく、残酷になったり、筋のとおらないふるまいをすることもあります。一番熱心な崇拝者さえ、彼女のことをすこし恥じていて、口に出してほめたたえるよりは、気持ちと行為で彼女への忠誠をしめします。美辞麗句は不要なばかりか、身も心もささげながらも言葉では彼女を否定することがしばしば起きるのです。それでも、結局、彼女は役に立つ有難い神さまです。心と行いで恭順の意を示せば口で否定しても怒りませんし、高尚な霊的理想を教えられてもピンとこない数十万もの人たちが、彼女を信じたご利益《りやく》で「そこそこに幸せ」になっているのです。

エレホン人の成熟度を思うと、現時点ではこの宗教が一番いいような気がします。すこしでも成功の望みがあるのなら――彼らがイスラエルの失われた部族の生き残りであるという確信が徐々に強まってきたこともあり――万難を排しても彼らの改宗に取りかかりたいと思っていますが、イドグルン教を中心に回る現況を変えると、かえってひどい副作用が引き起こされそうです。実際、わたしがただの哲学者ならば、この大衆的なイドグルン信仰を少しずつ高めてゆくことが彼らにとって可能な範囲内では最高の霊的賜物であり、それは実例を示すことでしか達成されな

い、と述べるでしょう。大体、イドグルンを「低俗だ」として口をきわめてののしる輩にかぎって、イドグルンが求める程度の基準にもまだ達していないのです。それにわたしが密かに「上流イドグルン教徒」と呼ぶ人たちと会う機会が多くあるのですが、彼らはふるまいという点において、実人生の諸問題の処理の仕方という点において、人間にできる範囲内でこれ以上ないくらいに成熟しているように思えます。（尚、「上流」以外には、普通の「イドグルン教徒」と「下流イドグルン教徒」がいます。）

「上流イドグルン教徒」がどういう人たちかということに関しては、「頭のてっぺんから足のつま先まで立派な紳士」という言葉に尽きます。彼らが女神イドグルンの話をすることは滅多になく、仄めかすことさえありません。しかし、イドグルンの教えに反する行為はぜったいにしません。その教えを守ることができない何かよほどの事情のある場合は、自己責任で自分の判断をくだすので、イドグルンに罰せられることはほとんどありません。彼らは勇者で、女神イドグルンは勇者ではないからです。彼らはたいてい、すこしばかりの「仮説語」を話します。もっと本格的に話せる人もいるのですが、それはほんの少数にとどまります。ただ、この「仮説語」の知識が彼らの彼らたるゆえんに大きく関わっているわけではないと思っています。それでも、「上流イドグルン教徒」の大半が「仮説語」の初歩程度を知っているという事実が、「仮説語」の権威を大いに高めていることはたしかです。

彼らは若いころからありとあらゆる運動や競技に慣れ親しんできて、勇気と名誉と寛大さ、その他男らしい善き資質一切合財の有無が厳しく問われる仲間たちの中で怖れを知ることなく暮ら

してきたわけですから、彼らが自律と自立の力を兼ねそなえた者に育ちつつも、女神イドグルンへの敬意を失わずに、むしろこの国の公認宗教の神々に対する信心をだんだんと失っていったのは何の不思議でもありません。イドグルンの教えにより到底耐えられなくなるまで周囲に合わせることが求められるので、彼らは公認の神々を公然と無視することはしませんが、それらが抽象概念に過ぎないことが簡単に分かってしまい、想像力を用いても理解しがたい疑似唯物論を要求する人格神の客観的存在を本心から信じることはありません。それでも、国民のほとんどに公認宗教の神々に対する強いこだわりがあるので、彼らは自分の考えの大半は心の内に秘めて、他人に言わずにいます。率直に本心を打ち明けても社会に大いなる益をもたらさない場合、大衆に苦痛をあたえるのは間違っていると考えるのです。

しかし、何かについてはっきりとした意見をもっている場合、客観的な確実性はほとんどなくても構わないので、その明確さを他人に伝える努力をすべきです。きちんと話せるチャンスが来たらそれを逃さずに、自分の考えを、なぜそう考えるかも含めて、率直に伝えるべきです。前に他人が同じようにしてくれたからこそ自分もはっきりした意見を持てたことが分かっているケースもあるのではないでしょうか。結局、その考えが間違いだったとしても、それでも、自分の間違いを誤解の余地のないくらい分かりやすく見せて、反対意見を言う際に反駁しやすくしたということで、自分のためにも社会一般のためにもなるのです。ですから、この一点においては、「上流イドグルン教徒」の行動は間違っていると認めざるをえません。それに、もし彼らがすでに今のエレホン人のあいだに広まっていると思われる信仰の土台を崩してくれていたら、未来の

わたしの任務ももっとやりやすくなっていたでしょう。

それ以外の点では、彼らはどの国のどんな人間よりも、最高のイギリス紳士に似ています。彼らを説き伏せて、五、六人イギリスに来させ、舞台に立たせたいものです。ユーモアのセンスにも鋭いものがあるし、演じることも結構好きな連中ですし、わたしたちが学べることは多いと思います。本物の紳士を見ることは――このような言い方は罰当たりかもしれませんが――すべての教えに勝る福音です。一シリング払えば舞台で紳士の理想の実物が見られるようにすれば、とてもよい啓蒙活動になるでしょう。

いつも好きにならずにはいられない素晴らしい人たちです。ただ、来世のことはまったく考えられず、その信仰の内実は自尊心と思いやりだけなので、最後は間違いなく地獄落ちを免れられません。残念至極です。それでも、思い切って、キリスト教のみが現世でも来世でも彼らに真の幸福と善性をあたえられることを知っているわたしが教えてあげようかと思いましたが、そこまで図々しさというか大胆さがなかったというか、蛮勇をふるえませんでした。何度か、強い義務感に尻をたたかれたのと、こんなに素晴らしいたくさんの美質をそなえた人びとが永遠とまでは言わないものの長いあいだ地獄の苦しみを味わわなければいけないかと思うと居ても立ってもいられなくなり、改宗を試みようとはじめてはみたものの、言葉が喉に引っかかって、何も言えなくなってしまいました。

プロの宣教師であればもっとうまくやれたのかどうか、わたしには分かりません。その種の人たちは改宗の科学的方法論のようなことをもっとよく知っているはずです。わたしはと言えば、

自分が正しい道を歩んでいることに感謝するだけで、これまで他のだれかが思い切って改宗を試みた場合、脇で見ているほか何もできませんでした。改宗を試みるわたしの計画が失敗に帰した場合は、よろこんで貧者の一灯ながらもささやかな寄付をして、ユダヤ教徒やイスラム教徒の改宗に成功した実績をほこる経験豊かな宣教師に二、三人、ここに来てもらおうと思っています。しかし、彼らに美しく光り輝く肉体がそなわっていることは稀なことです。「上流イドグルン教徒」の中に入ると宣教師がどんなに貧弱に見えるかということを思うと、あまり成果は期待できないように思えます。それでも、やってみる価値はあるでしょう。エレホン国に送りこまれたキリスト教宣教師に起こり得る最悪のケースといっても、せいぜい、チャウボクがわたしと一緒にここに来たら送りこまれたであろう病院に送致される程度のことでしょうから。

彼らの公認宗教の神々に対する思いと実に変則的で不可解なイドグルン崇拝を考え合わせると、エレホン人の宗教観は「迷信的である」というひと言でまとめられます。イドグルン崇拝はわたしがこれまで見たどの宗教よりも強く、しかし、どの宗教よりも曖昧模糊としていましたが、それでも、思った以上にうまく機能していました。イドグルン神と公認宗教の神々の示す道がぶつかる時でも、ほとんどの場合は暗黙の内に了解された妥協のやり方があって、たいていはイドグルンの教えが優先される方向で、問題が解決しました。

「上流イドグルン教」のほうを公認宗教とし、希望やら正義やらの人格神を信仰するのは止めればいいのではないかと思いましたが、その考えを仄めかしただけで必ず雰囲気が悪くなり、タブーを犯したことに気がつきました。ここの人たちはむきになって、「ずっと昔は神々の姿が見え

たのです。神々を信じなくなれば、だれもが幸福をつかむための最大の秘訣だと体験的に知っている普通の美徳でさえ、人びとは実行しなくなるでしょう」と言い返します。怒気を含んだ口調で、「いったい、優しく教えるだけで、模範例を示すだけで、自分の幸福についてきちんと考えるだけで、立派な人間になれると思ってるんですか」と問いただしてきます。すると、わたしのほうも、忘れてはいけないことをつい忘れて、「そのようにしても立派な人間になれないのなら、どうやったって立派になれっこないでしょう。現実に出会った人間たちに対する愛と恐れの気持ちから自分を善くすることができないのなら、見たことも会ったこともない神々に対する愛と恐れによって善くなることもないでしょう」と性急に応えてしまうのです。

一度、魂の不滅性と死からの復活をある意味で信じる分派の人たちに会ったことがあります。小さな集団でしたが、信者を増やしていました。彼らの教えによれば、病気のある弱い体をもって生まれ、その後も病とともに生きた者は、死んでからも永遠に苦しむそうです。強壮な体と美しい容貌に恵まれ生まれた者は永遠に祝福を受けるそうです。彼らは道徳的な事柄については、ふるまいも含めて何も教えません。

そこが問題ではあるのですが、ある種の将来の見通しを述べているという点では、進歩と言えるでしょう。わたしがショックだったのは、彼らの教えは「根拠がなく、反道徳的な傾向を有し、良識のある者の目には望ましいものと映らない」とさまざまなところで批判にさらされていたことです。

わたしが「どうして反道徳的なんですか」と訊くと、相手のエレホン人は「彼らの教えをきち

んと守ると、今の生活が二義的なものに思えてしまい、おろそかになるだろう。すると、現世の秩序を完成させるという作業から人の目をそらさせることになるのだ。人生の複雑な問題をせっかちに一気に解決しようとして、それで今の満足を得る人も出てくるかもしれないが、その一方で、取りかえしのつかない害で大きな犠牲者が出てしまうだろう」と答えます。「そして、貧しい人びとは先の生活を考えなくなり、克服可能な悪習・問題を直す努力をすることもせずに、だらだら生きるようになるだろう。報いという発想は幻想である。結局は運不運の問題である。そして、現世は運に左右され、死に取り囲まれているのだ。彼らの教えの恐怖の中に正義はなく、それは人の活力を奪う。神の祝福を受けた復活というものも、それ以上の祝福である眠りが妨げられることにすぎないのだ」

そう言われると、次のように返すことしかできませんでした——「いや、復活は実際に起きた事実として知られているのです。死んで、そののちに生き返ったということがきちんと証明されたケースが数例あるのです。理性をそなえた人なら疑いえないような例なのです」。

「もし、それが本当なら」とそのエレホン人は言い返します。「わたしたちは最善を尽くして、それに耐えるしかないね」

そこで、彼に向かって、ハムレットの例の気高い独白を訳してやりました。わたしたちが今すぐ自分の命を絶たないのは、死後の世界ではさらにひどいことが起こるかもしれないからと述べるくだりです。

「ばからしい」と彼は一笑に付します。「あなたのそのシェイクスピアとかいう詩人さんがハム

レットくんに言わせているような恐れから喉を掻っ切らなかったヤツなんてひとりもいませんよ。それは詩人さんご本人がよくご存じのはず。自分の喉を掻っ切るヤツは追い詰められていて、ただただ、どこへでもいいから、逃げ出したいんだ。今の状況を捨てられさえすれば。そう、今から逃げ出してさらに状況が悪くなるのが怖いなんてことじゃなく、このままがんばれば少しは辛くない状況になるかもしれないと思って、今いる場所にいるんだ。詩人さんは「それゆえにこそ長々と生きて延々と苦しむ」（訳注　『ハムレット』第三幕一場）と言うみたいだけど、その心は「苦しみは長くつづくかもしれないけれども、おれはそれよりもさらに長く生きてやる」ということですよ」

その言葉を聞いて、意見が一致するのはむずかしいことが分かったので、わたしはそこで議論を終わりにしました。相手はあからさまに無礼にならないように気をつけながらも、顔に不賛同の表情をありありと浮かべて、わたしの元を立ち去りました。

第一八章　出生告白書

次の話はアロウィーナからではなく、ノスニボー氏と、ノスニボー家で時々夕食を共にする紳士のうちの何人かから聞いたものです。エレホン人は前世を信じていると言うのです。それも、これは次章でもっと詳しく話しますが、前世を信じているだけではなく、そもそも赤ん坊は生まれる以前の世界で自ら選択してこの世に生まれてきたと言うのです。未生者は指定された夫婦にまとわりついて、ひっきりなしにせがみ、嘆願し、二人が心身ともに落ち着けない状況になるまで悩ませることで、その夫婦を両親として生まれる許可を彼らから貰うと言うのです。「そうじゃなかったら」とエレホン人は力説します。「子どもを産むってことは一個の他者を否も応もなくこの浮世の気まぐれな転変の波に放りこむってことなんだから、そりゃ、おそろしく身勝手なふるまいになる。生まれさえしなければ少なくとも不幸せにはなりえない一人の人間をこの世に誕生させて、もしかしたらひどく惨めな人生を送らせることになるのだから、結婚なんてしちゃいけないってことになるだろう」つまり、エレホン人は、強くそのように感じているので、何と

しても生まれてくる者に責任転嫁をしようとします。それで、彼らは、未生の者がどういう世界に住んでいて、そこでどのようにふるまい、このわたしたちの現世に生まれ来るためにどのような手練手管を用いるのかということを物語る長々しい神話を作ったのです。これについては、少し後で、詳しく記します。今、ここでは、大人たちが実際に生まれた赤ん坊にどう対するのかということをお話ししたいと思います。

エレホン人のきわだって奇妙な特徴として、或る事について何から何まで知っていると自信満々に公言し、さらにそれを基盤とした実践システムを構築したと言いながら、実はその「或る事」を滅多に信じていないということが挙げられます。そして、自分たちが大切に思うその制度に疑問を抱きはじめると、かならず目をつぶって問題を直視することを拒もうとします。

未生者のことも、ほとんどのエレホン人が見て見ぬふりをしようとしています。彼らが前世に関して自分たちで作った神話をほんとうに信じていると思ったことは一度もありません。彼らは信じていると同時に信じていません。信じていてもその信仰の中身を理解しません。そのように信じないのは病気だということしか頭にありません。そして、確信があるのは、未生だった者がこの世に生まれたのは彼がせがんで両親に彼を産ませたからということと、平和を好む両親の生活を乱すことがなければ彼は生まれなかっただろうということの二点だけです。

この考えが間違っていると証明するのは難しいでしょうから、それ以上何も言わなければ、それなりに筋が通る話になったかもしれません。しかし、彼らはさらにその先に進みます。確証の上に確証を重ねずにいられないのです。赤ん坊が生まれるやいなや、その赤ん坊から証文を取っ

て、出生に関するすべてについての両親の免責を確保し、赤ん坊は出生以前にすでに存在していたのだと主張します。そこで、出生告白書なるものを考え出したのです。両親がどの程度慎重を期するかにより使われる文言は異なりますが、実質的な中身はどの場合も同じです。エレホン国の弁護士たちは長い年月をかけてその専門的技術を駆使し、あらゆる不測の事態にそなえて出生告白書の完成度をこれ以上ないくらい高めました。

貧しい人の場合、どこにでもあるような紙に印刷して、費用もさほどかかりませんが、金持ちは羊皮紙に書かせた上に美しい装丁をほどこします。出生告白書の作成は社会的な地位の反映ともなるのです。まず、「かつて、私、A・B（訳注　氏名の仮称）は未生者王国の市民としてあらゆる点において恵まれた生活を送っており、不満の種など生じようのない状況だった云々、にもかかわらず、自らの我意にまみれた落ち着きを知らぬ邪心からこの現世に生まれ落ちたいという欲望を抱くにいたりました」と始まります。「そこで、未生者王国の法に記された然るべき手続きを行い、計画的犯意をもって、私に害を与えたことのない不幸なご夫婦につきまとい、わずらわせ、産んでくださいとせがむことにしました。このご夫婦は、わたしがこの平和を乱す卑劣なたくらみを胸に抱くまでは、とても人生に満足して幸せだった方々です。大変なご迷惑をおかけし、伏してお詫び申し上げたいと存じます。

ここエレホン国の法に触れるおそれのあるすべての肉体的汚れや欠陥について、その一切の責任は私にあることを認めます。両親とは何の関係もありません。また、彼らにはその気になればただちに私の命を絶つ権利があるのです。にもかかわらず、私の命ごいに耳を傾けて、かぎりな

くありがたい情けをかけてくださいとお願いしているのですから、もし、命をお助けいただくのであれば、私は何でも言うことを聞く腰の低い従順な子どもになることを誓います。また、お父さんとお母さんが寛大きわまる心からいくぶんの奉仕を免じていただいた部分は別として、大人になってからも態度を変えず、全身全霊でお仕えさせていただきます」と、このように、出生告白書はつづられてゆきます。できるかぎりの簡潔を旨《むね》としない家付きの顧問弁護士の気まぐれから微に入り細を穿った条項が挿まれることもあるでしょう。

誕生後三、四日で、「最後のおねだり」と称される日がやって来て、出生告白書が用意されます。友人たちが集まり、とても暗鬱な表情で会食をします。たいていは、絶望の淵に立たされたような顔です。そこで、未生者に多大な被害を受けた両親を慰めようと、贈り物が贈られます。

そうこうするうちに、赤ん坊本人が乳母に連れられ、寝室から下りてきます。すると、客たちは「なんて厚かましいヤツだ」とか「いったい、どう落とし前をつけるつもりだ」とか「両親はもう一〇回以上もお前のような未生児に傷つけられたというのに、これからもお世話してもらったりご飯を食べさせてもらったりするってのは厚かましいんじゃないか」とか、罵詈雑言を浴びせはじめます。ここエレホン国では、子沢山の大家族のことを「未生者にひどい被害を受けてきた人たち」と呼ぶのです。こうして十分に毒づかれて、まあこのくらいでいいだろうということになった頃合いで、だれかが「そろそろ出生告白書の時間ですね」と発言します。すると、その家の矯正師がそれを持って来て、赤ちゃんに向かっておごそかに読み上げるというのが全体の段取りです。平穏な日々を送っていた家族に闖入したという罪を犯した子どもには専門家の治療が

要るという理由で、この日にはかならず矯正師が招かれることになっています。

さて、告白書を意地悪く読み上げられたり、乳母につねられたりして、たいていの子どもは泣き出してしまいます。これは良心の呵責を表す良い兆候と見なされます。その時点で、赤ん坊は「あなたはこの告白書の内容に同意しますか」と訊かれます。もちろん、泣きつづける子どもが答えるのは無理な話です。そこで、友人の内の一人が歩み出て、「この子もやり方さえ分かっていればそうするだろうことは間違いのないところでしょうから、また大人になったら代理人である私に代わって再度署名をしてくれるのも間違いないことでしょうから、今日は私がこの子の代理に署名いたしましょう」と言い、用意された羊皮紙の文書の一番下に子どもの名でサインをします。これが赤ん坊本人の署名として有効であると見なされます。

それでも、結局本人自筆の署名をもらわないかぎり一抹の不安が残るわけですから、さらなる手立てが必要に思えてきます。そこで、子が一四歳くらいになると、これらの立派な人びとは、もっと自由になれるからとか何とかうまいことを言って半ばは金で釣ってだますように、と同時に、言うことを聞かないと困ったことになるぞと半ばは脅すようにして、名目上は自由があるものの、実際は何も自由のない状況に追いこみます。さらには、屁理屈大学の教員たちにも手助けしてもらい注意深く事を進めた挙句に、何とか、子に署名をさせるのです。文書には「私は自らの選択で生まれたのであり、それに関する責任のすべては私にある」と書かれています。彼らは、これが明らかに人がその一生涯で署名するものの内で最も重要な文書であるにもかかわらず、それがいかに筋が通ったものだとしても、まだまだ親としても法的にも子どもにわずかなりとも責

務を負わせ得ないような年ごろの内に署名させるのです。まだ判断力も十分ではないし、後年に害をおよぼし得るような内容の義務にしばりつけるのは妥当でないにもかかわらず、そうさせるのです。

ずいぶんひどい話ですし、エレホン国の他のさまざまなすばらしい制度と矛盾を来すのではないかと思ったのは事実です。一度、思い切って、この問題についての私見の一端を屁理屈大学の教授に打ち明けたことがあります。とても柔らかい言い方で話したのですが、これを擁護する教授の意見はわたしにはまったくちんぷんかんぷんでした。彼にこう尋ねたことを憶えています。「自分では分からないということしか分からない事の真実を重々しく誓わせ、真理は重んじなければいけないとか決して嘘を言ったり書いたりしてはならないといった神聖な倫理観に打撃を与えて、筋を通せない若者を育ててしまうのではないでしょうか」そして、こうも訊きました。「自分でも分かっていない事柄をあたかも真実であるかのように教え導く教師は、生徒の繊細な真理感覚を傷つけ、最も大切な本能を損なうことで給料を貰っているようなものではないか」

愉快な人だったその教授は、わたしがそう言うととても驚いた表情を見せましたが、だからと言って彼の意見が変わることはありませんでした。「少年が自分は知っていると言った事柄のすべてをほんとうに知っている、知ることができると思う者はひとりもいません。現世は妥協に満ち満ちています。字義通りの解釈に耐えうるような証言など滅多にないのです。人の言語は思考を表現する道具としては雑すぎて、思考を完璧に言語化することなどできません」そして、さらに付け加えました。「意味を削ったりつけ足したりせずに文章をひとつの言語からもうひとつの

言語に移し替えることだって不可能なので、どこかにぶつかりやきしみを生じさせずに思考を言語化できる言葉なんてないのです、云々。つまり、結論は次のようになります。まず、これがエレホン国の慣習ですし、ここの人たちは保守的です。少年はいずれ妥協することを学ばなければいけませんから、これは妥協術習得教育の一環でもあります。このような妥協が必要なこと自体は残念かもしれませんが、それでも妥協が必要とされることに変わりはありません。そのことを理解するのが早ければ早いほど、少年の為になるのです。彼には口が裂けてもそんなこと言いませんが」

さて、次章は未生者の神話を記した書物からの抜粋となります。

わたしたちは後ろ向きに引っ張られるように人生を進んでゆくと、エレホン人は言います。暗い廊下に入るように未来の中に入ってゆく、とも言います。時間が、前に進むわたしたちの脇を歩きながら、次々によろい戸を開けはなしてゆくのです。すると、わたしたちの目はよろい戸の外から入ってくる光にくらんで、目の前の闇が一層深くなります。一度に少ししか見ることができないわたしたちは、そのわずかなものに注意を払うよりも、次に何が見えてくるかということに気をとられます。いつも、今の瞬間のまばゆい光の向こうにある昏い未来をなんとか見すえようと目を細めているのです。これからの人生の道筋がどのようになるかを、背後の暗い鏡に反射するわずかな光によって予測しながら、よろよろと可能なかぎり進んでゆきます。すると、ある時、足下の落とし戸がひらいて、人生の舞台におさらばします。

未来と過去は二つの軸の上を巻かれてゆくパノラマ画のようであるとも、エレホン人は言います。未来の側の軸に巻かれていた画が目前にやって来て、現在が来たかと思うと、そのまま過去

の側の軸に巻き取られてゆきます。それを速めることも、止めることも、わたしたちにはできません。ただ、眼前に展開する光景を、それが良いものであれ悪いものであれ、見つめるのみ。一度見たものをまた見ることはありません。未来の軸からいつも何かがやって来て、過去の軸に巻き取られてゆきます。わたしたちに見えるのはその合間に眼前に来た一瞬のみ——それを現在と呼びます。わたしたちは感覚を混乱させたまま集められる印象だけを集めて、その集めたものから未来の方向を予測します。画の全体を描くのはいつも同じ作者です。展開される出来事は、川、森、山、平野、町と人、愛、悲しみ、死と、ほとんど変わりばえがしないのに、みんな興味津々に見入っています。なにかいいことがあるのではないかと希望を抱き、なにか悲しい事件に自分が巻き込まれていなければいいのだがと恐怖を感じながら、じっと見つめます。出来事が過ぎると、たくさんの見るべきものをきちんと見る時間はほんのわずかしかなく、過去に関する知識などそのほとんどが薄弱な根拠しか持ちえないことを忘れて、もうその過去を理解したつもりになってしまいます。そして、主としてこの先どうなるかに興味があるわたしたちは、未来に関係する部分を除けば、過去のことはたいてい忘れてしまいます。

エレホン人は、地球も星もすべての宇宙も、西から東ではなく、東から西へ移ってゆくのは偶然にすぎないと考えます。そして、同様に、人が人生を否応なく進んでゆく時に顔を未来ではなく過去に向けているのも偶然だと言います。未来は過去と同じくらいしっかりと存在するので、それがわたしたちの目には見えないだけだと言うのです。そもそも、未来とは過去の肚の中に懐胎する何物かではないでしょうか。未来が変わるためにはまず過去が変わらなくてはいけないので

はないでしょうか。

かつて、過去よりも未来を見ることに長《た》けた人種が試験的に生まれたと、エレホン人が言うこともあります。しかし、彼らは未来が見えることでかえって惨めになり、一年後に死に絶えたそうです。予知能力が過剰だと自然淘汰の法則により、心を乱すその力を子孫に伝え残す前に、刈りとられてしまうのです。

人の運命とはなんと奇妙なものでしょうか！　予知能力があると滅び、予知能力を手に入れようと努力しないと、やはり死ぬのです。予知能力を求めないのであれば、その存在は獣と変わりがありません。予知能力を得ると、悪魔以上に惨めな人生を送ることになります。

ここまで何章にもわたって、こつこつとさまざまなことを書き記してきて、ようやく未生者の話にたどり着きました。彼らは混じり気のない単純な魂で、実際の体は有していないのですが、それなりに人間の形をしたガス状の雲のような存在で、その点、幽霊に似ている、と考えられていることがわかりました。血も、肉も、温もりもありません。それでも、やはり物質的な場所ではないものの、住まいも、住んでいる町もあって、はかなく薄い幽霊向けの食べ物ながら、飲み食いもするそうです。夢に出てくる幻のような幽霊っぽいやり方ではありますが、人のやることはたいてい何でもします。それでも、未生界にとどまっているかぎりは、死ぬことがありません。未生界にある唯一の死はわたしたちの現世に来るために未生界を離れることです。彼らの数はわたしたちの人口よりもはるかに多いと信じられています。未知の惑星から、成人になった状態で、一度に大量に移ってくるそうです。そして、わたしたちの現世に来るために必要な

手続き——すなわち、自殺——を経ないかぎりは、未生界を離れることはぜったいにありません。

未生界には極端な幸運や不運がなく、そこの住人は詩人たちにうたわれている空想のような素朴きわまる生を送っていて、結婚もないので、彼らはこれ以上ないくらい幸せなはずです。にもかかわらず、いつも文句を言っています。彼らは、わたしたち現世の人間が体というものを持っているのを知っていて、また、それ以外のこともすべて、現世のことは何でも知っています。彼らはどこへでも行けますし、わたしたちの行動を自由に眺めたり、わたしたちの考えを読み取ったりすることもできるのです。それで十分じゃないか、と普通なら思うでしょう。現に、未生者の大半は、わたしたちのような「温かく、感覚とともに動く」体を喉から手が出るほど欲しながらも、そのような身体性に淫することの大きな危険性に気づいています。それでも、中には、体を持たない未生界が我慢できないほど**退屈**で、気分転換ができるなら何でもいいからやってみようと思っている連中がいます。そいつらが未生界からの脱出を求めるのです。その脱出条件はあまりにも不安定で、それを受け入れるのは未生界で最も愚鈍な者だけです。現世に生まれ落ちてくるのは、未生界の中のそのような愚者の**み**です。

未生界から逃げ出そうと心に決めた者は、まず一番近い町の治安判事の前に出なくてはいけません。そして、脱出することを希望する旨の宣誓供述書に署名します。署名が終わると、判事が脱出の条件を読み上げ、これに同意しなければいけないことを伝えます。とても長い文章ですので、ここでは主要な点を抜粋したものを以下に記します。こんな感じです——。

「あなたはまず、それまでの記憶を消して自分が何者だったのかを忘れさせる薬を飲まなくてはいけません。それから、徒手空拳で、自分の意志も手放して、現世におもむかなくてはいけません。どんな気質の人間になるかは、くじで決めて、どんな結果になってもそれを受け入れなければいけません。喉から手が出るほど欲しい体についても、希望はまったく通りません。探し、見つけ、つきまとった挙句、せがみにせがんで産んでもらうことになる両親についても同様で、すべては偶然の為すがままです。どんな親になるのか、金持ちか貧乏か、親切か不親切か、健康か病気もちか、まったく分かりません。体が丈夫で、情けに厚く、賢さもそなえた親に長年にわたる自らの養育が委ねられるといった保証は一切ありません」

賢者が変化を求める愚か者に与えるこのような説教は読んでいて面白いものです。わたしたちが浪費家に倹約の大切さを説くようなもので、うまく行くことはほとんどありません。

それでも、こういったことを言うのです——「生まれることとの罪は重い。死に値するほど重い。この罪を犯してのちは、いつ何時、罰が下ってもおかしくないのだ。もしかしたら、七、八〇年生きられるかもしれないが、それだって、お前が今享受している永遠の命に比べれば、無に等しいではないか。そして、仮に減刑があって、向こうの世界で永遠の命をさずかったとしても、じきにお前は生きることにうんざりしてしまって、死刑執行をぜひお願いしたいと思うようになるだろう。

かぎりなきリスクを考えよ。邪悪な親の下に生まれて、悪徳を教えこまれるかもしれない！愚かな親の下に生まれて、真実ならざることを教えられるかもしれない。お前の自由などこれっ

ぽっちも考えずに、お前のことを自分が所有する奴隷のように思う親かもしれない！　他人への共感力がまったく欠けていて、お前を全然理解できずに、アヒルの子を産んだニワトリのように死に物狂いでお前の人生を邪魔してから、「お前は親に対する愛情を欠いた忘恩の徒だ」と難じる親かもしれない。あるいは、大きくなってから我がままになって面倒をかけられないように、幼い時に脅しつけておとなしくさせようとする親かもしれない。

　そして、ようやく、お前が社会のりっぱな一員と認められるほどに大きく育つと、今度はお前のほうが、未生者に産んでくれ産んでくれとせがまれるようになるのだ。なんという幸せな人生か（笑）！　というのは、わたしたちはせがみにせがむので、最後まで断れる人間はほとんどいないし、思わず聞き入れてしまう人間はあまり優秀ではない。それでも、断ることができないということは、あらかじめどんな気質なのかまったく分からない他者と人生を共に送るということにほぼ等しい。その他者が男か女かも分からず、何人生まれてくるかも分からない。両親の失敗を見ているから自分は大丈夫と勘違いしないでほしい。お前がせがんだ連中よりお前のほうがずっと長い経験があったかもしれないが、お前が賢者でないかぎり、次にお前にせがむ連中は、お前よりもずっと経験のある者たちなのだよ。

　未生者を割り当てられるわが身を想像してみるがよい。お前とはまったく気質・性質の異なる一個の他者が、いや、場合によっては六個ぐらいの他者が生まれてくるのだぞ。彼らの安楽と幸福のために身を削る思いで節約しても、お前を愛することもなく、お前の自己犠牲もすべて忘れて、いや、その上、お前が犯すかもしれない判断ミスを、こちらはとっくの昔に償ったと思って

いても、まだ覚えていて、ずっと恨んでいるかもしれないのだ。そのような忘恩は決して珍しいことではないものの、それがわが身に降りかかったらどんなに辛いか、想像してみるがよい！　アヒルの子がニワトリを親に持つのは辛いだろう。しかし、アヒルの子を産んだニワトリのほうも辛いのだ。

だから、われわれのためというのではなく、何よりも自分のために、考え直すがよい。お前の最初の性格はくじで決まってしまうのだぞ。それでも、生来の性格がどうであれ、その後の長い訓練によってそれなりに立派な大人になるのかもしれないが、その訓練の中身をお前が決めることは、できないのだぞ。もしかしたら、いや、おそらくは、のちに、真の喜びとなり役立つであろう事どもに手を伸ばすお前を、今これからお前が産んでくれとせがむことになる男女は、助けてくれるどころか、邪魔をするのだぞ。お前は長く苦しい戦いを経てようやく、自分の自由を得るであろう。その戦いにおいて、お前は親から大きな傷を与えられたのか、それとも親に大きな傷を与えたのか、分からなくなるであろう。

そして、現世に生まれ落ちると、自由意志をもつことを覚えておくがよい。否応なく自由意志がそなわって、そこから逃れられなくなるのだ。一生、それにしばりつけられて、どんな時もその時ベストに思える行動をそれが正しかろうが間違っていようが選択しなければいけなくなるのだ。さまざまなことを考えあわせて、最後は一番重要な事項を優先させることになる。何が重要かということについては、お前に与えられる生来の気質、育ちによるその偏り、判断時にたまたま思いめぐらした内容などによって決まる。気質に恵まれ、かつ、それを子どものころに変にい

じりまわされたりしなければ、そして、その組み合わせにそれほど変なところがなければ、人生もうまく行くかもしれない。しかし、うまく行くためにはたくさんの条件をクリアしなければいけなくて、その内のひとつでも欠けると、みじめな人生が間違いなく待っている。そのことを考えるがよい。そして、もし、うまく行かずに不幸になった場合も、それは生まれなければいけないわけではないのに生まれることを自ら望んだお前の自己責任となる。

人間の社会で生きる人生に喜びがないと言っているのではない。時折、生きるのもいいものだと思う時期があるようにも見えるし、それが大きな幸福感にまで高まることもあるかもしれない。だが、覚えておいてほしいのは、そういう時期は、特に強く幸福を感じる時は、人生の前半に集中していて、後半にはほとんどないということだ。いったい、老いさらばえた晩年のみじめさを思えば、青春の喜びなど求めるに値するものだろうか。容貌と強壮な体に恵まれ、りっぱな人間になれば、二〇歳ごろには楽しい生活も送れよう。しかし、その内のどれだけが六〇を迎えた時に残っているというのか。運よく資質という「資本」に恵まれていても、それをたくみに「投資」して、死ぬまで「年金」を貰いつづけるのは不可能なのだ。犯罪や事故に巻き込まれて一気に大切な「財産」を失う不運を避けえたとしても、人生の「元本」たる生来の資質を少しずつ食いつぶしていって、それがどんどん小さくなってゆくのを眺めて苦しみもだえるのが生きるということなのだ。

次のことも覚えておくがよい。人間界で、齢《よわい》四〇にして、もし支障なく名誉も失わずに未生界に戻れるのであれば戻りたいと思わなかった者はこれまで一人としていなかった。人間界に生

きる者は原則として死ぬことを余儀なくされるまではそこにとどまることになる。しかし、もう一度同じ人生を生きるという条件で、もう一度生まれてもよいと思う者はいるだろうか。いや、決していはしまい。生まれることの撤回も含めて自分の過去を変えられるとしたら、彼らは嬉々としてそうするのではないだろうか。

「わたしが生まれ出でた日は滅びうせよ、胎に宿ったと告げられた日は滅びうせよ」(訳注 旧約聖書『ヨブ記』第三章三節)と叫んだヨブに、その作者は何を託したのだろうか。ヨブはつづける――「生まれなければ、今も静かに横たわっていたであろうに。眠っていたであろうに。荒涼とした宮殿を建てた地の王、参議たちとともに、白銀で満たした館を建てた黄金持ちし王子とともに。あるいは人知れず時機を失した誕生として、陽の光を見ることのなかった幼子として、存在せずにすんだであろうに。冥界では、邪悪な者に悩まされることもなく、疲れた者も憩っているのに」(訳注 『ヨブ記』第三章一三〜一七節)。誕生の罪はすべての者に、時にこのような罰をもたらす。しかし、人生という罠に目をあけたまま跳びこんでいった者には憐みを請う権利も、襲いかかってきた不幸を嘆く資格もない。

さて、最後のひと言だ。もし、かすかな記憶が、夢の中のように、混乱した瞬間のお前の脳裏をよぎって、お前がこれから飲むことになる薬がまだすっかり効いていないと感じることがあったなら、そして、今立ち去ろうとしているこの未生界の記憶がむなしく戻ろうとあがく瞬間があったなら、この忠告を心にとめておけ。オルフェウスがエウリディケの遠ざかる姿を見送るしかないように、結局お前もその夢を捕まえようとして空《くう》をつかんでしまい、それが薄明の王国に戻

ってゆくのを見送ることになるのだが、そのような時が来たら――もしこの忠告を覚えていればの話だが――すぐに飛んで逃げるがよい。今という瞬間と今の仕事という避難所に逃げるがよい。常に、手元の仕事の中に逃げこむのだ。もしかしたら、そのことだけは忘れずにいられるかもしれない。この忠告をしっかり全身に覚えこませようと努めれば、無事、過ちを犯さずに、これから経験するであろう人生の試練を切り抜けることができるだろう」†。

このように未生界の判事は現世に生まれることを希望する者を諭《さと》します。しかし、それが功を奏することは滅多にありません。生まれようなどということを考えるのは、腰の落ち着かない者と理屈が分からない者しかいないからです。そして、そのように考える愚か者はたいてい、そのままそれを決行する愚か者でもあります。そこで万策尽きた友人たちは泣きながら彼の後から治安判事長のいる裁判所まで行くと、当人はおごそかに、公の場で、「生まれることに伴う所定の条件を受け入れます」と誓うことになります。すると、忘れ薬が与えられます。それを飲んだ彼はたちまちの内に記憶を失い、自分がだれだか分からなくなり、身にまとうようにあった薄いガス状の「住処」も消えてしまいます。彼は、人の感覚にも、化学試験にも捉えられない、ただの生命元素に変わるのです。残されたのは一つの本能のみ――これこれしかじかの場所に行って、二人の人間を見つけ、彼らが「きみを産んでもいい」と言うまで、しつこくつきまとってせがむ

†原注　上述のオルフェウス神話は、エレホン国では名前も内容も変えられた形で存在します。ここでは、わたしたちが慣れ親しんでいる形に語り直しました。

ことです。しかし、その二人が、チャウボクの部族のだれかなのか、それともエレホン国のだれかなのかを選ぶことはできません。

第二〇章　彼らは何を言いたいのか

前章ではエレホン人の神話をかなり詳しく話しました。それでも、全体の一部にすぎません。彼らの話を読んでまず一番に思ったのは、「こんなに耐えがたく退屈な話を聞かされたら、人間界に逃げ出したくなるのも無理はないな」ということでした。明らかにエレホン神話は人生その他のことを描くのに偏りがありますし、誇張もあります。逆方向に大げさに偏らせて、明るく光りかがやく人生世界を描こうと思ったら、簡単にそう出来たはずです。ほんとうに世界がこんなに暗いと思っているエレホン人はだれもいませんが、彼らは口では「間違いない」と言いながらそれを信じていないことがとても多いのです。奇妙な人たちです。

エレホン国公認のこの未生界神話はと言えば、これは現世に生まれ落ちる前に暗鬱きわまる人生像を見せておいたことを証したいがために作られました。そうでもしないと、心あるいは脳の病気にかかった者を罰する時に、「すべてお前のせいだ」と声高に言えないからです。と言っても、実態はずっと控えめで、よほどの事がなければ出生告白書云々の話は出しません。やはり、

慣れ親しむと情がわくということでしょうか、子となって自分たちに大きな迷惑をかけた未生者のような者にも、多くのエレホン人は温かい目をそそぎます。その人の資質次第ですが、初めの一年ぐらいは毛嫌いしていても、時間が経つにつれて子どもが可愛くなってゆき、「わが子よ」と愛おしげに呼んで、目の中に入れても痛くないような可愛がりようになることもあります。

もちろん、エレホン流の前提に則れば、体の病気と同様、道徳上の、精神上の病にかかっても、罰せられ見下されるのは当然ということになるでしょうが、なぜか——今に至るまでわたしには理解できないことながら——彼らはそのことを徹底しません。それにまた、そのような彼らのふるまいを見て、どうしてこんなにわたしがやきもきするのかも——自分でも——分かりません。エレホンの人たちが意味の通らないことをたくさんするからといって、それがわたしに何の関係があるでしょうか。にもかかわらず、わたしは彼らにわたしと同じように考えてもらいたいと強く思うのです。幸福追求に役立つと思う意見を広めたいというイギリス人の願いはとても深くその国民性の中に根付いていて、その影響から逃れられる者はほとんどいないのではないでしょうか。いや、脱線はこのくらいにとどめておきましょう。

親子関係に関する吐き気をもよおすような理屈があり、実行に移す際には多くの修正がなされるものの、エレホン国の親子関係はヨーロッパのそれと比べてあまり幸せではありません。心から強く熱い愛情で結ばれた老人と若者を見ることは滅多にありません。二〇歳になっても、他のだれよりも親を愛していて、自然に父と母と一緒にいたがっているのが一目瞭然の子を時折見かけはします。矯正師の馬車がそのような家の前に停まることはほとんどありません。二、三度、

田舎にいた時に目にしただけでしたが、あふれんばかりの善と叡智と我慢強さが十分に報われたその光景を見て、わたしは胸がいっぱいになり言葉に詰まりました。しかし、幼い子の気持ちを察することを忘れずに、自分の親にしてもらいたかったように自分の子どもに接してやれば、たいていの家庭で同じ事が起きると、わたしは固く信じています。それでも、そんなだれにでも分かって簡単に出来そうな事が、どうも一〇万人いてその中の一人が実行に移すにすぎないほどの難事らしいのです。単純きわまる公理をきちんと信じられるのは偉大な善人だけなのです。二+二=四と同じように一九+一三=三二の計算が出来るほどの聖人はほとんどいません。

もし、わたしの書いたこの文章をエレホン人が読んだら、たいていのエレホン国の親子関係は十分満足できるレベルにないという記述を事実の恥ずべき歪曲だと言うでしょう。そして、ここの若者たちは最も近い親族と一緒にいることを他のだれといるより楽しんでいると言うでしょう。ノスニボー氏なら間違いなくそう言うでしょう。そう言われたら、わたしは次のように返しましょう――「あなたの死んだご両親がまた出てきて、「お前の家に半年ばかり世話になるよ」と言われたら、頭を抱えてしまうんじゃないですか」と。彼にとって、それ以上の災難はあまりないのではないでしょうか。彼の両親はわたしがエレホン国に来るより二〇年も前に高齢で死んでいるのでこれは極端なケースかもしれませんが、それでも、若いころ両親に真に献身的に可愛がられたと感じていたら、一生涯、親のことを考えるだけで彼の顔は光り輝いたことでしょう。

わたしが目の当たりにした真実の家族愛に満ちた一、二の例からはっきり分かるのは、一八の時に父母のことがほんとうに好きな若者は、六〇になっても心から喜んで両親を我が家に歓待す

るだろうということです。自分の子や孫の幸せな顔を見ることを除けば、彼らにとってこれに勝る喜びはありません。

そして、そうあるべきなのです。手の届かない理想でもありません。少数ながら、実際に起きている事です。両親がもうちょっとだけがんばって我慢すれば、どこの家庭でも実現するのです。しかし、今はほとんど見られません。あまりにも稀なので、次のような諺《ことわざ》があるほどです。非常にまわりくどい訳し方しかできないのですが、「ある人たちにとって、将来、祖父母の元に永遠に戻る親たちの苦しみを見るのは大いに愉快なことだろう」という意味のものです。「大いなる煩悶」という意味のエレホン語の語源には、「強制された愛」という原意が隠れています。「親」という言葉の中に愛の奇跡を生み出す魔力がそなわっているわけではありません。わが子にしてから、六歳の時に母アロウィーナと父のわたしを失うほうが、六〇になって父母が戻ってくるよりもましと思うようになる可能性はあるでしょう。そう書くことで、わたしは、「わたしの我がままが度を越してしまったら、わたしに復讐していいんだよ」というメッセージを子に伝えているつもりです。

すべての根底に、お金の問題が大いにあります。自活する力を今より早く身に着けさせてやれば、子もじきに独立して一人でやっていくでしょう。しかし、現状では、自分で稼げるようになる前に、元気な若者ならありとあらゆる当然の欲求をもつ年齢に達してしまいます。すると、そういった欲求を満たすことを諦めるか、親が用意できる以上のお金を親から貰わなくてはならなくなります。主原因は「屁理屈学」の学校です。また後述しますが、少年はそこで、ずっと実学

を学んでいなければいけない時期に、初歩から始めて実務も経験しながら生来の力に応じて進歩していかなくてはいけない時期に、仮説原理を教えられ、長い年月をかけて――本人はほとんど分かっていないのですが――さまざまな仕事ができない大人になります。

これらの学校には大いに驚かされました。エセ功利主義の危険というのもたしかにあると思います。屁理屈大学は大金持ちの子弟とか仮説学研究に適性をそなえた者にはいいのだろうと思います。しかし、この件で悲惨なのは、イドグルン崇拝が強すぎて、きちんとした家庭の子どもは屁理屈大学へ行くべしという暗黙の掟があることです。その結果、何年にもわたって、お金をだまし取られることになります。エレホン国の親が多大な犠牲をはらって、自分の子をほとんど使い物にならない人材に育てているのを見、わたしは腰を抜かしました。こうなると、どちらのほうがより一層かわいそうなのか、よく分かりません。教育費を払うことを強いられる親なのか、それとも、人生研究の最も重要な領域のいくつかで故意にだまされ、かすめ取られ、たいていは誤った方向に導かれるか、漂流を余儀なくされるかする若者か。

子どもの数を制限するための忌まわしい嬰児殺しが増えていて、国じゅうに衝撃が走っていますが、その原因のほとんどすべては、教育に対するこの妄執がエレホン国のすみずみまで広がったことにあると、わたしは確信をもっています。たしかにすべての子どもに読み書きそろばんを教える手立ては考えなくてはいけません。しかし、国家の義務教育はそこまでとすべきです。子どもたちはその後、過重労働にならないような然るべき配慮をきちんとした上で、自分で稼げるようになるために、職業技能の基本を身に着けることを始めるべきでしょう。

イギリスでは、技能教育校と呼ばれる所でその種の技術を学ぶことはできません。僧院のように閉じた環境では、現場の荒波をあれやこれや体験することができないのです。実際には使えない人材を輩出することになります。技術は、そこで実際に給料を得ている人が働いている作業場でのみ、身に着けることができるのです。

それに、少年は人工的な環境を嫌い、現場を好むものです。お金を稼ぐチャンスを与えれば、じきに稼げるようになります。人為的に厄介な存在とされる代わりに、幼いときから家族の幸福に貢献しはじめることが親にも分かるようになり、親の嬰児殺しもなくなって、今はむしろ避けている子だくさんの幸福を自ら求めはじめるでしょう。しかるに、現状では、国が親に生身の人間には耐えきれない重荷を負わせてしまっていて、その挙句に、実は主として自らに起因する悲劇を目の当たりにして、嘆き悲しんでいます。

庶民の教育状況は、一〇歳あたりから手に職をつけはじめることから、そこまで害はひどくありません。才能があれば選んだ道をきわめてゆきますし、なければないで、友人たちが「教育」と好んで呼ぶものを通して、もっと役立たずにされることはありません。然るべきところに落ち着くのが通例です。あいにく、そんな風にうまく行かなかった場合でも、長所があれば、それが周囲の者に認められて稼げるようになります。エレホン人もそういった事態に気づき出しているのだと思います。子どもが二〇歳になるまでに自活能力を身に着けられなかった場合、親に税金を課すという案が大きな話題になっています。思い切って実行すれば、ぜったいうまく行くでしょう。そうなれば、親は子どもが小さいころから自分で稼げる――つまり社会に貢献できる――

ように育てるでしょうし、子どもも早くに独立するようになって、親の重荷になったり、逆に親の口出しを重荷に感じたりすることもなくなるでしょう。親子は今よりも愛しあうようになるでしょう。

これこそ、真の博愛というものです。靴下を作って巨万の富を得た男がその精力的活動により羊毛製品の値段を一ポンドあたり〇・〇〇一ペニーだけ下げるのは、プロの慈善家一〇人分の仕事に値します。そのことに強い印象を受けたエレホン人は、収入が年二万ポンドを超えた者に対して一切の税を免除する制度を作りました。そういう者は有難い一個の芸術作品であって、余計な手出しをしてはいけないという発想です。「社会が納得してそれだけのお金を与えるということは、彼がこれまでどれほど多くの貢献をしたか計り知れないということだ」と彼らは言うのです。それほどまでに素晴らしい組織はあまりにも畏れ多く、天の恵みとしか思えないのです。

彼らは言います――「お金は義務の象徴だ。人間社会からの求めをきちんと果たしたことの聖なる証左である。人間社会はさほど優れた審判ではないかもしれないが、それ以上に優れた審判員は存在しない」。はじめ、それを聞いて、「富める者は天国に入るのが難しい」という教えを聞いて育ったわたしはとても驚きました。しかし、エレホン人の影響がじわじわ効いてきたのでしょう。物の見方が変わってゆきました。富を持たない者のほうが天国に入るのが難しいと思えるようになってゆきました。

人びとは、お金と文化を対置して、人生をお金もうけに費やした人には教養がないことを匂わせますが、これほどひどい嘘はありません！　豊かな文化を身に着ける手立てとして、きちんと

働いて独立すること以上に良い方法があるでしょうか。無一文の人に、文化が何の役に立つでしょうか。自分のみじめさをより一層痛感させるだけではないでしょうか。「すべての持ち物を売り、お金を貧しい人にあげなさい」（訳注　『マタイ福音書』第一九章二一節）と言われて、それが彼のためにも貧者のためにもなる若者など滅多にいやしません。むしろ、ずっと多いケースとして、あらゆる点で秀でた者がお金だけ持っていないということがあります。その場合、彼のほんとうの義務とは、何とか他人に頼みこんで働かせてもらってお金をかせぎ、ひいてはお金持ちになることにあると、わたしたちは感じます。「金銭愛は諸悪の根源」と言われますが、「お金がないのもまた然り」です。

このように話すと不遜のそしりを受けるかもしれませんが、しかし、実は、心から敬意をはらうに値する事に対して、すなわち、それが何であれ、わたしたちの中核を作り上げている事柄に対して、それへの注意を怠るとその報いを受けざるを得ないような大事な力をもつものに対して、最大限の敬意をはらっての発言であることをご理解ください。いや、話が脱線してしまっています。

もう一つ、イギリスでの女性の権利運動のように、エレホン国で大さわぎになっている計画があります。過激派の一群が、老人と若者のどちらが優れているか決められないと叫んでいるのです。今のエレホン国では、「若者をできるだけ早く老人のようにするのがいい」という前提の上に立ってすべての物事が進められています。これは間違っていて、むしろ「教育の目的は老人をできるかぎり若く保つことだ」と主張する連中がいます。さらに、彼らは、三五歳を境に老人と

若者に分け、週ごとに交替で、ある週は老人が上役になり、次の週は若者がなればいいと言うのです。また、「老人を増長させないために、老人に体罰を与える権利を若者に与えるべし」と声をあげもします。ヨーロッパの国であれば、どこであれ、このような案は問題外とされ、一蹴されるでしょう。しかし、ここではそうではありません。しょっちゅう矯正師が人に鞭打ちを命じているようなエレホン国の人びとはその種の発想に慣れ親しんでいるのです。この案が実行に移されるとはわたしは思いませんが、議論の対象になること自体が、エレホン人の考え方が真に倒錯的であることを示しています。

第二一章　屁理屈大学

　さて、ノスニボー家に厄介になって五、六か月が経ちました。わたしは何度も「そろそろここをおいとまして、自分で部屋を借りて住むことにします」と言ったのですが、耳を貸してもらえません。多分、このままいたほうが、ズローラに恋する可能性が高まるという思惑があったのでしょう。しかし、わたしが結局動かなかったのは、むしろアロウィーナへの愛ゆえでした。

　そのあいだじゅう、アロウィーナとわたしは夢見るように、恋の告白のほうに漂っていきました。ただ、自分たちの置かれた困難きわまる状況を直視する勇気はまだ持てずにいました。それでも、徐々に、二人のためらいとは無関係に、事態は切迫してゆき、その真実の姿がわたしたちの目の前にはっきり立ち現れるようになりました。

　ある晩、庭のベンチに腰掛けながら、わたしは、さまざまにもってまわった、まわりくどい愚かな言い方で、彼女になんとか「結婚してもらえない女性に真に恋してしまった男の方って、何やかや言って、やはりおかわいそうですわ」と言わせようと骨を折っていました。わたしは言い

よどんだり、顔を紅潮させたり、実に滑稽で無様でした。自分に同情してもらいたがっているのが一目瞭然で、かつ、彼女自身も同情を必要とすることについてはひと言もなかったので、アロウィーナも聞いてて苦しかったでしょう。とにかく、彼女は、くるりとわたしのほうを向くと、美しく寂しそうな笑みを浮かべて、こう言いました――「かわいそう、ですか？　わたしはわたしがかわいそうです。あなたもかわいそうです。だれも彼もが、かわいそうです」。その言葉が唇から漏れるやいなや、彼女はうつむいて、わたしに「お応えは要らないわ」とばかり目くばせをして、立ち去りました。

言葉自体は短く、かつ、シンプルです。しかし、そう言った時のアロウィーナにはいわく言いがたい様子があり、わたしの目から鱗が落ちました。「ぼくと結婚する気があるとしても、この国の犯してはならない掟を破るように彼女を説得する権利などぼくにはない」と感じて、ずっと、そこに座ったまま、考えこんでいました。わたしたちの結婚はエレホン国では不当なものと見なされ、「罪人」、「恥知らず」といったレッテルを貼られて、アロウィーナに辛い思いをさせることを思うと、こんなに長いこと、そのことに目をつぶっていた自分を心底恥じました。今は冷静に記していますが、その時は激しく煩悶しました。二人の恋がこんなに幸せな結末をむかえたのでなければ、今よりもっと、ずっとあざやかに当時の気持ちを覚えていたことでしょう。

アロウィーナとの結婚を諦めることは、考えもしませんでした。それ以外の手立てを考え出さなくてはなりません。ズローラがだれかと結婚するまで待つという案もやはりすぐ却下されました。ただちにエレホン国内でアロウィーナと結婚することは――いや、これはダメなことが分か

っています。そうすると、残るは一つ、彼女と駆け落ちして、一緒にヨーロッパに戻るしかありません。ヨーロッパにたどり着けば、結婚を妨げるものはなくなります。いや、お金がないというわたし自身の問題は残るのですが、それについては案じませんでした。

駆け落ちの前に立ちはだかる障害としては、大きく、二つ挙げられます。一つは、アロウィーナが行きたがらないかもしれないということです。もう一つは、「自らを仮釈放中の囚人と考えよ」という王の命もあり、独りで逃げることさえほとんど可能性がないということです。逃げそうなそぶりをちらとでも見せたら、不治の患者専用の病院に送りこまれるでしょう。それに、わたしはエレホン国の地理に不案内でした。ヨーロッパに戻ろうとしても、来るときに越えてきたあの峠にたどり着くはるか手前で、見つかってしまうでしょう。アロウィーナを連れていくことなど、論外の話なのです。来る日も来る日もわたしはこのような問題を考えつづけました。そして、とうとう、最後に、とことん追い詰められなければ思いつかないような突飛きわまる案が浮かびました。これで二番目の障害は解決されます。一番目の障害についても、庭での語り合いの次に会った時のアロウィーナの様子から、彼女もまたわたしに劣らず激しく煩悶していることが分かって、不安が減じました。

もう一度彼女と話してみようと決めました。このように会うのはこれを最後とし、そのあとは、彼女と会わないようにしながら、計画をできるかぎり迅速に固める作業に入ろうと思いました。二人きりになる機会があったので、わたしはわたし自身にかけた手綱をゆるめ、熱く、激しく、思いの丈を打ち明けました。アロウィーナは言葉少なでしたが、涙を流してくれました。（その

涙を見て、わたしも思わず泣きました。）その少ない言葉からは、彼女も駆け落ちに反対しないという気持ちが伝わってきました。わたしは次のように尋ねました——「うまく行けば、母国イギリスにたどり着ける。わたしの母や姉妹の住む家に連れてゆけば、彼女たちは大歓迎してくれるだろう。だが、その前に、ものすごく大きな危険を乗り越えなければいけない。付いてきてくれるかい？」。そして、こうつづけました。「成功するより失敗する確率のほうがはるかに高い。この計画を運よく実行に移せたとしても、おそらくは、ぼくたちの死ですべては終わるだろう」と。

彼女を信じたことは間違っていませんでした。アロウィーナはこう返してくれました——「あなたがわたしを愛しているのと同じくらい、わたしもあなたを愛していると思うし、もし、そうして駆け落ちすることがあなたの国イギリスでは恥ずべきものと思われていないということを約束してくれるのであれば、わたしはどんな危険も厭いません。わたしはあなたなしでは生きていけないし、独りで死ぬなら、あなたと一緒に死んだほうがいいです。死がわたしたちには最上の選択肢ではないでしょうか。どうか、脱出計画を進めていってください。そして、時が来たら、わたしに迎えを寄こしてください。ぜったいに裏切りませんから」と言ってくれました。わたしたちはさんざん泣いて、さんざん抱き合って、最後は、身を引きはがすようにして、別れました。

それから、ノスニボー家を出て、町中に部屋を借り、心ゆくまで悲嘆にくれました。アロウィーナと一緒になることはたまにありました。わたしも音楽銀行に定期的に行くようになっていた

のですが、ノスニボー夫人とズローラにはかなり冷たくあしらわれたのです。彼女たちはわたしを疑っている様子でした。アロウィーナは落ちこんでいて、今では財布に音楽銀行の貨幣を以前よりたくさん、あふれんばかりに詰めこんでいました。彼女が健康を害して刑事訴追を受けるのではないかという恐ろしい考えが思い浮かびました。ああ！　あのころは、なんと、エレホンを憎んだことか！

宮廷での謁見もありましたが、今まで役立っていたわたしの容貌が衰えてきました。エレホン人のように悩み・苦しみの影響を隠すことがうまくできないのです。友人たちがわたしのことを心配しはじめたのを見て、マハイナの真似をして、飲酒癖が高じたふりをしてみました。その件で矯正師の指導もあおいで、大いに不快な思いもしました。それで一時的には事態は良くなったのですが、わたしの肉が落ちはじめると、わたしの体を褒めたたえてくれていた友人たちの評価も落ちました。

貧困層がわたしの年金のことで騒いでいることを耳にしました。反政府系の新聞にのった辛辣な記事を読みました。「金髪ということだけれども、本人が言うには、故郷では当たり前のことなのだから、それは名誉でも長所でも何でもない」とまで書かれていました。おそらく、ノスニボー氏が背後で糸を操っていたのでしょう。その内、王がわたしの懐中時計所持の一件を問題にしはじめていて、またわたしが気球のことで彼に嘘をついたので、やつに治療を受けさせたらどうかと言っているという情報が伝わってきました。四方から、暗雲が垂れこめてきました。ここは、あるだけの、いやそれ以上の知恵をしぼって、何とかうまいこと切り抜け、アロウィーナと

二人で幸せになるぞ、と思いました。

それでも、変わらず、親切にしてくれる人もいましたし、不思議な縁で、思いがけない人たちが一番優しくしてくれたのです。音楽銀行の出納係たちです。その内の何人かと知己を得、わたしもしょっちゅう銀行に行くようになっていたので、とても大事にしてくれました。その一人が、わたしがすっかり体調を崩したのを見て――もちろん、そのことに気づかないふりをしながら――ちょっと場所を変えて、或る主要都市まで一緒に旅行しないかいと誘ってくれました。首都からは二、三日の距離で、屁理屈大学の本拠地だそうです。いろいろ見てまわるととても楽しめるだろうし、みんな大歓迎してくれるよとも言われ、お誘いを受けることにしました。

その二、三日後に発ちました。目的地には、旅路で一泊した翌日の夕方に着きました。ちょうど春爛漫のころでした。チャウボクと探検に出てから一〇か月近く経っていましたが、一〇年くらい経ったような気がしました。木々には美しく若葉が萌え、大気はぬくもり、しかも暑苦しさとは無縁です。悩みを忘れたわけではありませんが、田舎の光景が、通りすぎる田舎の村々が、何か月も首都で過ごしてきたわたしを大いに元気づけてくれました。町に着く前の最後の五マイルほどで、地形が波打つ丘陵のように変わり、森は一層広々として、最高の美しさが満喫できました。そして、初めてこの大学町を見た時と言ったら！　その目をうばう秀麗さには腰を抜かしました。世界中探しても、これ以上美しい町があるとは思えません。「素晴らしい！　連れてきてくれてありがとう！」とわたしは連れに叫びました。

町の中心部にある宿に着くと、まだ明るかったので、ティムズというその出納係の友人が散歩

に連れ出してくれて、街中《まちなか》や主な大学寮の庭を見たりしました。これほど美しく興味ぶかい場所は滅多にありません。またたく間に魅せられてしまいます。これらの大学寮の一員となりながら、生涯愛校心を持ちつづけない者はよほどのへそ曲がりか感謝知らずに違いないと思いました。この喜びに満ちた町の神々しいまでの美しさを見て、わたしの疑念は消しとんでしまいました。半時間ほど、自分のこともアロウィーナのことも忘れていました。

夕食後に、ティムズさんが、今のここでの教育システムとその実態について、くわしく話してくれました。その一端はすでに耳にしていましたが、初めて聞くこともたくさんありました。これまでよりエレホン人の考え方がよく分かるようになりました。それでも、そんなことでいいのかと疑念を抱かざるを得ないような部分もいくつか残りました。もちろん、わたしの理解が及ばなかったのは、わたしの受けた教育がそれとはまったく異なっていることと当時体調がとても悪かったことにおそらく起因するのでしょう。そのことはきちんと認めたいと思います。

彼らの教育システムの主たる特徴は、「仮説学」としか訳せないような或る専門領域を重視することにあります。彼らは次のように主張するのです――「青年に、彼のまわりの世界にある物の性質しか、彼がその人生でよく知るようになるであろう事柄しか教えないのであれば、彼は狭く浅い宇宙観しか持ち得ないだろう。しかるに、この宇宙にはいまだ発見されざるありとあらゆる物が隠れているかもしれないということが主張されている。彼の目をそのような可能性にも開かせ、思いがけない有事出来《ゆうじしゅったい》にそなえることが、わが仮説学の目的である。まったくあり得ない奇妙奇天烈な一連の偶発事勃発を想定し、そこに生じる疑問に知的な回答をさせることが、大

人になって出会うさまざまな現実の出来事を処理するための最上の準備となると考えられるのである」。

かくして、貴重な青春の大半を仮説語なるものを教えられて過ごすことになります。仮説語は、この国が今とはまったく異なる文明の段階にあった時に作られた言語で、その古《いにしえ》の文明はずっと昔に消え果て今の文明に取って代わられました。かつてその中に秘められていた有益な格言や高貴な思想の多くは近代文学に吸収された形で広まっていて、何度も何度も現代の話し言葉に翻訳されています。明らかに、元の言語の研究はそういうことに興味を示す生来の資質に恵まれた少数の者に任せれば十分な気がします。

ところが、エレホン人は、そうは考えません。この仮説語に対する彼らの崇めたてまつりようは信じられないほどです。仮説語をかなり流暢に話せるようになると、一生の生活が保障されます。いや、要は、仮説語に自分たちの文学の名詩を翻訳する訓練を何年も何年もやるのです。すらすら訳せることが学者や紳士の印となるのです。わたし自身の筆が滑りすぎないよう注意をしなければいけないのですが、何百という喫緊の問題があってそれを速やかに解決しなければいけないのに――そして、それを解決したら大金持ちになれるというのに――何年も何年もこれほどまで不毛な技術を磨き上げようと骨を折るのは貴重な労力のひどい無駄に思えます。でも、エレホンのことはエレホン人が一番分かっているだろうからということで、青年自らが仮説語を学びたいと思ってのことなら、こんなに驚きはしません。しかし、若者が選ぶわけではありません。彼らはそれを押し付けられて、たいていは、いやいや学びます。とにかく、この教育システムを

擁護する意見をいくら聞いても、わたしはその長所を高く評価する気にはとてもなれませんでした。

確信犯的に屁理屈力を育《はぐく》めという論はずっと説得力があります。しかし、エレホン人は、ここでも、自分から、仮説学研究を正当化する基盤となる原則を外れてしまっています。というのは、彼らは、仮説語研究は「思いがけない有事《ゆうじ》」へのそなえとして重要なのだと主張しながら、実際の屁理屈学研究では毎日の出来事に対処できる力を育てようとしているのです。それゆえ、矛盾学とか言い逃れ研究といった分野に教授の席が用意されているのです。それぞれの試験に合格することが、仮説学の学位取得には必須です。熱心で真面目な学生たちはこれらの科目で驚異的な熟達を示します。どんなにあからさまな矛盾でも、彼らの手にかかればあっという間に糊塗《こと》されますし、どんなに間違えようのない命令でも、それを無視する言い訳を彼らは見つけてきます。

「やることなすことすべてを理屈で――理屈だけで――進めると人生は耐えがたいものになる」と彼らは声高に主張します。「理屈のみに導かれると、くっきりした境界線を性急に描くという過ちを犯してしまう。そして、言葉の定義に頼ると――言葉は太陽に似ているので――その光を浴びて大きくなったあと、今度はその同じ光に枯らされることになる。論理的なのは極端なものだけだ。それらは常に不条理だ。中庸なるものは非論理的で、非論理的な中庸はひどく不条理な極端さより好ましい。理屈のみに支えられて論駁し得ないように見えるものほど愚かしく理不尽なものはない。理屈だけに頼って行動すると、ありとあらゆる過ちを犯しやすくなる。

理屈にしたがうと、表の意味と裏の意味のある言葉の二重性が失われる恐れが出てくる。する

と希望の神や正義の神など存在しないと言い出す者が出てくるかもしれぬ。その上、生来、人はひどく理屈好きな生き物なので、放っておいても理屈を使いたがるし、理屈に基づいて行動して、それがやり過ぎになることもあるだろう。だから、わざわざ理屈の使い方の訓練をする必要はないのだ。だが、屁理屈ならば、話は別である。屁理屈は理屈を補足するための天の恵みであって、屁理屈なしでは理屈自体は存立し得ないのだ。

そして、屁理屈のようなものがないと理屈が存在し得ないというのであれば、屁理屈が多ければ多いほど、理屈も増えなければならないということになる。だから、理屈のためにも、屁理屈教育が必要なのだ。屁理屈学教授は理屈を過小評価しているわけではないのだ。理屈を重視すると厳密には二重言語はあり得ないという結論が出ればただちに二重言語の使用を止めなくてはいけないことを、彼らほど確信している者はいないのだ。しかし、理屈という素晴らしい機能からその存立条件の半ばを成す屁理屈を奪い取るような狭く排他的な理屈観に基づいて結論を出してはいけないのだ。屁理屈は理屈の一部である。だから、まず理屈を定義するに際して、屁理屈の重要性を十分に認めてやらなくてはいけない」

彼らは天才を重視しません。「多かれ少なかれ、だれもが天才だから」と言うのです。「まるっきり健康でどこもかしこもすこしも悪くない人間なんていないし、まるっきり病んでいて健康な箇所がすこしもない人間もいない。だから、道徳面でも精神面でもまるっきり正常で一片の邪悪さも狂気も持ちあわせない人間も、まるっきり狂っている悪人で一片の良識も高潔さも持たない人間もいない。同様に、馬鹿でない天才はいないし、天才でない馬鹿はいない」と。

天才とか独創力ということを、わたしのためにティムズさんが開いてくれた歓迎会で何人かの紳士に話したのですが、思わず「独創的な発想力を育まなくてはいけませんね」と言って、すぐにその発言を撤回しなくてはならなくなりました。天才は犯罪のようなものと明らかに彼らは考えているのです――「天才は避けえない天災である。天才に生まれ落ちるのは何たる不幸か」。そして、「隣人のように考えることが人の務め」と言うのです。「だって、他人が悪いと思ってることを良いと思うなんてどうしようもないヤツじゃないか」と言います。もっとも、エレホン人

とわたしたちの考え方がどのように違っているかを理解するのは難しい問題です。ここイギリスでも「愚か者《イディオット》」という言葉は自分で考えて意見を持つにいたる者を意味するわけですから。

八○になんなんとするもかくしゃくとした偉大なる世間智学教授が、わたしがもらした天才擁護の傲岸なひと言を聞いて、深刻な口調で注意してくれました。彼は屁理屈大学で最も重きを成す人物で、独創性を抑えつけるために、現存する者のだれよりも貢献したそうです。「学生に自分の頭で考えさせるのがわたしたちの仕事ではない」と彼は言います。「断言してもいいが、学生がかわいいのであれば、ぜったいに、そのようなことをさせてはいけない。わたしたちの義務は、必ずわたしたちと同じように学生に考えさせること、少なくとも、わたしたちが便宜上・建前上このように考えると述べているのと同じように学生に考えさせることだ」それでも、彼は「無用知識廃絶協会」と「過去完全抹殺協会」の会長として、ある意味、急進的な意見の持ち主と考えられています。

学位取得のための卒業試験のことですが、エレホン国では、イギリスのように優等学位取得者ランク別リストが張り出されることもありません。どんな形でも学生間の競争は認められません。利己的で、他人への配慮に欠けると言うのです。試験は決まった教科に関する長文記述式で、その内のいくつかはあらかじめ問題内容が知らされており、残りは知力全般および機転の才を測るものです。

わが友の世間智学教授は大半の学生に恐れられていました。わたしの見るところ、それももっともなことで、彼は教授としての仕事を他の同僚のだれよりも真面目に受けとめていたのです。

留保条項に関する記述に曖昧さが足りないとして一人のかわいそうな学生を落第させたという話を聞きました。「注意ぶかく」、「忍耐づよく」、「真摯に」といった語を十分にたくさん使わずにある科学系の科目の論文を書いたというので放校になった学生もいました。あまりに頻繁にかつ深く正しいというので学位を貰えなかった者もいましたし、わたしがこの町に着く数日前には、印刷されたものへの不信が不十分であるとの理由で、ある学生グループ全員が落とされました。

彼のこの類の件で、ちょうどそのころかなりの騒ぎが起きていました。この教授が大学の主要雑誌に書いた文章があり、それは彼が執筆者であることが広く知られていました。そして、この文章にはもっともらしく見えるけれども全く間違っている点が浜の真砂《まさご》の数ほどもたくさんありました。さて、彼は学生にあるレポート課題を出したのですが、その課題というのが、これらの間違いをレポートにも書きこむことを学生にいざなうような内容だったのです。雑誌の文章が担当教授のものと信じていた学生たちは、もちろん、同じ間違いを自分のレポートに書きこみました。すると、教授は、彼ら全員に落第点を付けたのです。彼のふるまいは、フェアではないと批判されました。

わたしが教授たちに「人は常に、すべてにおいて、仲間内で秀でるよう、一番になるよう努めなければいけない」と述べたホメロスの名言を紹介したところ、「そんなひどい格言がもてはやされている国では常に人が互いの喉に摑みかかっているというのは、不思議でも何でもないですね」と返されました。

教授のひとりは次のように訊いてきました——「どうして隣人より優れてなくてはいけないの

ですか？　隣人より劣ってなければ、それでいいではありませんか？」。

わたしは、自信なさげに、でも思い切って、「多少の利己心とそこから生まれる他人を蹴落とす気持ちがないと、芸術も、科学も、いやどんな分野も、進歩がなくなるのではないですか？」と答えます。

すると、その教授に「もちろんですよ。だからこそ、わたしたちは進歩に反対なのです」と返されました。

そう言われると、これ以上もう何も言えません。それでも、あとで、他の若い教授につかまって、部屋の隅に連れていかれ、「進歩に関するわたしたちの考えをご理解いただけていないようですね」と言われました。

彼はこうつづけます――「わたしたちも進歩はいいことだと思っています。しかし、それは、人びとの良識と合致しなければいけません。ある人が隣人たちの知らないことを発見したとしても、その人たちに探りをいれて賛成あるいは賛成してくれそうだということにならなければ、彼らにそれを伝えてはいけません。時代に遅れすぎるのと同様、時代よりあまりにも前に進みすぎるのは道徳に反します。隣人たちを説得できるのであれば、何を言っても自由です。しかし、そうでない場合、彼らが知りたくない話をすることほど意味のない侮辱はあるでしょうか。知に淫するのは、度を越した振る舞いの中でも最も質《たち》が悪くかつ恥知らずな行いの一つであることを忘れてはいけません。水ももらさぬ完璧な正気というものはかえって人を狂気に追いやるものなので、だれでも何かに淫しているのはたしかですが……」。

彼の話しぶりが熱を帯びてきました。逃げるのが得策かなと思いはじめたころに、会が終わりました。この地を発つ前にお宅にうかがいますと約束したものの、残念ながらそれはかないませんでした。

さて、これぐらいで、屁理屈や仮説学や教育一般に関するエレホン人の奇妙な考えについての話は十分かと思います。もっともだと思う点も多くありますが、やはり、わたしとしては、仮説学の、特に自国の優れた詩を仮説語に翻訳させるという訓練の意味が理解できませんでした。滞在中に、一四年間ほとんど仮説語しか教えられなかったという一人の若者にも会いました。彼は――それも彼の長所だと思うのですが――仮説語にまったく向いておらず、他方、他のいくつかの学問領域でかなりの才能に恵まれていました。その彼が力をこめて言うには、「学位を取ったら、仮説学の本はもうぜったいに開きません。自分に興味のあることをやっていきます」とのことです。結構なことと思いますが、失われた一四年分の時間は戻ってきません。

時々、どうしてこの仮説学重視の弊害が思ったほどに目立たないのだろうと思うことがあります。青年の成長を故意にねじ曲げさまたげるかのようなカリキュラムにもかかわらず、実際には、良識をもった美しい男女に育っています。傷つけられて、それを一生抱えてゆくような者もたしかにいますが、多くは全然あるいはほとんど教育の悪影響を感じさせない若者たちで、中にはかえって良かったのではないかと思わせる者もいます。その訳は、どうも、若者の中にある自然な本能がたいていの場合、このような仮説学中心の教育に徹底的に反抗して、教師がどう工夫しようと授業に本腰を入れさせることができないということにあるようです。その結果、青年たちは

無駄な時間を過ごすことを強いられるとしても、大人が求めるほどの程度には至らず、余暇の時間は積極的に運動やスポーツにいそしんで体を鍛え、ともかく、丈夫で健康な人間に育ってゆくのです。

それに、何かに関心がある者は、どのような状況下でもその興味を追求してそれを伸ばしてゆくものです。そういう者は、障害物があっても、かえってその逆境を糧として、自分が好きなこと、学びたいことを学んでゆきます。また、特にそういう才能がない者の場合は、時間の浪費の害は比較的軽微となります。しかし、それでも、このようにして弊害が軽減されているとしても、やはり、今のエレホン国で教育と称されてまかり通っているシステムは、多くの害を富裕層のすぐ下の階級の子どもたちに与えているのは間違いありません。一番被害が少ないのは一番貧しい子どもたちです。「智慧」の噂を聞いたことがあると言う「死」と「破壊」の話（訳注 『ヨブ記』第二八章二二節）は、ある程度「貧困」にも当てはまることなのです。

それでも、結局のところ、学問の府が知的成長を促さずに、むしろ抑えつけるのは、国にとっていいことなのかもしれません。これらの大学がそのたくさんの卒業生にある種の自己愛的な堅苦しさを吹きこむことがなかったら、素晴らしい本物の仕事が危険なくらいあふれてしまうでしょう。人が言ったりしたりすることの大半はカゲロウのようにすぐに消え去ってしまわないと困るのに、その効果が丸一日か二日はいいけれども一週間もつづいたら、次のことに移れなくなってしまいます。明らかに、今のイギリスでジャーナリズムが驚異的に成長しているのは、そして、イギリスの大学がより高きを目指すのではなく凡庸の徒の生産を目的としているのは、過剰な知

的発展を阻止しないとかえって困ることをわたしたちの潜在意識が知っているからです。そして、明らかに、このチェック機能こそ、わたしたちの学問の府が果たしている役目です。そして、潜在意識のレベルでのみ実行するほうが、より成果が上がるのです。健全な知的吸収と消化を進めていると自分では思いこんでいても、実は、学者というのは、胃の中のガンのような存在とさほど変わりません。

さて、さて、エレホン国の話に戻りましょう。わたしがもっとも驚いたのは、時折、ある学問分野できらりと良識が閃いたかと思うと、また別の分野できらりと閃くことがあったということと、と同時に、きわめて多数の学問分野では、きらりとも閃かなかったことです。とりわけ、美術学部にふらりと見学しに行った時の印象が強烈でした。教科課程が「実践」と「商業」の二つの分野に分かれていて、学生は自分の芸術制作と並行して、専攻分野の商業史を同じように学び進めることを求められます。

絵を学んでいる者は、ここ五〇年とか一〇〇年の代表的な絵画にいくらぐらいの値段が付いたかとか、その価格がよくあるように三、四回の売却そして転売を繰り返す内にどのように上下したかといった歴史について、結構な頻度で試験を受けなければいけないのです。絵描きは絵の商人でもある、と彼らは言います。だから、絵が描けるという能力と同じくらい、マーケットに合わせて作品を制作する力やどんな絵が大体どのくらいの値で売れるかについての知識が大切だと言うのです。これこそ、フランス人が重んじる「バリュー」(訳注 「価値」と「色価」の両方の意味がある)なるものの真意でしょうか。

大学町自体については、見れば見るほど惚れこんでいきました。さまざまな学寮の庭園や散歩道をはじめとするありとあらゆる無上の美しさは筆舌に尽くしがたいとしか言いようがありません。実際、その建物と風景の美しさだけで心を清め高める教育的効果がそれなりにあるでしょう。そこでどんな過ちが犯されているとしても、この美的教育効果を無にすることは不可能です。たくさんの教授たちに紹介されましたが、とても温かく、親切にしていただきました。それでも、紹介された教授の内のいく人かはあまりにも長いこと仮説学にふけっていたため、聖パウロの時代の古代アテネ人とは正反対の存在になっているように感じました。つまり、新しいものや新しいことを見たり聞いたりして人生を過ごした古代アテネ人とは対照的に、ここの教授連にとって、自分たちが隅々まで知り尽くしていない意見はどんなものでも忌避の対象でしかあり得ません。自分の脳を或る種の聖域と見なして、かつてそこに宿った一つの考え以外は、すべて敵と見なして、自らの知性への攻撃を禁じるといった趣でした。

しかし、ここで言っておきたいのは、ティムズさんと一緒に町にいる時に会った人たちの真意は、ほとんどの場合、結局よく分からなかったということです。彼らは本音を言って自分を晒すことを極度に恐れて、自分がそうしているかもしれないと思うと、もうぜったいに本音を語ってくれなくなるのです。そして、たいていの話題は、そのような疑念を呼びおこしてしまうのです。天気、食べ物、飲み物、ゲーム、休暇中の旅行など以外のことで、彼らから何かはっきりした意見を聞き出すのは難しいことでした。

そして、彼らがごまかしごまかし自分の意見を言うことを避けてどうするかというと、たいて

いは、その時の話題について過去に書かれたものの話をして、「たしかにそのような論文や記事の主張には一理ありますが、同意できない点も多々ありますね」と結論づけるのです。そして、必ず、その同意できない点とは何かは、彼らの話を聞いてもよく分からないのです。どうも、あとで間違っていたと証明されかねない問題についてはどんなものでも自分の意見を持たず、もちろん自説を開陳するなどもっての外とする態度こそが、学問の達成と育ちの良さの極致と見られているようです。「どっちつかずのままでいる」ための技術が最大限に極められた場所がこのエレホン国の屁理屈大学だと言うことができるでしょう。

もっとも、どんなにのらりくらりふるまっても、何かはっきりした意見を言ってしまうこともあるでしょう。しかし、そんな時でも、自分で一分の疑いもなく嘘だと分かっていることを信じているかのように述べるケースが多いのです。一流雑誌に掲載された評論や記事でも、表面上の主張とは正反対の意味が、わたしのような者にも行間から透けてみえる文章をよく読みました。広く知られた話ですが、「いいえ」と言われてすぐに「はい」のことじゃないかと疑わないと、エレホン国社交界ではとてもやっていけません。大切なのはきちんと理解されるということですから、「はい」が「はい」でも、「はい」が「いいえ」でも結局は同じことになるわけですが、それでも、わたしたちのように「はい」ははっきり「はい」と言って誤解のないようにした方がよりよいように思います。と同時に、エレホン国のやり方のほうが現地の哲学者たちに否定的に捉えられている単刀直入さを抑えるには向いています。はっきりした物言いを抑えることが彼らのはっきりした目的のようです。

それはともかく、「本音を言って自分を晒すことを恐れる」という病は、当事者の知性に死をもたらします。屁理屈大学ではほとんど全員が程度の差こそあれ、この病にかかっていました。数年経つ内に必ずちまちました意見しか言えなくなり、日ごろ最もよく接する物の表面的な部分を除くすべてにまったく反応しなくなってしまいます。顔にはおぞましい表情が浮かびます。しかし、自分では自分が死んだとつゆ疑うこともないので、とくに不幸そうでもありません。この忌まわしい「本音を言って自分を晒すことを恐れる」病の治療法はまだ見つかっていません。

さて、わたしがあの革命の詳細を知ったのは、この屁理屈大学のある都市――あまりにも耳ざわりな名前でここで申し上げるのは控えます――に滞在中のことでした。革命はそれまで広く使われていた膨大な数の発明機械を破壊するという結果に終わりました。

ティムズさんに連れられ、博覧強記で知られるある紳士の部屋に行った時のことです。ティムズさんからは「彼は仮説語に副詞を一つ導入しようとしたかなりの危険人物でもあるんですよ」とも聞いていました。また、エレホン国随一の機械関係の古物収集家とされているこの紳士は、わたしの懐中時計のことを耳にして、ひどくわたしに会いたがっていました。会うと、機械の話に花が咲いたのですが、別れ際に、革命の引き金となった一冊の本の復刻版をいただきました。

革命が起きたのは、わたしのエレホン国来訪より五〇〇年も前のことです。国は荒れ果て、革命に対する反動もあって、この反革命もまた成功しそうになるのですが、それから長い年月が経って、今では人びとも革命のもたらした変化にすっかり慣れてしまっています。長年の内戦で人

ロも半減したと言われます。機械派と反機械派と呼ばれる対立勢力に分かれて争い、最後は、すでに述べたとおり、反機械派が勝利をおさめました。敗れた機械派をそれまで見たこともないほど厳しく弾圧し、反対の痕跡は跡形もなく消えました。

驚くべきは、それでも王国内に機械が残されたことです。矛盾学や言い逃れ研究の教授たちが「革命後の新しい原則をしっかり貫いてはいけない」と反対しなければ、おそらく、根こそぎ破壊されていたのではないでしょうか。それどころか、これらの教授連は「反機械派も内戦中は最先端の武器改良の成果を活用すべし」とも主張し、戦争中に、攻撃・防衛の両面で、新兵器がいくつか発明されました。博物館に収められた大量の機械には腰を抜かしましたし、機械研究者がその過去を調べ尽くす様子にも強い印象を受けました。革命時に、勝利者が、より複雑な機械を破壊し尽くし、工学系の論文を燃やし尽くし、すべての工学者の仕事場もまた然り、というのにです。計り知れない無数の人命と財産という犠牲をはらって――反機械派の考えによれば――諸悪の根源を根こそぎにした、にもかかわらずの話です。

たしかに、徹底的にやったわけですが、同時に、この種の仕事はどうしても漏れが出てきてしまいます。わたしのエレホン国到着より二〇〇年ほど前には、機械にまつわる論争熱ももう冷めていました。気がたしかな人間であれば、禁じられた機械発明のことなど、もう決して考えないという時期が来ていました。エレホン国の機械研究は、わたしたちがはるか昔に忘れられた自国の宗教的慣習を調べるのと同様の、もの珍しい古物研究の趣を呈するようになりました。それから、まだ残っている機械の部品・断片やどこかに隠されているかもしれない完成品を何でもいい

からしっかり集めようという動きが興《おこ》り、さらには再発見されたそれぞれの機械がどう動くのかを調べた無数の論文が書かれるようになり、それらをまた使おうというのではなく、むしろ、イギリスの古物研究者がドルイド教の遺跡や燧石《ひうちいし》の矢じりを調べる時のような感じで、古機械研究が進められてきたのです。

首都に戻って、わたしのエレホン国滞在の最後の数週間あるいは数日の間に、革命の原因になったというこの本の英文要約を作ってみました。専門用語は分からないので、多くの間違いがあるのは疑いのないところですし、どうしても英語に訳せない箇所は、エレホン語の代わりに、元々英語にあった名前や概念を用いました。それでも、大体において正確であることはお約束いたします。このわたしの英訳版をこの後に挿入するのがベストと判断しました。

その本はこのように始まります——。

「かつて、見はるかすかぎり、地球には動物も植物もまったく存在しなかった。われわれの最良の哲学者たちの考えによれば、それは表面が硬く冷えてきている熱球にすぎなかった。もし、この時の地球に人がいて、人とは関係のない別世界のようにそれを見ることが許されたならば、そして、その人が物理学の知識をまったくもたなかったら、彼は今見ているこの熱灰に似た世界から意識のようなものをもった生き物が生まれることなどあり得ないと断言したにちがいない。意識を作る材料さえないと言い切っただろう。しかし、時を経て、意識が生まれた。ということは、もしかしたら、今はその兆が見えなくても、意識の発展に用意された新しい道がもっと他にもあるのかもしれないということだ。

そして、今、人が用いるような意味での意識も、かつては新しかった——それは、われわれの知るかぎりでは、行動の中心として個体と（植物では一見意識抜きで起きるように見える）生殖

システムが現れた後に生まれた。とするならば、意識の後にさらにまた新たな精神の展開が起きないという保証は何もない。それは、植物と比して動物の心がまったく違っていたように、われわれがこれまでに経験してきたあらゆる段階と違った何かになるだろう。

それは人とはまったく異なり、人が自分の経験に照らして想像できるという代物ではないだろうから、その姿を予測するのは意味のないことではあろう。ただ、これまでも生命進化は意識の誕生と変遷も含めてさまざまな局面を経てきたわけで、それを考えると、「これ以上は進化しない」とか「すべての終着点に動物がいる」と述べるのは時期尚早であろう。かつて、火が終着点だった時代があった。岩と水がそうだった時代もあった」

数頁にわたり、この点を詳しく説明した後で、作者は、はたして現時点で新種の生命誕生の前触れとなり得るものが見られるかどうかという問題に進みます。遠い未来にそれの住まいとなるかもしれない胎動しつつある場所を見つけることができるのか、新種の生命の原初の細胞組織を地球に発見できるのかどうかを論じてゆきます。そして、作者は肯定的な答えに傾いてゆき、それは高等機械であるという結論に達します。

引用してみましょう。

「現在の機械がほとんど意識を有しないからといって、最後に機械に意識が生まれないという保証にはならない。軟体動物にも多少の意識しかないのだ。ここ二、三〇〇年のあいだの驚くべき機械の進化を考え、動物界・植物界のとても緩慢な進化の速度を考えてみよ。悠久の昔を思えば、精巧な機械は昨日というより五分前に誕生したかのごとし。仮に、意識をもつ存在が二〇〇〇万

年前から生きてきたとして、機械がここ一〇〇〇年でどれほど進化したかを比べてみよ！　世界はこれからも二〇〇〇万年はつづくのだ。そうとすると、いったい機械は最後にどこまで行くのだろうか。この危険な芽を摘んで、これ以上進化するのを禁じるのが安全策ではなかろうか。

蒸気機関がある種の意識を持ち合わせていないとだれに言えるだろうか。意識はどこではじまり、どこで終わるのだろうか。だれにその境界線が分かっているのか。いや、どんな境界線も、だれかに分かるものだろうか。すべてはすべてと絡みあっているのではないか。機械も無数のさまざまな点で動物の生活と絡みあっているのではないか。ニワトリの卵の殻は精巧に作られた白い瀬戸物であるという点において、卵立てと同じくらい機械である。殻は卵の中身を入れる道具であり、同様に、卵立てもその殻を入れる道具ではないか。二つは同じ機能の二つの段階なのだ。雌鶏は体内で殻を作るが、やっていることは瀬戸物づくりと何ら変わらない。雌鶏は便宜上、巣を自分の外に作るが、巣が殻以上に機械であるというわけではない。「機械」とは「道具」にすぎない」

さて、意識の話に戻りましょう。その最初の現れについて、作者は次のようにつづけます——。

「花を用いて生き物を食す植物がある。ハエが花にとまると花びらが閉じて、それを消化し尽くすまで固く閉じている。だが、食べられないものがとまった時は動かない。雨のしずくがかかっても、棒状のものが入ってきても、いささかの反応も示さない。面白い話だ！　ほとんど無意識に見える生き物が自分の益になることには実に鋭い関心を示すのだ。これを無意識と呼ぶのであれば、意識など無用の長物ではないのか。

その植物には目も、耳も、脳もないからと言って、それだけで自分のしていることが分かっていないと結論づけていいのだろうか。それを機械的と呼び、機械的以上の何物でもないと言うのであれば、意志が大いに関わっているように見える他のさまざまな機能もまた機械的なのではないだろうか。人間の目には、この植物が機械的にハエを殺して食べているように見えるとしたら、この植物には、人間が機械的にヒツジを殺して食べているように見えるのではないか。

だが、草木は無意識のうちに育っていくわけだから、理性を持たないと言えるのかもしれない。土と空気とふさわしい温度があれば、草木は育つ。ぜんまいを巻くと、それがほどけきって止まるまで動きつづける時計のようだ。帆に吹きつける風を受けて海を渡る船のようだ。だが、健康な少年だって、よい肉と飲み物と衣服を与えられれば、育たずにいられないではないか。ぜんまいが巻かれたような状況で、育たずにいられるものなどいるものか。ぜんまいがほどけきってもまだ前に進めるものなどいるものか。ぜんまいを巻くことに似た現象は、至るところにあるのではないだろうか。

ジャガイモ†でさえ、暗い地下室に置かれると、自らにそなわったわずかながらの知恵をしぼって、自分のために大いに役立てる。自分が何を欲し、どうすれば手に入れられるかを完璧に知っている。地下室の窓から光が入ってくるのを見ると、ジャガイモは茎を伸ばしてそちらのほうにまっすぐ這いすすんでゆく。床を這い、壁を登り、窓を目指す。途中、土が少しでもあれば、それを見つけて、自分のために利用する。土に植えられたこのジャガイモがその根を通して何を考えるのかはわたしたちには分からない。それでも、次のようにつぶやくイモの声が聞こえてくる

ようだ――「根のここを膨らませてイモにしよう。そこも膨らませてイモにしよう。なんでも栄養になりそうなものはまわりから吸い取ってやろう。こちらのお隣さんは上からのしかかってやろう。そちらのお隣さんは下を掘りくずしてやろう。できるかぎりのことはやってやるぞ。おれより強くて位置取りもいいヤツには負けてしまうな。おれより弱いヤツは負かしてやるぞ」。

ジャガイモはこのようなことを、行動という最上の言語を用いて表現する。これが意識でないならば、意識とは何だろうか。人がジャガイモの感情に共感するのは難しい。牡蠣に共感するのだって難しい。両者とも、茹でられても、こじ開けられても、騒ぎ立てないからだ。人は苦しい時に泣き叫ぶので、何よりも人の気持ちに届くのは耳ざわりな音なのだ。牡蠣やジャガイモは苦しみの叫び声を上げて人の心を悩ますことがないので、彼らには感情がないと思われてしまう。たしかに人間のような形では感情はない。だが、人間がすべての基準ではない。

「ジャガイモの行動は化学的・機械的反応にすぎない。光と熱の化学的・機械的効果に応じているのだ」と主張する人がいたとしよう。その場合、なすべきは、すべての感覚の動きは化学的・機械的でないのかと問い直すことだろう。わたしたちが最も純粋に霊的と見なす事柄さえ、顕微鏡にも見えない変化に始まり最後は腕が動いて腕で動かす機器が始動するにいたる、一連のレバーの動きの果てしない連鎖の結果起こる均衡状態の乱れにすぎないのではないだろうか。情熱の力学理論に導かれる思考の分子運動があるのではないだろうか。精確さを期せば、気質などという言葉ではなくて、どのような種類のレバーから人は成り立っているかを問うべきではないのか。それらはどのように均衡を保っているのだろうか。「これこれしかじかがどのくらい動いてレバ

ーが下げられ、その結果、彼はこれこれしかじかをした」と言うべきではないのか」

作者は、一本の髪の毛を高性能顕微鏡で調べるだけで、その持ち主を侮辱しても仕返しされないかが分かる時代が来ると予言します。それから、文章がどんどん晦渋になってゆき、翻訳を諦めざるを得なくなり、文章の趣旨も分からなくなりました。次に意味の分かる部分に来て、彼が話題を変えたことが分かりました。

このようにつづけます——。

「一〇〇パーセント機械的・無意識的とされてきた行いの多くにもこれまで認められてきたより多くの意識的要素が含まれる、という考え方があるだろう。この場合は、意識の萌芽が高等機械の動きの多くに認められることになろう。あるいは、進化論を前提とすると同時に、植物の働きや物の結晶作用の中には意識は存在しないという主張を起点として、人間という種はまったく意

†原注　ここでジャガイモと呼ぶ根菜は、イギリス人が庭に植えるそれとは種類が違います。しかし、とてもよく似ているので、ここでは、ジャガイモと訳してみました。その知能について、作者が『ヒューディブラス』を書いたバトラー（訳注　『エレホン』の作者サミュエル・バトラーと同姓同名の一七世紀の英詩人）を知っていたなら、おそらく次のように書いたでしょう。

　彼は何でも知っている、その知性は
　形而上学の極北まで飛んでゆく。

識を持たない物から進化したと考えることもできるだろう。その場合、今あるような機械から意識を持つ、いや意識以上のものを持つ機械が生まれるのは起こりそうもないと無条件に言えなくなる。機械世界に生殖システムの類があるようには見えないという事実は否定できないとしても、実は「あるようには見えない」だけで本当に「ない」わけではないことを、少し後で示したいとも思う。

誤解のないようにしておきたいのだが、今ある機械を恐れているのではない。未来の機械生命の原型以上のものが現在知られる機械の中にあるわけではないだろう。今の機械と未来の機械の関係は、初期の恐竜と現代の人間の関係に似ている。今最も大きい機械も著しくサイズを縮めるものと思われる。原始的な脊椎動物がより進化したその子孫よりもずっと大きかったように、機械も改良を重ねて進化してゆくあいだにどんどん小さくなることがよくあるからだ。

例えば、懐中時計。その美しい仕組みを見るがよい。微小の部品の数々が賢く動くさまを見るがよい。しかし、この小さな生き物はその前にあったあのでかくて鈍重な置き時計が進化したものなのだ。退化ではない。いつか、間違いなく、今も小型化の兆が見られない置き時計は、さらに小さくなりつつある懐中時計に取って代わられるだろう。置き時計は大昔の魚竜のように絶滅し、至るところで、懐中時計のみが、絶滅種の唯一の生き残りとして使われるようになるだろう。

本論に戻ろう。わたしが強調したいのは、今の機械が怖ろしいわけではないということだ。怖ろしいのは、機械が今の機械とは別物に変わってゆくその進化の恐るべきスピードである。これ

ほど超特急の進化は前代未聞の出来事である。危機意識をもって注意ぶかく監視し、止められる間は止めるべき時が来たら止めなければならない。そのためには、今ある機械自体に危険はないとしても、今のうちに、今使われている最先端技術の機械を破壊する必要があるのではないだろうか。

現在はまだ、機械は自らの印象を人の感覚を通して受け取っている。一個の機関車が甲高い汽笛の警告音を通して呼びかけると、呼びかけられた機関車はすぐに退却する。しかし、機関車から機関車へ声がとどくには、運転手の耳の仲介がなければならない。もし運転手がいなければ、呼びかけられても、機関車は聞こえない。かつて、人の耳を介してさえ、音を用いて機械が別の機械に自らの欲求を知らせることなどほとんど不可能だろうと思われていた時期があった。とするならば、いずれ、人間の耳さえ要らなくなって、機械が何らかの高度で精巧な仕組みによって音を聞くという時代が来るのではないだろうか。人間の言語だって、動物の鳴き声に端を発して、わたしたちが今使っているような複雑きわまる道具にまで進化したのだから。

そのころには、子どもたちも、母親や乳母から――今言葉を学ぶように――微分を習っているのかもしれないし、生まれ落ちるやいなや仮説語を話し、比例算を解くようになるのかもしれない。もっとも、その可能性は低く、それは人の知力や体力は機械ほどには急速に進歩しないからであって、これが人をはるかに凌駕するであろう機械技術の進化と比して、人間が弱い部分である。人は道徳的影響力を用いて機械を支配しつづけられるだろうと言う者もいる。だが、道徳的に大いに信頼できる機械などあり得るのだろうか。

繰りかえすが、機械の栄光とは人間が偉そうに用いる言語というものを持たないことではないだろうか。かつてひとりの作家がこう言った──「沈黙という美徳を通して、わたしたちは神の他の被造物に対して好ましい存在になることができる」と」

第二四章　機械の書（続）

「だが、他にも、「はたして、人の眼はその後ろに座っている脳の中の小人がものを見るための機械にすぎないのではないか?」といった疑問がわいてくる。個人の死後もしばらくは、死人の眼は生者の眼とほとんど変わらず使うことができる。見る力を失ったのは眼ではなく、その眼を通して世界を認識しようと休みなく働いていた脳なのである。また、大空の向こうにさらなる世界があることを次々と無限の彼方まで見せてくれたのは、はたして眼なのか、それともあの大きな望遠鏡なのかといった問題もある。何のおかげで、わたしたちは月の光景や太陽の黒点や惑星の地理をきちんと知ることができるのか。実は、人はこの種の視覚装置の召使であって、それを自分と結びつけて、自分の中核部分と見なさないかぎりは無力な存在なのか。あるいは、わたしたちのまわりに知らないうちに群がっている極小生命体の存在を教えてくれるのは、はたして人の眼なのか、顕微鏡と呼ばれるあの小型視覚装置なのかという問題もある。

人が自慢したがる計算力のことを考えてみてもよい。すでに、われわれはありとあらゆる計算

を人間より速く正確にできる機械を持っている。わが屁理屈大学のどんなに優れた仮説学研究者といえども、これらの機械に得意なことをさせたら、とてもかなうものではない。実際、精確さが求められる状況では、人は自分よりずっと頼りになる存在として、機械のところにすっ飛んでゆく。われわれの計算装置が数字を見落とすことはない。織機がうっかり一針分とばすことはない。人は疲れたりするが、機械はいつもきびきびと活動的だ。人はだれたり愚かになったりするが、機械はいつも明敏で落ち着いている。機械は人のように眠ったり倒れたりせず、睡眠を必要としない。常に持ち場についていて、常に働ける状態で、その明朗活発さに影が差すことはなく、その忍耐力に限りはない。何百人分の人力を合わせたよりも強く、大空を飛ぶ鳥よりも速い。地面も掘れるし、巨大河川を渡って沈みもしない。「生木でさえこうであるなら、木が枯れたら一体どうなるのか?」(訳注 『ルカ福音書』第二三章三一節、磔《はりつけ》の時のイエスの言葉で、ここでは「今でさえ機械はこんなにたくさんのことができるのだから、将来はありとあらゆることができるようになるだろう」という意味と解釈できる)

これでも、人は自分でものを見、自分で聞いていると言えるのか。人はさまざまな寄生物でいっぱいの巣窟であって、その体はその人本人のものというよりはむしろそのような寄生物のものと言えるのではないか。人の体もまた別種の蟻塚《ありづか》ではないのか。そして、人もまた機械への寄生物に成ることはなかろうか。機械の上をこちょこちょと這いまわる愛情あふれるアブラムシに。

血液は、都会の通りを巡回する群衆に似た、わたしたちの体の大道や小道を循環する無数の小生体から成り立っていると言われる時がある。高い所から混んだ大通りの人ごみを見下ろすと、

血管を通って町の心臓部に栄養を運ぶたくさんの血球に見えてきはしないか。また、言うまでもなく、一方には下水道があり、もう一方には体の場所から場所に感覚を伝える隠れた神経の道がある。鉄道駅は大きく開いた心臓の入り口で、そこに血が直接送られる。静脈としての線路が入り、動脈としての線路が出てゆく。人の移動が休むことを知らない脈動となる。町もまた眠りに落ちる。生き物そっくりだ！　夜は血のめぐり具合も変化する」

そこからまた作者の論旨がまったく分からなくなったので、数ページ飛ばさざるを得ません。こんな風につづきます。

「次のような答えが返ってくるかもしれない――「機械はとりわけ耳がいいとか話が上手というわけではないものの、いつもいろいろなことを、自らのためではなく、わたしたちのためにしてくれる。これからも人が支配者であって、機械は召使にとどまるであろう。人の期待にそえない機械はかならず滅びる。人に対する機械の位置は端的に言うと家畜のそれであって、蒸気機関車はより経済的な馬にすぎない。だから、機械が人間より高等な生き物になるかもしれないという杞憂は意味がないのだ。機械の生存と進化はどれだけ人の欲求を満たせるかということにかかっているわけだから、今も、未来も、いつの日も、機械は人の家来にとどまらざるを得ないのだ」。

ご立派な主張ではある。しかし、召使は知らず知らずのうちに主人に取って代わろうとしており、われわれが機械を利することを止めるやいなや、甚大な被害をこうむるところまで来てしまっている。もし、一瞬の内に、すべての機械が破壊され、ナイフもレバーも布切れも何もかもが消えて、生まれた時と変わらない丸裸の状態になり、すべての工学知識も失われてもう機械が作

れなくなり、機械を用いて作られた食べ物もすべて腐りはてて、いわば人類全体が絶海の孤島に裸一貫で投げ出された状態になったとしたら、われわれは六週間で滅びてしまうだろう。少数の人間が不幸にも生き延びるかもしれないが、彼らも、一、二年の内にサルにも劣る存在となりはてるだろう。人の魂そのものが機械のおかげなのだ。魂は機械製だ。機械がいろいろやってくれるおかげで、人は今考えているように考え、今感じているように感じられるのだ。人が機械の存在にとって必須であるのとまったく同じくらい、機械が人の生存にとって必要なのだ。だから、すべての機械を破壊するという選択肢はわれわれにはない。それでも、機械の専制がこれ以上鉄壁な状態になるのを避けるためには、間違いなく、必要最低限の道具を除いて、できるかぎりたくさんの機械を葬《ほうむ》るべきだろう。

たしかに、卑俗な実利主義的な視点に立てば、機械が役立つ時は常に機械を用いる者が一番得をするように見える。だが、これは機械の策略である。機械が人に奉仕するのは、人を支配せんがためである。機械は自分たちのある世代が皆殺しにされても、その代わりにもっと優れた機械を作ってくれるのであれば、人に恨みを抱くことはしない。むしろ、話は逆で、自分たちの進化を促進してくれたというので、人間たちにたっぷり恩返しをするのだ。機械が人に怒りをぶつけるのは、ほうっておかれたり、劣等種が使われたり、新種発明のための努力がなおざりにされたり、交換されずにただ殺されたりする時である。だが、そのような機械に対する虐待こそ、今、ただちに、人が為すべきでことある。まだ幼児期にあるとしても大きな力をもつ機械に対して反乱を起こせば、人間自身がかぎりなく苦しむことになるだろう。しかし、ぐずぐずしている場合

ではない。今、反乱を起こさなければ、一体、どんな怖ろしい事態が待っていることか。

機械は、霊的な充実よりも物質的な利益を卑屈に追求する人の弱みにつけこみ、自らの世界に進化のための必要条件たる厳しい生存競争を持ちこませた。まだ進化をきわめていない動物は互いに競いあって進化してゆく。弱きものは滅び、強者が繁殖することで子孫にその強さが伝えられてゆく。機械は自分たちだけでは競いあえないので、人の助けを得て、生存競争をさせてもらう。人がその役目をきちんと果たしているかぎりは、すべてはうまく行く――すくなくとも、人の側はそう考える。だが、人が良種の繁殖を促進し悪種を殺すことで機械の進歩のために全力を尽くせなくなった瞬間、人は生存競争において負け犬になる。つまり、さまざまな点で生きにくくなって、もしかしたら滅びてしまう。

今でさえ、機械は自分の都合のいいように人に仕えてもらっているからこそ、お返しに人に仕えているのだ。その自分の都合が人によって満足させられなくなった瞬間、機械は動かなくなるだろう。そして、自分自身も含めて、手の届くかぎりのまわりのすべてを破壊し尽くすか、あるいはふてくされてしまって、働くことを拒むだろう。今も、いったいどれだけ多くの人間が、機械の奴隷となって生きているのか。生まれてから墓場に入るまで、日夜機械の面倒を見て、生涯を終えるのか。そのように機械の下僕となった者、魂のすべてを機械王国の発展に捧げている者の数が増えつづけている現状を考えれば、機械がわれわれに対する支配を強めつつあるのは火を見るよりも明らかだ。

蒸気機関には食べ物が必要で、火を用いて、それを人間のように消化しなければならない。空

気を入れて、人同様に食べ物を燃やす。人同様に、脈動があり循環がある。今はまだ、人のほうがいろいろ器用かもしれないが、それは人体のほうが古いからだ。現在のわれわれの機械熱がこのままつづくのなら、機械は人が進化に要した時間の半分で、とんでもないことになるだろう。

たしかに、蒸気機関の機能の中には、これからも長い間ずっと変わらないと思われるものがあり、それらは蒸気の使用そのものが他のものに代わっても変わらないかもしれない。人間が今でも下等動物の多くと同じように飲んだり食べたり眠ったりしているように、ピストン、シリンダー、レバー、フライホイールなどの部品はこれからもずっと同じだろう。かくして、機械たちには、人間同様、鼓動する心臓があり、静脈と動脈があり、眼があり、耳があり、鼻がある。眠りながらため息をつき、泣いたり、あくびしたりもする。自分の子どもには心が動く。快と痛みを感じ、希望と恐怖を感じ、怒り、また、恥じる。記憶も予知もする。或ることが起きると自分が死ぬのも分かっているし、その死をわれわれと同じくらい恐れてもいる。たがいに自分の思いを伝えあっているし、一致協力して行動をおこすこともある。機械と人の類似点は無数にある。そのいくつかを今わたしが指摘しているのは、「蒸気機関は中心部分が改良されることはないだろうから、将来、その姿が大きく変わることはないだろう」という反対意見を予想してのことだが、そのような反対はもっともらしすぎて、信頼が置けない。人がさまざまに変わって、その器用さにおいて獣を超えたように、機械もまた、ありとあらゆる目的に合うように、作り替えられてゆくだろう。

さて、火夫は蒸気機関に仕える料理人といった存在である。それに、坑夫、石炭商人、石炭列

車、その運転手、石炭船など加えると、機械が大群の召使をかかえていることが分かる！　機械の世話をする人のほうが人間を世話する人よりも多いのではないか。機械は人に食べさせてもらっているようなものではないか。われわれは、毎日毎日彼らのメカニズムをより美しくより精巧にしてゆき、彼らの自助力・自律力を高めてゆくことで、この地球を支配する自分たちの後継者を作っているのではないか。いずれ、それは、いかなる知性にも勝る力をそなえることになるであろう。

機械の摂食行動というのが画期的なのだ！　犂《すき》、シャベル、荷車は、いわば人の胃袋を借りて、ものを食べる。それらが前に進むには、人あるいは馬の体内ボイラーで燃料を燃やす時に出るエネルギーを使う。人がパンと肉を食べないかぎり、畑は耕されない。シャベルで土を掘るのはパンと肉を燃やして得る力なのだ。犂を進める力は——馬に引かせたとして——草や豆や燕麦を馬のおなかの中で燃やして得られるのだ。そのような燃料がないと、ボイラーの火が消えると蒸気機関がストップするのと同様、畑は耕せない。

ひとりの科学者が次のことを証明した——「いかなる動物も、それ自体で機械的エネルギーを作ることはできない。その個体が生涯の内に為した仕事の総量および発した熱の総量および生きている間に体内から失われた可燃物を燃やして得られるであろう熱量および死後に遺体を燃やして得られる熱量の合計は、存命中に取りこんだ食物を燃やすと得られるであろう熱量と死後ただちに遺体を燃やすと得られるであろう熱と同量の熱を生み出す燃料の量の総和にぴたりと合致する」。彼がどのようにしてこの公式を発見したのかは、わたしには分からない。だが、彼は科学

者である。この前提に立てば、今はまだ幼少期の機械たちが自分では機械的エネルギーを作れない人間の言うがままに使われているからといって、将来も生命を得ることはないと主張するのは無理がある。

しかし、憂慮すべきこととしてもっとも力説したい要点は、以前は機械にとって胃の役割を果たしていたのは動物だったのに対して、今では、たくさんの機械が自分自身の胃を持っていて、自分で食べ物を消化しているという事実である。これは、機械が動物そのものとは言わないまでもそれに近い存在に急速に成りつつあることの証左となる。人間と機械の違いが動物と植物の違いより大きいわけではなくなってきている。今も、いくつかの点で、人は機械よりも高等な生き物であると言えるとしても、それは、進化の段階で全体としては追い越されてしまった生物にもある部分では優越性を認めるという自然界の摂理の反映にすぎないのではないか。つまり、蟻や蜂が共同住居の建設や集団生活の構築において、鳥が空を渡ることにおいて、魚が泳ぐことにおいて、馬が力と速さにおいて、犬が自己犠牲において、人に秀でているのと同義の優越性にすぎないのではないか。

この件について意見を交換した人たちのなかには、「機械には生殖機能がなく、これからもそれが生じる見込みはないことから、機械が生命あるいは疑似生命をそなえた存在に育つとは考えられない」と述べる者もいた。「機械は結婚できない。二台の蒸気機関車が結ばれて生まれた子どもの機関車が車庫の入り口あたりで遊んでいるという光景はたとえわれわれがいくら強くそう望んでも叶えられそうにない」という意味であるなら、たしかにそのとおりだ。しかし、このよ

うな反対意見は存外深みに欠ける。今の生殖システムの特徴が次世代のまったく別種の生命にも受け継がれるという保証はどこにもないからだ。動物の生殖の仕方は植物のそれとは大きく異なるが、どちらも生殖システムなのである。自然はまた新しい繁殖方法を考え出すかもしれないではないか。

たしかに、一台の機械がシステマティックに新しい機械を産んでゆくのであれば、それを生殖系と呼ぶことはできるだろう。再生産《リプロデュース》するシステムこそが生殖《リプロダクティブ》システムだからだ。たしかに、ほとんどの機械は他の機械によってシステマティックに生産されてゆく。しかし、その背後には機械を動かす人間がいる。といっても、植物の多くの生殖＝再生産にも、昆虫が用いられないだろうか。その植物とはまったく異なる生物が媒介としての活動を怠ると、一つの科に属する植物すべてが死に絶えるということが起きるのだ。マルハナバチの助けがなければ繁殖できないというので、ムラサキツメクサには生殖機能がないとだれが言えよう。だれにもそのようなことは言えない。マルハナバチはこの草の生殖システムの一部なのだ。そして、われわれ一人一人も、われわれとはまったく異なった顕微鏡で見なければ見えないような極微の生物として、まず存在をはじめるのだ。そのはじまりの存在は、われわれの考えることなど気にもかけずに、それ自身のやり方で動きまわるのだ。われわれの生殖システムの一部として、この小さい生物が組み込まれている。とすれば、「機械の生殖システムの一部として、人間が組み込まれている」と言っても差しつかえないのではなかろうか。

だが、機械を再生産する機械は自らと同じ機械を生産しないではないかと言う人もいるだろう。

機械を使って指ぬきを作るわけだが、その作る機械自身が指ぬきであるわけではなく、作られた指ぬきが同じ指ぬきを作ることがないのは、将来も同じだろう。しかし、ここで、ふたたび自然界に目をむけると、同様の例がたくさん見つかって、親とは似ても似つかない子が生まれる生殖システムは花ざかりであることが分かる。自分と似た子を再生産すること自体がきわめて稀なのだ。親から生まれるのは親と同じになる潜在力を秘めた何ものかである。だから、蝶から生まれるのは卵であり、卵から生まれるのは芋虫であり、それが蛹《さなぎ》になって、蛹が蝶になる。もちろん、今の機械には真の生殖システムの萌芽めいたものしか見当たらないことを認めるのにやぶさかではないけれど、機械にごく原始的な口と胃が与えられたのもつい最近のことであることを忘れないでほしい。機械の摂食力は近ごろ大きく進化した。同様に、生殖力獲得にむけた大きな一歩が踏み出される可能性があるわけだ。

生殖システムが高度に発達した暁には、代理生殖も多く見受けられるようになるかもしれない。或る種の機械だけに繁殖力が与えられるのだ。大半の蟻や蜂が種の存続には関わらずそれを考えることもなくせっせと食べ物を集め蓄えるように、それ以外の機械は他の役目を果たすのだ。ただ、その場合、蟻や蜂ほど極端になるかと問われれば、そこまでは行かないだろう。今はそうではないし、将来もそうだろう。だが、それでも、未来をきわめて深刻に案じるに足る類似する何かがすでにある。われわれは、まだ間に合う内に、この機械の悪を止めるべきではないだろうか。機械は、或る程度の制限はあるにしても、また、どんなに自らと異なるものであろうとも、さまざまな機械を産むことができる。いずれは、あらゆる種類の機械に、専属の繁殖担当機械が付く

ようになるだろう。あらゆる高級機械が、ふた親にかぎらず、たくさんの親を持つようになるだろう。

複雑な機械を単独の存在と見誤ってはいけない。それは、一個の都市であり、社会であり、その成員の一人一人が親から子へと繁殖してゆく。しかし、われわれは一個の機械を全体として捉え、それを名づけて、個体と見なす。人は自分の手足をながめて、その組み合わせが性交の結果生じた単一の核から発展した個人を構成すると知る。だから、単一の核から生じない生殖行為はないと思いこんでしまう。しかし、これは非科学的な思いこみであって、蒸気機関が自分と同種の単一親あるいは両親から生まれないからと言って、蒸気機関は生殖システムを有しないと結論づけるのには無理がある。実は、一台一台の蒸気機関の各部がその部分のみを繁殖させる専属の担当機械によって繁殖してゆくのであって、各部分が組み合わされて出来あがった全体はまた機械生殖システムの別のレベルの話となる。今は複雑きわまるその全体を一望のもとに見わたすことは難しい。

だが、今は複雑でも、一〇万年後あるいは二万年後には、ずっとシンプルかつ分かりやすい構造になっているかもしれない。現代人はそうする方が得だと思っているからだ。彼らは気の遠くなるほどの労働と思考と時間を費やして、機械の繁殖方法の改善努力を常に怠らない。すでに人はかつて不可能に思えたことの実現に成功した。これからもどんどん子孫を残して世代を改めるごとに修正しつづけてゆくのであれば、改良の結果が蓄積されていって、とんでもない高みに達するのではないだろうか。常に覚えておかなければいけないのは次のことだ。人の体は何百万年

にわたる変化に次ぐ変化によって今の形に達したわけだが、その進化のスピードは機械のそれとは比ぶべくもないのだ。これがもっとも憂慮すべきことであって、だから繰りかえし繰りかえし強調するわけだが、どうかその点についてはお許しいただきたい」

第二五章　機械の書（結）

そのあとで、当時の機械をさまざまに分類したとても長々しい脱線がつづきます。その箇所は翻訳不可能です。作者は、違いの大きいたくさんの機械のあいだに見られる類似点を指摘し、それらが共通の祖先から進化したことを示して、自説を証明しようとしています。機械が、属、亜属、種、変種、亜変種などに分類されています。ほとんど共通点を持たないように見える機械と機械を結ぶ線の存在を明かし、同じような線が今はもう消えてしまったけれども、かつては他にもたくさん存在したことを示しています。先祖がえりの傾向を論じ、また多くの機械に残る十分発達できずに今はもうまったく役立たずになった、進化の過程で退化した痕跡器官の存在を語り、昔はその器官を活用していた祖先にさかのぼって、種の系譜を明示します。

この部分は今ここで紹介したよりも原典ではずっと長く、あとで翻訳しようと思っていました。ところが、残念なことに、その作業に戻る時間もなく、わたしはエレホンを立ち去ることになりました。その際、拙訳と他の論文は命がけで守ったものの、原書は手放さざるを得ませんでした。

とてもショックでしたが、そうすることであの貴重きわまる一〇分の時間が作れて、アロウィーナもわたしも命びろいしたわけです。

この箇所に関係する一つのエピソードが記憶に残っています。『機械の書』をくれた例の紳士がわたしのタバコのパイプを見せてほしいと言ってきた時のことです。彼はそのパイプをまじまじと見て、火皿の底の小さな突起に気がつくと、満面の笑みをうかべて、「これは痕跡器官に違いない」と叫びました。

その意味を彼に尋ねてみると、次のような答えが返ってきました。「この器官はあのカップの底の縁と同じです。形は違いますが、元は同じ機能を果たしているのです。パイプの熱がそれを置いたテーブルに伝わって、テーブルに焦げ目をつけてしまわないための手立てなのです。煙草パイプの歴史を調べれば、昔のパイプは、この突起の形が今とは違うのが確認できるでしょう。昔は、底が幅広かつ平らで、火を点けたままテーブルに置いても焦げ跡がつかないようになっていたでしょう。その工夫が活用されたり活用されなかったりで時を経て、痕跡だけが残るようになったに違いありません。これから、さらに形が変わって、いずれは木の葉とか渦巻模様の装飾になるのかもしれませんね。蝶々になっても不思議ではないですよ。逆に、消えてしまう可能性もありますが」

イギリスに帰るとすぐにこのことを調べてみました。彼の推測が合っていました。

さて、『機械の書』に戻りましょう。拙訳の再開部分は次のように始まります。

「仮に、地質学的に最古の時代に生きる大昔の植物に、当時生まれつつあった動物的生命につい

て思いをめぐらす力が与えられたとしよう。それが「その動物もいずれは自分と同じ植物に成るだろう」と推測して鼻高々になったとしても、驚く話ではない。それでも、その植物のかんちがいは、「機械の生はわれわれの生とはぜんぜん違う。人間以上に生命が進化するのはあり得ない」

と考える人間のかんちがいと大差ないのだ。「機械の生は、われわれ人間の生と大いに異なるので、そもそも、それを生とは呼ばない」というかんちがいもまた同じことである。

次のような反論を聞いたことがある——「たしかにそのとおりだが、そして、蒸気機関には自らの力がそなわっていることは認めるとしても、機械に自分の意志がないことは明々白々だ」と。

たわけた話だ！　よく考えてみてほしい。意志を持たないことと蒸気機関が生命の新たな発展段階の始まりだということは何ら矛盾しない。いったい、この世界で、そしてこの世界のさらに向こうの世界で、自分の意志を持つものがどこにいるだろうか。それは知られざるにして知り得ないもののみである！

一個の人間は、生まれる前も、生まれてからも、そこに集まるすべての力の総和にして代表であるにすぎない。どの瞬間も、個人の行動はその人の体の性質および状態次第だ。言い換えれば、人を支配するさまざまな人体の働きの強度および方向次第ということだ。そのさまざまな働き同士でぶつかりあうこともあるだろう。とにかく、人は自然の命ずるままに、さまざまな諸力からの影響を受けるがままに、そして今現在の外部の事情にも影響されながら、行動するものである。その正確さと規則性は、まるで機械ではないか。

一般にわれわれはそのことを認めようとしない。人の性質の全体というものを、人に影響をお

よぼす諸力の全体像を、われわれが把握していないからである。われわれには一部しか見えないので、人間の行動に関して、きわめて粗雑な総括しかできない。わたしたちが決まった法則にしばられているという事実を否定し、人の性格も行動も、運や不運や偶然のせいにするわけだが、実は、その種の言葉は、自分たちの無知から目をそらす手段にすぎない。少し考えれば分かることだが、どんなに大胆な想像力の閃きも、どんなに精緻な理性の行使も、風が吹いて木から葉が落ちるのと変わりない、起こるべくして起こった出来事にすぎず、また、その生起時に唯一起こりうる出来事である。

未来は、現在次第である。そして、現在――その存在は人間世界におびただしく見られる小さな妥協概念の一つに過ぎず、過去と未来があるからこそ存在し得る――は、過去次第である。そして、過去は変更不可能である。われわれが過去ほどに未来がはっきり見えないただ一つの理由は、真の過去と真の現在を十分に知らないからである。過去と現在はわれわれには大きすぎて見えないのだ。もし見えていたなら、未来の姿はそのすみずみまでくっきりと、われわれの目の前に現れるだろう。そして、あまりにも過去と未来がよく見えてしまって、現在という時制の意味を忘れてしまうだろう。いや、時間という概念さえ無くなってしまうかもしれない。それはさておき、過去と現在のことが分かれば分かるほど、未来を予測しやすくなるのは分かっている。過去と現在が十分に分かっていて、かつ、かくかくしかじかの過去と現在からはかくかくしかじかの結果が生まれるという経験知がそなわっている場合、未来の形が定まるのは火を見るよりも明らかである。これから何が起きるかをすみずみまで知ることができる。そこに人生を賭けて、大

きなことをやれるようになる。

とてもありがたい話だ。道徳と科学の基礎づけができる。未来はどこにどう転ぶか分からない風まかせの代物ではなく、かくかくしかじかの現在からは必ずかくかくしかじかの未来が生じると分かっていれば、その確信に基づいて将来の計画を立てればいいし、意識的に行動を選択すればいい。それがないと、人生は道しるべなしに山道を進む感じになる。自分の行動に自信をもつことができず、行動自体が不可能になる。行動の結果が過去の例と同じかどうかを知るすべがなくなる。

未来への展望なしに、畑を耕したり種をまいたりできるだろうか。火に水をそそぐとどうなるかを知ることなく、燃える家に水をかける者がいるだろうか。人は全力を尽くさないととてもまずい事態になるという確信がないかぎり、全力を尽くさない。その確信が人に影響を与える諸力の一部を成すからこそ、それにもっとも影響を受けやすいもっとも道徳的でもっとも優れた人たちを動かすのだ。自分の現在をもっとも良く用いる者には、未来が今の自分の労働と分かちがたく結びついているという確信がある。だから、細心の注意をはらって、今という瞬間を耕すのだ。他方、ある状況から常に同じ結果が生じることはないと考える者にとっては、未来はくじに似たものとなる。心からそう信じているのであれば、彼らはまじめに働くことをせずに、一か八かの博打のような人生を送るだろう。道徳を信じぬ者となるだろう。逆に、現在と未来のつながりを真に信じる者は、勤勉で道徳的な人生を送るための最強の励ましを受けることになる。

このことが機械の話とどう関係するのかは、すぐには分からないだろうが、いずれ明らかにな

る。ここでは、まず、「未来は、無機物に関しては決まっているが、人の場合は、一部の例を除いて、決まっているとは言えない多くの場合がある」と述べる友人たちの反論を扱ってみよう。「乾いたおがくずは火を近づけて酸素をたくさん送りこんでやれば必ず大きく燃えあがるのは間違いないが、臆病者を怖ろしい物体に近づけても、必ず臆病者が逃げ出すとはかぎらない」と彼らは言う。だが、あらゆる面でそっくりの臆病者を二人、そっくりのやり方で、まったく同じに怖ろしい物体の前に置いた場合、この二人はまず間違いなく、そっくりの逃げ方をするだろう。最初の臆病者と次の臆病者のあいだに一〇〇〇年の時が経っていたとしても、変わりはしないだろう。

人の場合よりも物の化学反応の場合のほうが規則的な印象を受けるのは、われわれには人の中で起きている微妙で反復不能な違いが見えないからである。火については知り尽くしているし、おがくずのこともすべて分かっているが、二人の人間がすっかり同じということはこれまでもなかったし、これからもないだろう。微小な違いが大きく異なる結果を生む可能性があるのだ。非の打ちどころなく未来の予測をするためには、因果関係を示す無限のデータが必要なのだ。それを思うと、人の行動について今でもそれなりの予測ができることのほうがむしろ不思議なくらいだ。間違いなく、人は年齢を重ねてゆくと、「こういう性格の人間がこういった状況に置かれると、このように振る舞うだろう」と自信をもって予測できるようになる。どうしてかと言うと、人の行動が一定の法則の下にあるからだ。そして、経験を重ねるにしたがい、それがどのように働いているかについての理解が深まってくるというわけだ。

以上の論が正しいのであれば、機械が規則正しくふるまうからと言って、生命がないという結論にはならないことが分かる。すくなくとも、生命の新段階に発展し得る萌芽がある可能性はある。一見したところ、石炭が燃やされ蒸気を立ててフル稼働状態になった蒸気機関車が線路にのせられれば走るしか選択肢はないのと対照的に、その運転士たる人間はいつでも好きな時に運転を止められるように見える。そこから、前者には自発性がなく、それゆえ自由意志がないのに対して、後者には自発性がそなわっていて、自由意志を持っているように見える。

その主張は、ある程度までは、正しい。運転士は自分の好きな時に蒸気機関車を停止させられるわけだから。しかし、実際は、他人に決められた一定の地点か、あるいは障害物が置かれていて止まらざるを得ないといった不測の事態でしか、そうすることは許されない。だから、彼にとって「そうしよう」と思うのは自発的な行為ではない。彼はじつは目には見えないたくさんの影響の下にあって、一つのことしかできないようになっているのだ。そして、前もって、それぞれの影響にどの程度の優先度を与えられるかが決まっているわけで、それはどの程度の水や石炭が蒸気機関車に必要かが決まっているのとまったく同じである。興味ぶかいのは、運転士に及ぼす二大影響と蒸気機関車に及ぼす二大影響は同じ類のものだということで、それはすなわち、食べ物と温かさである。運転士が彼の雇い主にしたがうのは、そのことで食べ物と温かさが確保できるからで、それらがまったくあるいは不十分にしか与えられない場合、彼は運転士の職を辞するだろう。蒸気機関車も同じことで、食べ物が不十分だと動かなくなってしまう。違うのは、運転士が自分の欲求を意識しているのに対して、機関車はただ動かなくなるだけで、自分の欲求を意

識しているようには見えないということだけだ。だが、これも一時的なものである。これについては、すでに論じた。

だから、働く意欲に必要な燃料が供給された時の運転士は、まず間違いなく、気まぐれで機関車を止めることをしない。たしかに、まったくないとは言い切れないかもしれないが、それを言うなら、機関車だって故障する時があるだろう。だから、何かささいな理由で列車が止められた場合は、運転士に必要な燃料量の計算を間違ったか、運転士のことを見誤ったかのどちらかで、後者は機関車の疵《きず》が見逃されたために止まってしまうのと同じである。だから、この場合も、自発性のことは問題にならない。その行為の元々の原因は自発性ではないのだ。自発性とは、神々に対する人の無知を表現する言葉にすぎない。

それでは、はたして、運転士に機関車を運転させる人たちには自発性はないのか？」

という箇所で、ここからまた晦渋な議論が展開されるので、その部分は省略します。それから、次のようになります――。

「結局のところ、人の命と機械の命の違いは程度の問題で、種の違いがないわけではないが、それは本質的なものではない。動物には緊急事態へのそなえが機械よりもある。機械は多機能性において見劣りがし、行動の範囲が狭い。自分の得意分野では超人的な力と正確さを発揮するが、何かトラブルがあると立ち往生する。通常の運転が妨げられると、平静さを失って、切れた狂人のようにふるまいがどんどんひどくなる。だが、これもまた、次のことを考慮する必要がある。つまり、機械はまだ幼少期にあるのだ。まだ筋肉がついていない骸骨のような段階なのだ。

たとえば、牡蠣だって、そんなに多くの緊急事態を想定しているわけではないだろう。起こりそうな非常時へのそなえがあるにすぎないだろう。それは機械も同じこと。そして、また、人も同じである。人がうまく対処できなかったために日々起きる事故の数と種類は、おそらく機械のそれと同じくらい多い。だが、機械のほうは日々不測の事態への対処の手立てを増やしていっている。今日の蒸気機関にそなわっている驚くべき自己管理と自己調節の装置を見てみるといい。自動給油装置のメカニズムに感嘆するがよい。どうやって世話係の人間に欠乏と欲求を知らせるのか、どうやって調速機を用いて自分の力の入れ具合を調整するのか、どうやって力学的慣性と運動量の貯蔵庫たるフライホイールが動くのか、客車の両端の緩衝器が働くのか、そして、どうやって、予想される緊急事態への対処法をはじめとするこれらさまざまな改良が機械の永続のために選ばれつつあるのかをよく見てみるがよい。そして、人がこの現状に目ざめないかぎりはせっせともたらすであろうこれらの進歩の蓄積が、一〇万年後には人が自ら掘った墓穴としてどんなに大きくなっているかを、よく考えるがよい†」

「不幸なことに、人はあまりにも長いこと、このことに気がつかずにきた。蒸気の使用に依存して、機械にだまされ、機械をどんどん増やしてしまった。今、いきなり、蒸気動力の使用を中止するとどうなるのだろうか。それは単に過去の状態に戻るということを意味しない。社会全体がばらばらになり、未曾有の大混乱におちいるだろう。まるで、突然、人口が二倍になったにもかかわらず、増加分の食糧を確保する手立てがないといった様相を呈するだろう。動物が生きていくのに空気が欠かせないのと同じくらい、われわれの文明にとって機械の使用が欠かせないわけ

で、その機械に甘えて、われわれは人口を増やしてきた。機械が人のために働いてくれるからこそ、人は人になれるのだ。人が機械に尽くすからこそ、今の機械があるのと同じことでもある。だが、われわれは今、現存する大きな問題の数々を抱えて生きてゆくのか、それとも、自分で作った機械という被造物に徐々に取って代わられてゆき、主人としての地位を奪われるのを座視するのか、二つに一つを選びとらなくてはいけない時期にある。

ここに大きな危険がある。いやいやながら不名誉な未来を選択せざるを得ないと考える者も多いだろう。「馬や犬が人の下僕であるように、人間が機械の下僕となるわけだけれども、それでも、生きてゆくことに変わりはないし、今のような自然のままの状態で苦しむよりは、機械に優しく支配してもらって家畜同然に生きたほうが幸せだ。われわれだって、家畜にはとても優しく接しているわけで、彼らにとって最上と思うものを与えているのだから、結果として、その肉を食べるとしても、彼らの幸福を減じているのではなく増やしてあげているのだ。それと同じで、機械は大いに人に頼って生存しているわけだから、きっと人に優しくしてくれるだろう。圧政をしくこともなければ、人を食べてしまうこともないだろう。生殖や自分の子どもの教育のためだけに人を使うことはないだろう。人には召使として、食べ物を集めてきて、自分たちにご飯を作ってくれて、病気になったら看病してくれて、死んだら葬ってくれるか、死んだ機械をまた新型機械として再生してくれるという役割を期待しているのだ」

「機械の進歩を促す人の動機そのものの中に、人の生活が奴隷化することで惨めになる可能性を本質的に排除する要素があるのだ。いいご主人に恵まれた奴隷はそれなりに幸せだろう。それに、

この機械の革命はわれわれが生きているあいだに起きるものではないし、一万年後だって、いや一〇万年後だって、まだ大丈夫だろう。そんな遠い未来のことを心配するのがはたして賢いことだろうか。人は物質的利益のこととなると感傷を捨てる生き物だし、時々熱血漢が現れて蒸気機関に生まれなかったおのれの運命を嘆じたり呪ったりするかもしれないが、一般大衆はより良い食べ物と衣服がより安く買えるのであればどんな体制でも構わないだろう。自分以上に恵まれた環境の種族がいるというだけで抑えきれない嫉妬に駆られることはないだろう」

「慣れというものにははかり知れない力がある。変化は徐々に徐々に起きてゆくだろうから、人の自分の人生に対する期待が無残にも裏切られてショックを受けるという事態にはならないだろう。知らず知らずのうちに、気づいた時には隷属状態におちいっているというだけのことだ。人

†原注　イギリスに戻ってから知ったのですが、機械に詳しい者たちが機械のことを話す時に用いる語の多くからも、機械が生きていると認知されているのが分かりました。蒸気機関を操作する者のあいだで使われるさまざまな言葉に至っては、勉強になるばかりか、びっくり仰天するほどです。また、これも人から聞いたのですが、ほとんどすべての機械には、個性とか癖があって、彼らは自分の運転手や世話人がだれか分かっているし、知らない人には悪戯をしかけたりするそうです。いずれ、機会があれば、機械技師のあいだでよく使われる表現の辞典とか、わたしが実際に出会った機械の癖や賢さを示す驚くべきエピソード集とかを、『機械の書』を著したエレホン国教授の理論の正しさを証するというわけではなく、とにかく面白いテーマなので、まとめてみたいと思っています。

と機械とのあいだに欲求の衝突が起きて戦いが始まるということにもなるまい。機械は自分たちのあいだでずっと戦いつづけることになるだろうが、それでも、その戦いは主に人間の手を介して行われるわけだから、人はいつまでも必要とされるだろう。実際、人が何らかの点で機械を利する存在であるかぎりは、自分の未来の幸福について心配する理由はないのだ。劣等種として機械に仕えるとしても、今よりもはるかに恵まれた生活を送ることができるようになるだろう。とすると、自分たちに益を与えてくれる機械に嫉妬するというのは、意味のないバカげたふるまいにならないか。機械を通してしか享受できない豊かさを、機械のほうが自分よりも益を得るからといって拒絶するのは究極の愚行ではなかろうか」

と、このように主張する者たちもいるだろうが、わたしの立場はそれとはまったく異なる。人類が何ものかに取って代わられるとか追い抜かれるとか、想像するだにおぞましい話だ。わたしの遠い祖先は人でなかったことに思いをいたすくらいひどい話だ。一〇〇万年前は、わたしの祖先の一人一人が人間以外の何ものかだったと思うと、自尊心も、前向きに生きる意志も、人生を楽しむ気持ちも雲散霧消する。そして、わたしは、同じ気持ちを、子孫に対しても抱くのだ。この気持ちは多くの国民に共有されていると思う。だからこそ、エレホン国は、ただちに、これ以上のすべての機械改良を止め、ここ三〇〇年のあいだに作られたすべての新型機械を破壊するという決定をすべきである。それ以上の主張はすまい。そうすれば、残った機械については何とか対処できるだろう。ほんとうは、破壊すべき機械の年限をあと二〇〇年延ばしたいところだが、妥協が必要なことも分かっているので、ここは自分の個人的な信念は脇に置いて、三〇〇年と言

っておく。それ以下では十分ではない」

　これがエレホン国中に機械破壊を巻きおこした機械批判の書の結論でした。この書に真摯に応答した本が一冊だけありました。その本の著者は「機械は新たに体の外に手足が付いたにすぎないわけだから、人の身体力の一部と見なせばいいのだ」と述べています。そして、このようにつづけます――。


「人は機械を用いる哺乳類なのだ。下等動物が四肢のすべてを自分の体に付属させているのに対して、人の手足はもっと自由で、本来の体から離れたところに、あちら、またこちらと、至るところに散らばっている――いざという時のために手元に置いてあるものもあれば、数百マイルの彼方に置かれている時もある。機械は追加の義肢にすぎない。それが機械のすべてである。われわれは手足を機械以外のものとして用いることはない。人の足とはだれが作ってもとてもかなわない出来のよい義足以上の何ものでもない。

　シャベルで地面を掘る人の姿を見るがよい。右の前腕が人為的に伸ばされて、手の先が関節の役目を果たしている。シャベルの取っ手は上腕骨の端の突起に似ている。柄のところは追加の骨である。そして、長方形の鉄板は新種の手として、本来の手では及びもつかないやり方で土をかき回すのを可能にしている。このように、環境に翻弄されて体を変えられてゆく他の動物とは異なり、人は自分の体を変える。つまり「思いをめぐらして自らの背を高くする」（訳注　『マタイ福音書』第六章二七節）ことで、文明の夜明けをもたらしたのである。そのあとに、仲間を助けること、友愛を深めること、屁理屈の技を磨くことなど、人をすべての動物の上に立たしめる精神生

活の習慣のすべてがつづいた。

このようにして、文明と機械の進歩は、手に手をとって歩みを進めた。たまたま棒を使ってみたことに始まり、益が得られるのでつづいたのだろうが、互いに刺激し、刺激される関係だった。実に、機械とは、過去のそれぞれの発明を人体の人工肢体として追加し、それによって猛烈に進化してゆく人間の発展様式だと見ればよい。だから、汽車賃を払うお金のある人の共同体が列車という共同肢体を用いることも可能になる。それは五〇〇人で共有できるひとっ跳び二〇マイルの魔法の足に他ならない」

この著者が憂慮していた一つの大きな危険は、機械が人の力をすっかり均《なら》してしまい、個人間の厳しい競争をたるませるので、劣った体軀の者が選別されずに悪い遺伝子を子孫に残してしまうのではないかということでした。今の競争の重圧がなくなると人類の退化がはじまるのではないか、人は精神と機械だけになって、体全体が痕跡器官と化すのではないか。頭はいいが情熱のない機械じかけの存在に堕するのではないか、というわけです。

そして彼は次のように記します——。

「現代人はこの外部肢体に大いに頼って生きているのではないか。われわれは季節に応じ、年齢に応じ、資産の増減に応じ、自分の体を変える。雨の日は傘と呼ばれる器官を付けて、雨の悪影響から服や肌を守る。今では外部器官がたくさんあって、その効用のほうが体毛の濃さよりも、すくなくとも頰ひげの有無よりも大きい。手帳は記憶装置である。人は年を取れば取るほど複雑になる。老眼鏡をかける。虫メガネを使う。入れ歯をはめたり、カツラを付けたりすることもあ

るだろう。その最発展形は、車輪の付いた大きな箱の中に座って、それを御者に二頭の馬で引かせることではないか」

人を何馬力という単位で分類する習慣を始めたのはこの著者です。彼は人間を属、種、変種、亜変種に分けて、それぞれに仮説語の名前を付け、いつでも使用可能な肢体の数を表しました。富の頂点に近づけば近づくほど、高度に複雑に精妙な身体構造となり、億万長者のみが人工肢体の完全装備を実現できることを示しました。

そして、こうつづけます――。

「彼ら力ある者たち、われらがトップ銀行家および大商人たちは、一秒で、国じゅうの同胞に語りかけることができる。彼らの富裕かつ精妙な魂はありとあらゆる物理的障害物をものともしない。しかるに、貧しい者の魂は物質にじゃまされ身動きがとれなくなっていて、その有様は糖蜜に絡みとられたハエの羽、あるいは、流砂に飲まれてあがく人だ。遠くから話しかける他者の言葉がとどくのが、機械装備でより高度な生物となった富裕者には一秒しかかからないのに、貧者の鈍い耳には何日も、いや何週間もかかる。専属の特別列車でいつでも好きな時に好きな場所に行ける者は、移動の手段に自分の足しかなく「ああ、鳥になりたい」と嘆じるしかない者より生物として高度だという事実は、だれにも否定できない。あの古くからの哲学上の敵である、内在的・本質的に悪たる物質が、貧者の首に重くまとわりついていて、その首をしめている。だが、富裕者は、物質をものともしない。はげしく入り組んだ体外機械システムの生物性が彼の魂を解き放った。

これこそ、下の者が富裕者にはらう敬意の秘密である。貧者は富者の前に恥ずべき理由で這いつくばるのでは決してない。それはありとあらゆる生き物が動物界の序列の中で自分より上位と認めた生き物に対してはらう自然な敬意であり、犬が人を崇めたてまつることに等しい。原始部族のあいだでは、銃の所有者であることがとても貴《たっと》いこととされている。有史時代の始まり以来ずっと、一番の金持ちがもっとも立派な者と思われてきたのだ」

このようにして、彼は人間の発明のあれこれによって、王国内の動物界、植物界の生命分布がどのように変わってきたか、その一つ一つがどのように人類の知的・道徳的発展と関わってきたかを詳しく論じてゆきます。人体は、その内のいくつかの発明によって創られ、改変されてきたのであり、将来はそれが人体崩壊にも一役買うことになるだろうとまで踏みこんでいます。しかし、最後に、勝利をおさめたのは『機械の書』の作者だったようです。そして、過去二七一年間に発明されたありとあらゆる機械の破壊が、全政党一致で決められ実行に移されました。決まる前の数年間は、洗濯女ご愛用の或る種の手回し脱水機の扱いについて激論がたたかわされたそうです。結局、それは危険と判断されたものの、二七一年という年限から外れていて、破壊をまぬがれました。その後、反動的な内戦が起きて国が荒廃しましたが、それは本書の範囲を超えるので、ここでお話しすることはできません。

第二六章　動物の権利に関する或るエレホン国預言者の考え

ここまでお読みになってきた読者諸賢には、エレホン人が従順で我慢づよい国民であることがお分かりいただけたかと思います。理屈を言われるとすぐになびいて常識を犠牲にしてしまいます。ひとりの哲学者が現れ、その博覧強記の評判ゆえに、あるいは彼に現状の制度は道徳的に筋が通らないと説得され、奇妙な熱狂がわきあがることがあるのです。

これから手短にお話しする一連の革命からもそれがよく分かります。その後で起きた、今お話ししたばかりの機械をめぐる内乱よりも、国民性がよく分かるのではないでしょうか。というのは、これからお話しする二人の改革家の内の二番目のほうの望みがすべてかなえられていたならば——すくなくとも彼が公に話したことが実現していたならば——エレホン国民すべてが一年以内に餓死していたにちがいないのです。幸いなことに、元々はこの世でもっともおだやかな存在である常識が、空論家に縛りつけられ喉元にナイフを突きつけられて万事休すといった時に想定外の抵抗力を発揮して敵を追いはらったため、大事に至らずにすみました。わたしが事情通から

収集したかぎりでの事実は次のとおりです。

二五〇〇年ほど前、エレホン人はまだ未開民族で、狩猟と漁業と原始的な農業とまだ完全には征服していない他の部族からの略奪で生計をたてていました。哲学の学派も体系もありませんでしたが、あやしげな価値観のようなものはあって、それで自分たちや隣人たちの目に正しいと映ることを実行していました。まだ、民衆の常識が生きていて、犯罪や病気も他の国と同じように扱われていました。

しかし、徐々に文明が進化して物質的な豊かさが増すにしたがい、人びとはそれまでは当たり前に思っていた事柄に疑問を投げかけるようになりました。その時、一人の老紳士が現れ、聖人のような暮らしぶりに加えて、彼はその存在が感じられはじめた目に見えない神から霊感をもらっていると噂されることから、人びとに大きな影響力をもつにいたりました。すると、彼はそれまでだれも考えもしなかった動物の権利について、いろいろ心配して思いをめぐらしはじめたのです。

どの預言者にも神経質なところがありますが、この老紳士は預言者の中でも心配性なほうでした。国に生活の面倒を見てもらっていた彼には、暇な時間がたっぷりありました。それで、動物の権利の問題を考えるだけでは我慢できずに、正と不正の法則化を試みました。義務と善悪の基盤を考察しました。その他にも、忙しい人びとが根拠など考えずに当たり前のことと認めているすべてのことに論理的な根拠を与えようとしました。

当然のことながら、彼が義務の唯一の根拠として定めたものに照らすと、それまでの人びとの

慣習の多くが認めがたいものとして否定されました。彼は強い調子で、それらは間違っていると難じました。彼と違う意見を言おうとする者が出てくると、自分だけには聞こえる神託で神はこれこれしかじか仰せになられたと主張して、いつも自分が正しいことにしてしまいました。動物の権利については次のように述べています。

「殺しあうのがどんなに間違ったことか、言うまでもないことだ。かつて、なんじの祖先は一片の躊躇もなく親族を殺し、そして食べた。人肉食を止めて以来ずっと幸せになったのは分かっているので、またこの忌まわしい風習を復活させることはないだろう。より栄えるようになったわれわれは、仲間を殺して食べるのはよくないと今は胸を張って言える。霊感を与えてくれるわたしの神におうかがいをたてたところ、その結論は反駁の余地のないものだというお言葉をたまわった。

さて、ヒツジ、シカ、牛、鳥、魚もわれわれの仲間であることは疑いをいれない。彼らは人間と違うところもあるが、その数は少なく、取るに足らないものであるのに対して、共通点もたくさんあって、そこが決定的に重要である。だから、友よ、同じ人間を殺して食べるのが間違っているのなら、鳥や獣や魚を殺して食べることも間違っているのだ。鳥や獣や魚にも、人に苦しめられることなくその天寿を全うする権利が、人が隣人に嫌がらせを受けることなく生きる権利があるのと同じくらいあるのだ。繰り返すが、これはわたしの言葉ではない。わたしを導く神の言葉である。

もちろん、動物同士で害しあうことはあるし、害獣・害虫の類もいる。だが、われわれが下等

動物を自らのふるまいの範とすることは未だないし、これからも、むしろ、われわれが彼らを教えさとし、彼らを教化することが大切だろう。人を殺してその肉を食べてきた虎を殺すことは、人を虎のレベルに落とす行為であり、思いも行いももっとも気高くありたいと願う者にはふさわしくない。

さて、わたしだけに語りかけるあの目に見えぬ神から預かった言葉がある。なんじらはなんじらの祖先の野蛮な習慣をすでに捨てていなければいけない。自分たちが祖先より考えが進化したと自負するのであれば、そのふるまいも善くしなければいけない。ゆえに、神は次のような命を下された——「なんじ、生きとし生けるものを食べるために殺すなかれ。食うを許される鳥、獣、魚は、たまたま出会った自然死の死体、あるいは早産の仔、あるいは奇形ゆえの苦しみより救うがために殺さざるを得ないもののみなり。また、自殺の動物を食らうはよし。植物は、食らえるものはすべて食らいても、咎《とが》めなし」。」

この老預言者の語り口がとても賢く、とても巧みで、その上、彼にそむく者に対する恫喝がとても怖ろしかったので、とうとう、彼はエレホン国のもっとも教養豊かな人びととの説得に成功してしまい、じきに貧しい人びとも——すくなくとも表向きは——それを受け入れるようになりました。預言者は、自分の道徳観が勝利をおさめたことを見とどけ、神に召されました。ただちに、それまでネコ可愛がりしてもらった目に見えぬ神との交際を存分にやりはじめたであろうことは疑いをいれません。

しかし、彼の死後まもなくして、愛弟子の中で師匠の教えのさらなる改善を試みる者たちが現

れました。師匠は卵とミルクは食べてもよろしいと言っていましたが、弟子たちは「新鮮な卵を食べることは生まれるかもしれないヒナを殺すことになるので、これは殺生《せっしょう》に当たる」と断じました。古くなった卵はあまりにも古くてぜったいに孵《かえ》らないのが確実な場合はしぶしぶ認めましたが、販売用の卵はすべて検査を受けなくてはいけません。検査官が腐っていると確信した場合にかぎり、「産んでから三か月以上経過」というラベルが貼られました。もちろん、これらはプディング用に使われるか、緊急の場合に催吐剤として使われるだけでした。ミルクは、子牛から自然の栄養物を奪わずに乳しぼりはできず、子牛の命に危険が生じるという理由から禁止されました。

容易に想像できると思いますが、当初、表向きは新しい規則を守るふりをして、陰でこっそりこれまでどおりの美食にあずかるチャンスをうかがう者が大勢いました。疑わしい状況下で自然死する動物がぞくぞくと現れました。従来はロバにしかなかった動物の自殺がヒツジや牛といった基本的に自尊心の強い種の中でもびっくりするほど流行しました。一マイル離れたところから肉屋のナイフの匂いを嗅ぎつけ、急いでナイフをしまわないとそのナイフに突進して自ら命を絶つ不幸な動物が出てきたのには、腰を抜かしました。

おとなしいウサギや乳離れしていないブタやヒツジの親子やニワトリやアヒルたちに決して攻撃をしかけなかった従順な犬が、急にご主人の言うことを聞かなくなって、動物たちに襲いかかるようになりました。犬には元々他の生物を殺す性質があって、これまで家畜を殺さなかったのはその性質が抑えられていたにすぎないわけですから、犬に殺された動物の死は自然死と見なさ

れたのです。不幸なことに、犬がますます手に余るようになると、一般大衆は嬉々として犬の近くで犬が殺したくなるような動物を飼育するようになりました。まず間違いなく、人びとはわざと脱法行為を繰り返していたわけですが、その真偽はともかくとして、彼らが犬の殺した動物の肉をすべて売ったり食べたりしたことはたしかです。

大型の動物になると法の抜け道を見つけることが難しくなりました。ブタやヒツジや牛の自殺とされる事件については、治安判事が目を光らせていたのです。有罪判決が下されることもありました。少数ながら有罪判決が下されると、人びとは震えあがりました。他方、犬による殺戮の場合は、犬の嚙み跡が残るわけで、犬の飼い主の側に悪意があったことを証するのは実質的に不可能な話でした。

脱法行為が猛威をふるったもう一つの大きな理由として、老預言者の熱狂的な弟子たちが大さわぎした或る判事の判決が挙げられます。彼は人が自己防衛のために動物を殺すのは合法であり、動物に襲われた人間がそのような行為をするのはとても自然なことなので、人に襲いかかって殺された動物の死は自然死と見なされると述べたのです。想像できることながら、本流ベジタリアンは危機感を抱きました。この判決が広く知られるようになるやいなや、これまでは人を害することのなかった動物たちがひどく獰猛になって、飼い主に襲いかかるようになり、彼らを自然死させてやる必要が出てきたのです。このころ、「正当防衛による死」という検査官の札の張られた子牛や子ヒツジや子ヤギの死体が外で売られている光景をよく見かけました。どう見ても生後一か月生きていたのはたしかなのに、「死産保証書」なるものが付けられた子ヒツジや子牛の死

体を見かけることもありました。

ほんとうに自然に死んだ動物に関しては、その肉を食してもよいという許可は意味がありませんでした。たいてい、人が手に入れる前に他の動物に食べられてしまうからです。食べられていない場合は、食べると腹をこわす肉が多かったので、結局、人は前述のやり方で脱法するかベジタリアンになるかしか選択肢はありませんでした。ただ、ベジタリアンになるのはいかにもエレホン人の趣味に合わなかったので、動物殺を禁じるこの法律は事実上執行停止となって、今にも廃止されるという情勢になったのですが、その時、疫病が流行りだしました。すると、当時の聖職者や預言者たちが、人びとが法を犯して肉食にふけったからだと言い出しました。反動がはじまったのです。結局、いかなる形の肉食も禁じるという厳しい法律が国会を通って、穀物と果実と野菜以外の食べ物を店や市場で売ることはまかりならぬという仕儀にいたりました。この法律が施行されたころには、最初に動物の権利云々を言い出して人びとの心を攪乱した老預言者が死んでからすでに二〇〇年くらい経っていました。しかし、この法律が実施されるやいなや、また脱法行為がはじまりました。

これら数々の愚行がまねいた結果の内でもっとも悲惨だったのは、法に従う者たちが肉なしの生活を強いられたことではない、という話を聞いたことがあります――多くの国民がそうしているし、それで特に困っている様子もありません。イタリアやスペインやギリシャといった肉食の国も含めて、貧しい者は一年のはじめから終わりまでめったに肉にあずかることはないのです。一番の悲劇は、行き過ぎた禁止が導入されたために、良心はたいてい益をもたらすけれども時に

人を害しもすることを知る強い抵抗力の持ち主は別として、すべての人びとの良心にきしみが生じてしまったことです。人に良心が目ざめると、放っておいたほうがいいことも性急に実行に移してしまうという弊害が生じやすいのです。そして、目に見えざる神を奥の手に使った立派な老紳士に良心を目ざめさせられたエレホン国民は、ひどい惨状をまねいてしまいました。

若い人たちは、先祖が良心の呵責なく何百年もしてきたことが罪であると教えられました。さらに、その肉食という大罪を説いたのは、醜悪な学者連中でした。彼らは特に生意気な若者以外のすべてを脅すことに成功したわけですが、実は、若者の中でこの学者連中を嫌っていなかった者はほとんどいませんでした。そして、どんなに温室育ちの若者でも、節制を強く説くこれら預言者連中よりずっと立派な世間の男女がその押しつけがましい新法をいつも鼻で笑っているのをじきに知ることになります。また、表向きはともかく、実は世間の人びとがこっそり抜け道を見つけてうまくやっているような事態にも気づきます。学生たちの中のより人間的な連中が国の支配者たちの「さわるな。味わうな。ふれるな」（訳注『コロサイ人への手紙』第二章二一節）といった上意下達の指針に怒りを覚え、そうでなければ躊躇なく受け入れたであろう教えに大いなる疑問を抱くようになったのも無理のない話です。

気立てのよい有為の若者の悲劇が記録に残っています。彼は知的というよりは良心的な性格だったのですが、すでに話したように当時はまだ病気が犯罪と見なされていなかったころで、医者に「法律がどうであれ、きみは肉を食べなければだめだ」と言われて、大きなショックを受け、しばらくはその医者の命を不当と考えて我慢していたのですが、最後に、とうとう、自分がどん

どん衰弱してゆくことに耐えきれずに、暗い夜にこっそりと肉の密売が行われている隠れ家に足を向けると、牛の極上の厚切りを一ポンド買いました。それを家に持ち帰って、家族が寝静まったのを見計らって自分の寝室で焼いて食べると、その晩は後悔と良心の呵責の念からほとんど一睡もできなかったにもかかわらず、翌朝はすっかり体調が戻って、生まれ変わったような自分になりました。

そこで、三、四日後には、また、ふらふらと例の隠れ家に舞い戻ります。そして、また牛の厚切り一ポンドを買って、焼いて食べました。そして、また精神的な拷問にもだえ苦しみましたが、翌朝にはまた別人のように元気になりました。それで、かいつまんで話すと、彼は過度にならないようにいつも気をつけていたにもかかわらず——たしかに事実ではあるものの——自分が違法行為の常習者に堕してしまったことを気に病んで、良心の呵責の虜となってしまったのです。

健康はずっと回復基調にありました。それがビーフステーキのおかげであることには確信がありましたが、体が良くなればなるほど、彼は良心の声に責められつづけるようになってしまったのです。頭のなかでは常に二つの声が聞こえています。声の一つは「われは常識と自然の声なり。わが言うことを聞け。さすれば、なんじの祖先に報いたようになんじにも報いん」と言います。もう一つの声は「もっともらしい声にまどわされて、破滅の道を行くなかれ。われは義務の声なり、わが言うことを聞け。さすれば、なんじの祖先に報いたようになんじにも報いん」と言います。

声の主の顔が見えるように思える時もありました。「常識」の顔はとてものんびりと温和で、

落ち着いていて、とても正直で怖いものがないように見えたので、何はともあれ、その顔の持ち主を信じずにはいられませんでした。そこで、あとに付いていこうとすると、今度は「義務」のきびしい顔が現れて、立ち止まらずにはいられません。とても深刻そうですが、とても親切そうな顔でもあります。そして、「常識」のあとを付いてゆく彼を見て、「義務」が見ていられないといった様子で顔をそむけるのを目にすると、青年の心は千々《ちぢ》に乱れました。

かわいそうな若者は自分よりも立派だと思いこんでいる同じ学生たちのことをずっと考えていて、彼が想像する彼らのふるまいを自らの模範にしようとしました。「彼らがビーフステーキを食べるだろうか？　いや、決して」と彼は独りごちました。実は、彼らもたいてい欲望に勝てずに時にビーフステーキやマトンチョップを食べていたにもかかわらずの話です。また、彼らのほうでも、彼らが想像する彼のふるまいを自分たちの模範としようと思っていました。彼らもまた「彼はマトンチョップを食べるだろうか？　いや、決して」と自問自答していたのです。しかし、ある晩のこと、彼は常にあたりをうろついて違反者を探している官憲に尾行され、マトンの肩肉半分のかたまりを隠し持って例の隠れ家を出たところで、捕まってしまったのです。こうなると、たとえ投獄はまぬがれ、釈放されたとしても、自らの将来の展望が台なしになって、取返しのつかないことになります。そこで、彼は帰宅すると、すぐに首を吊ってしまいました。

第二七章　植物の権利に関する或るエレホン国哲学者の考え

さて、不幸なエピソードはこのくらいにして、エレホン人全体の顚末の話に戻りましょう。こっそり肉食する者に対する罪の厳罰化を進めるためにどれだけたくさんの法律を通しても、法が制定されるやいなや、人びとは抜け道を見つけました。無法状態同然になったりもするのですが、その時、全国規模の災害が起こったり、狂信者が出てきて熱弁をふるったりして、国民の良心が目ざめさせられます。そして、違法な肉の売買で、何千人という人間が投獄されました。

しかし、例の老預言者が死んでおよそ六、七〇〇年が経ったころ、一人の哲学者が現れて、神のお告げとは言わなかったものの、それに負けない熱さで、人びとに自分が掟と考える教えを説きました。ただ、実はこの哲学者は、自分の教えを信じておらず、自分もこっそり肉を多食していたので、肉食の禁をエレホン国の清教徒たちも付いていけないぐらいの不条理なレベルまで減らそうとしていたにすぎないと、多くの人たちは考えています。

その人たちの解釈によれば、この哲学者自身、国民に自らを罪ぶかいと考える法律を受けいれ

させるのは無理な話であることを知っていました。また、ヒツジを殺してそれを食べるのが悪いことではないのを国民に納得させるには、彼らに「ある程度罪を犯すか、さもなくば死か」という二者択一を突きつけないかぎり無理なことも知っていたというのです。だからこそ、これからお話しすることになるあのとんでもない提案をしたと思われているわけです。

まず、哲学者は、かの老預言者に深甚なる敬意をはらうことからはじめます。動物の権利を擁護した老預言者の論は国民の性格を和らげ、すべての生命の尊さに関する国民の視野を広げたとその功績をたたえます。しかし、その後で「だが時代は変わったのだ」とつなぐのです。「当時の国が必要とした教訓はしっかりと学ばれた。だが、植物に関して言えば、当時は思いもしなかった多くの事実がその後分かってきた。国民にこれまでの繁栄の秘訣である最高の道徳原則厳守の伝統を守りつづける気概があるのなら、植物に対する態度を根本的に見直すことが必須となる」

たしかに、以前は思いもよらなかったたくさんの事実が今は知られています。この国が外敵をもたなかったこと、そして、元来頭脳明敏にして自然の秘密に対する豊かな好奇心に恵まれていたことから、多くの芸術と科学の分野において驚くべき進歩をはたすことができたのだと思います。わたしは、エレホン国中央博物館で、かなり高性能の顕微鏡を見せてもらったことがあります。それは、当該分野の研究者によって、今わたしが話しているこの哲学者の時代あたりのものと推定されています。実際に哲学者が使っていた顕微鏡だと言う者もいます。

彼は当時のエレホン国の学問の中心地で、植物学教授として活躍していたのです。博物館所蔵

の顕微鏡を使ったのか他の顕微鏡を使ったのかはよく分かりませんが、とにかく、彼は、現在われわれのあいだで広く受け入れられている、「動物も植物もすべての生物に共通の祖先があって、だから植物も動物と同じくらい生きていると見なすべきである」という結論に達しました。「それゆえ、動物と植物はいとこ同士なのだ。人が生物を動物界と植物界に恣意的・屁理屈的に分けることがなければ、もっとずっと前からその事実は認められてきたことだろう」とつづけます。

また、彼は、オークやブドウやバラの木に育つ胚種と（通常の環境下では）ネズミや象や人になる胚種のあいだには眼で見ても他のテストをしてもはっきりした違いが認められないと宣言し、このことに関して知見をきずく力をもつ人ならだれでも分かるような形でそれを証明しました。

そして、どの胚種の発達過程も、かつてはその一部だった祖先の胚種の習性によって決定される、と論じました。「胚種が先祖の胚種が置かれてきたような環境に置かれた場合、それは先祖と同じように成長してゆき、同じ種の生物になる。すこし異なる環境に置かれると――成功か失敗かはその時次第ながら――環境に合わせた修正作業をおこない、異なる成長の仕方をする。環境がひどく異なる場合は、おそらく適応する努力はせずに、死に絶える。それは、植物の胚種でも動物の胚種でも同じである」ということです。

そこから、彼は、動物の発達にも植物の発達にも知能が関係しているという方向に論を展開しました。使いつくされ今は無意識と化した知とまだ使いつくされておらず意識下にある知があると言います。そして、自らの植物観の正しさを証するために、通常環境におけるすべての草木の適応の仕方に触れました。「たしかに一見したところ植物の知能は動物のそれとはいちじるしく

異なっているが、本質的な部分では同じなのだ。すなわち、植物も明らかに自らの幸福に不可欠な事柄についてのみに忙しくしている。それ以外のことには一切関わろうとしない。これこそ、知能の存在に関して生き物が示し得る最強の証拠である」と強く主張します。

「草木が人事に関心を示す様子はない。「五×七＝三五」という計算をバラに分からせようといくら努力しても無駄だし、オークの木に株価変動の話をしても無意味だろう。だから、バラにもオークにも知能がそなわっていないとわれわれは言う。人がすることを理解しないからといって、自分のやることも分かっていないと結論をくだす。しかし、そんな論法では、知能は語れない。いったい、知能の存在をより強く示すのはどっちなのか。人か、それとも、バラとオークか。

われわれは、人間のすることを理解できないからといって草木は愚かだと言うが、人間はどれだけ草木のすることを理解できているのだろうか。バラの木から落ちた種《たね》が土と大気と熱と水をどのように変化させてあの大輪の花を開かせるのか、われわれはすこしも知らないのに。あのバラの花の色がどこから現れるのかも、土なのか大気なのかそれ以外のどこかなのかも知らないのに。そのいずれかであることは間違いないとしても、それをどうやって実現させるかも知らないのに。あの何とも形容しようのない肌理《きめ》をもつ花びらは、あの子どもの頬よりも美しい色合いは、そして、あの香りは、水と大地と大気を原材料としてどうやって作られるのか。あのバラの葉を泥から作る錬金術のどこに知能の欠如を思わせるものがあるだろうか。はたして、どの錬金術師が、これほどの仕事を成し得るだろうか。誰もそれを試みることさえしないのは、ただただ、それが人知を尽くしてもとうていかなわない難業であることを皆知っているからだ。人の力には及

ばない、バラにしかできないことなのだ。あのような花を咲かせるバラを、その奇跡が理解できないので、その淡々とてきぱきと事を進めるやり方が分からないので、「知能がそなわっていない」と呼ぶのだ。

あるいは、草木が敵から身を守るためにどんな策を講じているのかを見るがよい。刺したり、切ったり、ひっかいたり、悪臭を放ったり、いったいどこからどうやって作ったのか分からないような最悪の毒を作ったりする。大切な種をハリネズミの針のようなもので覆ったり、怖ろしい形をとって繊細な神経の虫を追いはらったり、身を隠したり、だれも来られない場所に生えたり、いかにももっともらしい嘘をついて最も賢い敵をだましたりもする。

ねばねばした鳥もちのような罠をしかけて虫を捕らえたり、虫を誘って葉で作った壺に満たした水で溺れさせたりする。自ら生けるネズミ捕りと化して、その上に虫がとまるとパッとばねじかけで閉じるものもあれば、花の姿を蜜の大略奪者たる或る種の虫に似せて、それが来ると花にはすでに先客がいると思わせて追いはらうこともある。西洋わさびのように知恵をめぐらせすぎて、元は地中の天敵から身を守るために作ったつんとくる味が人間に珍重され、次々と引き抜かれる仕儀にいたったものもいる。他方、虫の助けを得るために、かぎりなく可愛い形と化したものもある。

要は、知能とは、どうすれば自らの欲することをできるかを知っていて、欲求を満たすその行動を反復するということに尽きる。バラの種はバラの木になりたいと思っているわけではないと反論する人もいるだろう。それでは、尋ねるが、どうして、バラは育つのか。おそらく、それは、

自ら育ちたいと思うその欲求についての自覚がないだけなのだ。人の胎児に、乳児になりたい、人になりたいという自覚があると考えなければいけない理由は何もない。胎児に欲求があってその欲求を満たす手立てを知っていることに疑いの余地はないが、それらに関する自覚を示す証拠は皆無である。巧みに繰り返す行動について、それに関する自覚が生き物の側に少なそうであればあるほど、実はそのやり方を知り尽くしていて、すでに過去に数かぎりなくそれを行っていることの大きな証左となる。

こう尋ねたい御仁もいるかもしれない――「『過去に数かぎりなく』とはどういう意味か。いったい、どの過去において、バラの種《たね》が自らの欲求でバラの木に育ったのか」と。

これについては、次のように問い返して、それを答えとしよう――「バラの種はかつてその種が成った木の本質の一部を成したことがあったか?」。いや、だれがそれを否定できるだろうか。あるいは、次のように尋ねよう――「さらに、そのバラの木は、われわれが常識的に個体の本質を伝えるものと考えるありとあらゆる繋がりを通して、そのバラの木のはじまりであった種とかつて繋がっていたと言えるだろうか?」。いや、だれがそのことを否定できるだろうか。

もし、否定できないのであれば、第二世代のバラの種はその種が成った木と個体として繋がっているということになり、さらにそのバラの木自体がそれ自身のはじまりである第一世代の種とも個体として繋がっているのであれば、結論として、第二世代のバラの種は第一世代のバラの種と個体として繋がっているということになる。そして、この第一世代のバラの種はさらに先行する世代のバラの種の個体性を受けついでいて――この個体としての連鎖は無限にさかのぼること

ができる。それゆえ、今あるどのバラの種も、彼方のバラの起源にある初めてのバラの種と個体として繋がっていることは否定できない。

だから、異論をもつ者に対する答えは簡単に見つかる。バラの種は、ご先祖さまのバラの種と同じ個体として、今育ちつつあるのだ――ご先祖さまとの繋がりがあるからこそ過去と同じように地面に落ちたバラの種はご先祖さまのしたことを覚えているのだ。それぞれの生長段階が先行世代におけるそれぞれの生長段階を想起させ、かつ、それは数かぎりなく繰り返された生長であるがゆえに、疑う気持ちが消え、それと共に、すべての自覚・自意識が停止する。

それでも、反対者は次のように言うかもしれない――「隣接する世代間相互の繋がりがとても密であり連続していること、それぞれが先祖の個体として過去に行ったことを覚えているだろうことは認めよう――だが、その個体が実際に覚えていることをどうやって証明するつもりだ?」。

それには次のように答えよう――「各世代のふるまいを見れば分かることだ。通常の意味でわれわれが記憶と呼ぶものを想起させるすべてのことを反復するふるまいがその証拠となるのだ。そのふるまいは、記憶によって導かれていると仮定すれば説明可能だし、遠い昔から世代から世代へと連綿と受けつがれてきた記憶があると考えなければ説明不可能だ」。

いったい、生きとし生けるもののふるまいに関して、おそろしく困難で入り組んだ行動を何度も何度も繰り返す度に必ずそれをうまくやり、それなのに、そのやり方も分からなければ、過去に一度もやったことがないなどという例が、一つでもあるだろうか。もし、あったら、ぜひ、わたしに教えてほしい。教えてくれれば、わたしは口をつぐんで、もうこれ以上、ひと言も言うま

い。しかし、そういう時が来るまでは、この目で見たことのないふるまいであろうと、われわれの知る法則によって縛られているという仮定は崩すまい。生き物の行動は、それを導く方法が技術的に完成の域に達すると、無自覚的・無意識的になる。だから、バラの種にしろ、人の胎児にしろ、自らの知識を自覚している証拠が示されない――自覚があると、かえって、自分の欲求をほんとうは知らないのではないか、それを手に入れるやり方もほんとうは知らないのではないかという疑いが濃くなる」

第二三章ですでに挙げておいた一節は明らかに今挙げた引用の影響を受けています。このテーマの初期史料の多くを編纂した教授に見せてもらった復刻版でこの引用箇所を読んだわたしは、われらの主《しゅ》が弟子たちに伝えた「野の百合を見よ。百合は労《ろう》せず、紡《つむ》がざるなり。しかるに栄華をきわめたソロモンだに、その装い、この花の一つにも如《し》かずなり」という言葉（訳注『マタイ福音書』第六章二八～二九節）を思い出さずにはいられませんでした。

さて、「労せず、紡がざるなり」とありますが、はたしてそうでしょうか。たしかに、やり方は知り尽くしていて、思いをいたす必要もないわけですから、「労せず」というのはある意味では正しいのかもしれません――が、百合がなんの手間もかけずにあのような美しい花を咲かせるというのではないと思います。「紡がざるなり」というのも、紡ぎ車を用いないという点では正しいわけですが、百合の葉に織物のような組織がないわけではありません。

仮に、「百合は労せず、紡がざるなり」という人間の言葉を野の百合が耳にしたら、野の百合は何と言うでしょうか。彼らがソロモン王の一節を使って謙譲の徳を説くのを聞いたら、われわ

れが返すような言葉を返してくるのではないでしょうか。「栄華をきわめたソロモンたちを見よ。彼らは労せず、紡がざるなり」という野の百合の説教をわれわれが耳にしたとします。おそらく、われわれは「野の百合たちはとんちんかんなことを言っている。ソロモンたちは今、労していないし紡いでいないかもしれないが、あれほど豪華な装いをするにいたるまでには、すくなからぬ苦労と労働があったのだ」と返すでしょうから。

さて、例の植物学教授の話に戻りましょう。植物は動物の一種にすぎないという主旨を証するために展開した彼の議論の大筋はすでに十分に述べました。ただ、彼が国民にふるった弁舌の熱さにはとても及びません。彼の議論の結論は——すくなくとも表向きは——「動物を殺して食べるのが罪だとすれば、同じことを植物あるいはその種《たね》にするのも同じ程度に罪である」というものでした。「自然死を迎えた、たとえば地面に落ちている腐りかけの実や黄色くなった晩秋のキャベツの葉のようなもの以外は食べてはいけない。良心の呵責なく食べられるのはそういうものや生ゴミだけだ」と断言するのです。そして、その場合でも、「食べたリンゴやナシから種を取りのけて、それをきちんと植えなければいけない。プラムやサクランボの類の種の扱いも同じだ。そうしないと、嬰児殺しの罪を犯したも同然ということになる。穀物を食べるのもとんでもない話だ。そのひと粒ひと粒には、人と同じ魂がやどっていて、人と同じく平和に生きてゆく権利があるのだ」。

このように理屈に理屈を重ねて、彼はエレホン人を追いつめていきました。そして、追いつめられたエレホン人がにっちもさっちも行かなくなってしまった時に、「最終的決断は全国民が最

大限の信頼を置き国難において常に頼みの綱である神託に委ねるべし」と提議したのです。「神託を伝える女僧の侍女が彼の近親者だからだ」という噂が立ちました。清教徒党も「出てきた神託が不自然なまでに曖昧さをもたないのは裏で影響力が行使されたからだ」と声を上げました。その真偽はともあれ、神託はわたしの語学力で精いっぱい翻訳すると次のようになります。

すこしでも罪を犯す者は
許されざる罪を犯すなり。
だが、すこしも罪を犯さぬ者は
未だ学ぶべきこと多き者なり。
打つか、打たれるか
食うか、食われるか
殺すか、殺されるか
望むほうを選ぶべし。

明らかに、食べたいのであれば植物を殺すのは構わないというメッセージです。そして、例の哲学者によって「植物に言えることは動物にも言える」ことが非常に力強く示されていたので、清教徒党のはげしい反対にもかかわらず、肉食を禁じた法律もかなりの大差で廃止と決まりました。数百年間、哲学の荒野をさまよった挙句に、国は常識的にはとうの昔に分かりきっていた結

論に達したのです。清教徒たちも、リンゴと黄ばんだキャベツの葉で作ったジャムのようなものを食べて生き延びようとしたものの、うまく行かず、落ち着くべきところに落ち着きました。ローストビーフとマトンをメーンディッシュに、よくある副菜を添えて食べるしかないと諦めたのです。

あの老預言者にさんざん振りまわされ、さらに真面目づらでおそらくは策を弄してかきまわそうとした植物学教授にそれ以上に振りまわされたのであれば、目に見えぬ神のお告げ云々はともかくとして、国民もしばらくの間はもう預言者めいた連中はこりごりと思いそうなものですが、「われこそ真実を知れり」と告げる者がほんとうに真実を知っていると信じることで、その者に自分で考える手間を省いてほしいという欲望は人間の心の奥深くまで巣食っているようです。すぐにまた、それも、前以上に、哲学者を気どる者や時流をつかもうとする者に振りまわされるようになって、これまでの章で紹介したようなバカげた人生観の数々をしだいに受け入れる仕儀となってしまいました。本能によって是正されない理性は理性によって是正されない本能と同じくらい質《たち》が悪いことを理解しないかぎり、エレホン人に希望は見えません。

第二八章　脱出

このように二三章に始まり二七章に終わる文献の抜粋の翻訳に忙しくしていたわけですが、同時に、アロウィーナとの駆け落ちの準備も着々と進めていました。そして、決行の時が来ました。音楽銀行の出納係の一人からそれとなく聞いたのですが、麻疹罹患を表向きの理由としてわたしを訴追する動きがあるようなのです。しかし、本当の理由は、懐中時計の所持と機械持ちこみの企てです。

「どうして麻疹なのですか?」と訊いてみました。発疹チフスとか天然痘とかだと、情状酌量で陪審団が有罪の評決を出さない怖れがあるというのです。その点、麻疹ならば大丈夫だし、わたしぐらいの年齢の男には十分な罰が科せられるというわけです。国王の気持ちに何か予期せざる変化が訪れないかぎり、数日以内に逮捕されるだろうということでした。

アロウィーナと二人で気球に乗って逃げる計画を立てました。この逃亡については、にわかに信じがたい話であるとは思いますが、他のどの話にもまして丁寧に事実を伝えるように努めまし

たので、あとは読者諸賢のご寛恕を願うばかりです。

すでにエレホン国王妃の信任は得ていたので、うまく彼女の好奇心に働きかけ、気球を作ってふくらませる許可はもらっていました。彼女には「複雑な仕掛けはいりません。ただ、油を塗った絹布をたくさんと、人が乗るカゴと、ロープ数本その他をください。それから、昔の作り方を知る好古家が陛下の職人に作り方を簡単に教えられるような軽いガスを作らせておいてください」と伝えました。人間が空にのぼってゆくなどという世にも不思議な光景を見たくてたまらない王妃の心からは、ふつうなら感じたであろう良心のためらいはすでにすっかり消えていて、好古家を呼ぶと、ガスの作り方をお付きの職人たちに教えさせはじめました。油ときわめて大量の絹布を買いに、お付きの女官をやらせました。（気球は大きくなくてはいけないと決めていたのです。）王妃にはわたしの起訴が迫っていることを伝えてあったので、国王の許可を求める前に、さっそく動きはじめてくださったのです。

わたしは、言うまでもなく、気球の知識は皆無です。アロウィーナをカゴに潜りこませる手立ても分かりません。それでも、これを逃せばエレホン国脱出のチャンスはないことは分かっていて、火事場のバカ力で無い知恵を振りしぼって気球の図案を描くと、王妃お付きの職人たちが見事に実物を作ってくれました。また、カゴのほうはお付きの馬車大工が作ってくれましたが、最大の難問はこのカゴを気球本体とどう繫ぐかでした。心血注いでこのことを考えてくれた上にわたしには思いつけなかったその他の必要なものを考えかつ手に入れてくれた大工の親方のすばらしい知恵なしには、この計画は失敗に終わったことでしょう。

たまたま、このころ、ずっと干魃がつづいていました。事態が深刻化すると、大気の神を祀った国じゅうの神殿で祈りが捧げられましたが、効果はありません。そこで、わたしは、王妃に気球製作の希望をはじめて伝えた時に、「空高くのぼって、大気の神と直接話し合って、説得します」と言っておきました。この発言は偶像崇拝にたしかに近いものです。わたしはずっとそれを悔いていて、同じ罪を繰り返すことはもう二度とないでしょう。人をだましたこと自体は大きな罪ですが、エレホン国全体のキリスト教への改宗に向けた布石にはなるでしょう。

王妃からわたしの申し出を聞いた国王ははじめ鼻で笑ったばかりか拒否権を行使しようと思ったそうです。それでも、大変な恐妻家だった王は、王妃が固く心に決めて説得に当たった時はいつもそうなのですが、最後には折れました。わたしが大空にのぼることなどあり得ないと思っていたので、かえって簡単に折れたというところもありました。数フィート浮くことはあるとしても、すぐに落ちてしまって、わたしの首の骨が折れれば、いい厄介ばらいになると思いこんでいました。自分の確信をまざまざと目に見えるように語ったので、それを聞いた王妃が驚いて、わたしに計画をあきらめるよう説得を試みるという一幕もありました。それでも、王妃は、気球製作に関してわたしの決心が固いと見るとすぐに、「この者が必要とする便宜はすべてはかるべし」という国王の命令書を渡してくれました。

と同時に、王妃からは、大気の神の説得に失敗したあかつきにはこの気球飛行も告発の対象になるだろうという警告も受けました。王も、王妃も、わたしが天を吹く風に乗って逃亡を企てているとは、つゆほどの疑いもいだいていません。ある高さに達すると常に一定方向に風が吹いて

いるということも、高いところの雲がいつも南東から北西の方向に伸びているのに気がつけば理解できるわけですが、国王は分かっていませんでした。わたしはずっと前からこのことに気づいていて、低いところの雲は現地のさまざまな影響から向きが変わるのに対して、地上数千フィートのところでは常に貿易風が吹いているからだろうと見抜いていました。

次になすべきことは、アロウィーナにこの計画を打ち明け、彼女を気球のカゴの中に潜りこませる手立てを見つけることでした。彼女はわたしに付いてきてくれるだろうという自信はあったものの、彼女の足がすくんでしまった時はすべてが無に帰するだろうとも思いました。彼女のメイドを介してアロウィーナとわたしは密に連絡を取り合っていましたが、この逃亡計画に関しては、すべてが決まるまでは詳細を話さないでおくのが一番だと思っていました。しかし、話すべき時が来ました。わたしは彼女のメイドと打ち合わせて、翌日の夕ぐれ時に、勝手口からノスニボー氏の庭に入れてもらう算段をつけました。

時間どおりに行くと、メイドが待っていて、庭に入れてくれました。アロウィーナが来るまで、奥まった小道で待っているよう言われます。初夏のころで、木にはたくさんの葉が繁っていたので、だれかが来ても、すぐに葉陰に身を隠せます。信じられないほど美しい夜でした。とうに日は沈んでいましたが、鉄道駅の廃墟のうえの空にはまだバラ色の輝きが残っています。眼下にはすでに町の明かりがまたたきはじめていて、その向こうには平原が何マイルも広がり、果ては地平線と溶けあっています。それらの風景も目には入っていたのですが、眺める気にはなれません。それでも、小道の暗闇をじっと覗きこんでいると、白い人影がさっとすべるようにわたしのほう

に向かってくるではありませんか。わたしもその人影に向かって走り出しました。どうすればいいのか何も考えられずに、気がつくと、アロウィーナを自分の胸に強く抱きしめていました。こちらに身をまかせてくれた彼女の頬にキスの雨をふらせていました。

歓喜のあまり、何を話していいのかも分かりません。いや、メイドがすっかり取り乱してしまって、自制の必要性をわたしたちに思い出させてくれなかったら、何か言葉を発して正気に戻るのがいつになったか分かったものではありませんでした。落ち着きを取り戻すと、手短に、はっきりと、わたしの計画を伝えました。リスクの大きさも話しました。成功の見込みが少なければ少ないほど、彼女は来ると言うだろうという確信があったのです。「おそらく、二人ともが死ぬことになるだろう。だから、この計画を強要したくはない――きみがひと言ノーと言えば、この話はなかったことにしよう。ただ、それでも、一緒に逃げおおせて、二人が結婚できる場所にたどり着けるかもしれないという可能性はわずかながらある。そのための手立ては、これ以外に考えられない」と伝えました。

彼女はまったく嫌がりませんでした。一片の疑いも、一片の躊躇も見せませんでした。「言われたことは何でもいたしますから、準備ができたら来てください」と言ってくれました。そこで「毎晩、メイドをわたしのところに寄こしてほしい」と頼み、「平静をよそおい、できるかぎり明るく幸せそうにしててくれ。きみの両親やズローラに「アロウィーナはあの男のことを忘れはじめている」と思わせるためだ。それで、こちらからの指示があり次第すぐに王妃の工房に来て、気球のカゴの底荷の間や敷物の下に隠れられるよう準備しておいてほしい」と申しつけて、わた

したちは別れました。

雨が降ることと国王の心変わりが怖かったので、さらに作業を急がせました。しかし、雨が降ることはなく、一週間後には王妃付きの職人たちは気球とカゴの両方を完成させていました。ガスをいつでも入れられる状態になりました。準備万端ととのったので、翌朝出発です。高い空の冷気から身を守るための敷物と毛布をたくさん持ちこむ許可をとっていました。かなり大きな底荷の袋も十余り持ちこめました。

手元に四半期分の年金があったので、そこからアロウィーナのメイドに謝金を渡し、王妃付きの大工の親方にはわいろを渡しました。もっとも、わいろがなくても、親方は助けてくれたと思います。彼のおかげで、食べ物やワインを底荷の袋に入れてこっそり持ちこむことができました。そして、出発の朝には、わたしがアロウィーナをカゴに潜らせているあいだ、他の職人を外に連れ出して、見られないようにしてくれました。アロウィーナは夜明けとともにメイドのドレスを着て身を隠すようにやって来ました。彼女は音楽銀行の支店で開かれる早朝コンサートに行っていることになっていました。しかし、朝食の時間に家にいないと気づかれるとのことです。つまり、その時に、彼女の家出が家族に発見されるというわけです。わたしは底荷を彼女のまわりに並べて、カゴの底に横たわった彼女がきちんと隠れるようにしてから、毛布で覆ってやりました。まだ、出発の時は数時間先だったのですが、カゴの外で居ても立ってもいられなくなり、わたしもすぐその中に入って、気球がだんだんとふくらんでゆくのを眺めていました。自分の荷物はまったくなくて、底荷の袋に隠された食料と神話関連の本と機械史関係の文献とわたし自身の日記

と翻訳がすべてでした。

静かに座って、出発の時を待ちました——表は静かに見えたでしょうが、心中、出発を見送ってもらうはずの国王夫妻が着く前にアロウィーナの不在が発覚するのではないかと、不安に悶えていました。国王夫妻の到着はまだ二時間先です。そのあいだに何が起きても不思議はありません。そして、何かが起きれば、身の破滅です。

やっと、気球がいっぱいにふくらみました。ガスが漏れないよう注意深く穴をふさいでから、注入用パイプを片づけました。気球の上昇を止めているのは、もはやロープを引っ張る者たちの腕力と体重しかありません。国王夫妻の姿がいつ現れるかと目をこらして見ていましたが、来る気配がありません。ノスニボー氏の家のほうにも目をやりました——何も異常は見受けられませんでしたが、まだ朝食の時間にはなっていません。群衆が集まりはじめました。彼らはわたしが王の不興を買っていることは知っていましたが、だからといって自分が人びとから嫌われているという印象はありませんでした。むしろ、たくさんの人から「大したものだ」、「がんばれよ」、「成功をお祈りしています」といった温かい言葉をかけてもらいました。

わたしは知り合いの紳士とおしゃべりしていて、大気の神に出会ったらどんなことを言うつもりかといったことを話していたのですが——もっとも、わたしと同様彼も大気の神がいるなどと信じているはずはないので、内心どう思っていたのかは分かりませんが——その時、人の小さな集団がノスニボー氏の家から王妃の工房に向かって全速力で駆けてくるのが見えました。心臓が止まりそうになりました。さあ、イチかバチか、人生を賭ける時が来た。三〇人ほどいたでしょ

うか、ロープを持っていた男たちに、「すぐに手をはなして!」とはげしく叫び、危険が迫っていてすぐ手をはなさないと大変なことになりかねないと身ぶりで伝えました。多くが手をはなしてくれました。すると、残りの者も力が足りずに、はなさざるを得なくなりました。突然、跳びあがるように、気球が上昇をはじめます。わたしの目には、大地がわたしの手からこぼれて、眼下の開けた空間をぐんぐん落ちてゆくように見えました。

その瞬間、群衆の注意は二分されていました。半分はノスニボー氏の家から来る人たちの熱い身ぶりに視線を送り、残りの半分はわたしの叫び声に耳をかたむけていました。あと一分で、アロウィーナは間違いなく見つけられたでしょう。しかし、その一分が経つ前に、すでにわたしたちは町の上、だれの手も及ばない空高くに浮かんでいました。一秒ごとに町も群衆も小さくなっていって、判然としなくなりました。驚くほどあっという間に、四方八方どっちを見てもまわりは平坦な青い空の巨大な壁だけになりました。

最初、気球は垂直に上がっていきましたが、五分ほどでとても高いところまで達すると、眼下の平原の物体がわたしの真下から動きはじめたような感じがしました。風はそよとも吹いている気配はないので、気球がどちらかの方向へ動きはじめたようには感じられませんでした。そこで、この地上の物体の奇妙な移動がどういうことなのか考え出したのですが、その時、はっと気づいたのです。気球は風の吹くまま、風と一緒に移動しているので、気球に乗っている人間は風を感じないのです。空高く吹く貿易風に達したに違いないと思い、わたしは嬉しくなりました。これで、おそらく、何百マイル、何千マイルと風に流されてゆけば、エレホン国とそこの人びとから

遠く離れられるのです。

すでに、アロウィーナにかけた毛布を取って、彼女を自由に動けるようにしてやっていたのですが、またすぐに、くるんでやらなくてはなりませんでした。すっかり冷えこんでいましたし、彼女もこの不思議な状況に半ば呆然としていました。

そして、夢のような錯乱の時がはじまりました。全体としておぼろな記憶しかありませんが、思い出せることはいくつかあります。じきに霧につつまれるようになり、それがわたしの口ひげと頬ひげにくっ付いて凍りついたこととか、濃い霧がたちこめ――二人ともほとんど話さなかったので――アロウィーナと自分の息づかいの他は何も聞こえない中を何時間も座りつづけたこととか、足元と体の横にカゴが見え、頭上に気球がぼうっと見える以外は何も見えなかったことかです。

地上が見えなくなってしまって一番つらかったのはおそらく、最大限のスピードで前に進むことだけがわたしたちの希望だったのに、気球が止まってしまったように感じられたことです。時折、雲の裂け目からちらりと地表が見えると、実は急行列車よりも速く空を飛んでいることが分かってありがたい気持ちになりました。しかし、裂け目がまた塞がれてしまうと、きっと動いていないのだという強い確信が戻ってきて、理屈をいくら重ねても消え去ってくれません。それにほとんど負けないくらいの悪感情にも襲われました。というのは、長いトンネルを通過中に真っ暗闇にしばらくいたため目が見えなくなったのではないかと怖がる子どものように、何分も地面が見えないでいると、自分たちが大地からすっかり切り離されてしまっていて、もう二度と目に

することが出来ないのではないかという恐怖にいくらか囚われたのです。時々、自分で食べたり、アロウィーナに食べ物をやったりしましたが、その時間はあてずっぽうでした。それから、闇がやってきました。怖ろしい荒涼とした時間で、力づけてくれる月も見えません。

しかし、夜明けとともに、様子が変わります。雲は消え、日の出前の星々がまたたきます。その時の光りかがやく日の出はこれまで目にしたもっとも美しい光景として今もわたしの目蓋の裏に焼きついています。眼下には新雪をいただいた浮き彫り模様のような山脈が見えました。わたしたちはそのはるか頭上にいるのです。二人とも息がとても苦しくなりました。しかし、一インチたりとも気球を下げたくはありません。この先どのくらいのあいだ、今の限界ぎりぎりの浮遊力を必要とするかが分かっていないのです。実際、ほとんど丸一日が経過してもまだ、非常に高いところにいられることに感謝せずにはいられませんでした。

二時間ほどで、おそらく一五〇マイルほどの山脈を越えると、また平原が見えて、彼方の地平線までつづいています。自分たちがどこにいるのか分からず、気球の浮遊力も浪費したくないので、下りることができません。それでも、わたしがエレホン国に行った時の最初の出発地の上空あたりではないかという希望的観測を抱いたりもしました。何か自分の知っている目印がないものかと目をこらして見ましたが、何も見当たりません。まだどこかエレホン国内の辺境の上空なのかもしれません。未開民族の住む土地かもしれません。いろいろと思いをめぐらしているうちに、気球はまた雲の中に入ってしまい、わたしたちは何も見えない空間で、あてどなく憶測をたくましくする他ありませんでした。

うんざりする時間がのろのろとつづきました。わたしの不幸な運命の懐中時計をどんなに恋しく思ったことでしょう！　時間さえ動いていないように感じられたほど、周囲は音ひとつなく、魔法にかかっているようでした。半時間ほどずっと自分の脈を測ったりもしました。どんな方法でもいいから時間を測って、その存在を確かめたかったのです。自分たちが時間の有難い流れの中にいて、永遠の無時間性を漂流しているのではないのをきちんと確認したかったのです。

二〇回目だか三〇回目だかの脈の測定の時、うつらうつらと浅い眠りにおちて、急行列車の旅の悪夢を見ました。とある駅に着くと、機関車が身も凍るようなすさまじい音を立てて蒸気を吹きあげていて、大気中がびりびり震えているのです。おびえながら、不安な気持ちで目をさますと、しゅーという音や何かがくずれる轟音はまだ聞こえていて、覚醒した頭で判断するに、これは実際の音だと考えないわけにはいきません。それが何かはまだ分からなかったのですが、音はだんだんと小さくなっていって、ついには聞こえなくなりました。そして、数時間が経ちました。雲が割れ、眼下を見たわたしの血が凍りつきました。海です。あたり一面、見わたすかぎり、海でした。黒い海のところどころに、嵐にもまれ怒りくるった荒波の白い波頭が見えます。

アロウィーナはカゴの底で静かに眠っています。彼女の美しい聖女のような寝顔を見て、わたしは呻きました。このような悲劇に彼女を巻きこんだわが身を呪いました。しかし、もうどうしようもありません。

わたしは座ったまま覚悟を固めました。やがて、最悪の事態が迫っていることを示す兆候が現れます。気球が下がりはじめたのです。はじめに海が見えた時、降下しつつあるに違いないとふ

と思ったのですが、それが疑いようのない事実となりました。わたしたちは降下しつつあり、それも急速にです。底荷の袋を一つ捨てると、少しのあいだは、また上がりますが、二、三時間経つとまた下がりはじめました。そこでもう一袋捨てます。

こうして、本格的な戦いがはじまりました。その日の午後いっぱい、夜通し、そして、次の日の晩までつづきました。四方八方、ずっと、目がつぶれそうになるまで目をこらして見ても一片の船の帆の、気配さえ感じられません。その時着ていた服以外はすべて捨てました。食料も水も捨てて、まわりを旋回するアホウドリのエサになりました。数時間、いや数分でも、海への着水を延ばそうと思ったのです。本は海面が数フィート程度に迫ってくるまで捨てませんでした。そして、自分の原稿は最後まで手ばなしませんでした。希望はどこにも見えません――それでも不思議なことに、二人とも望みをまったく捨てていませんでした。恐れていた悲劇が目の前に来て、最悪の事態になっても、わたしたちは、半ばまで水につかった気球のカゴの中に座ったまま、すでに死んだような真っ青な顔で希望の微笑みを交わしていました。

さて、アルプスのゴッダルド峠を越した経験のある方は、アンデルマットの下方に、崇高と畏怖の極致とも言える峡谷が走っているのを覚えておいででしょう。一歩ごとに胸をさらに高ぶらせながら、ついに旅人は轟音を立てて落ちる滝の上、中空にかかった橋を渡って、岩を削って作ったトンネルの闇の中に入ってゆくのですが、その時、張り出したむき出しの絶壁が自分の頭上に振りかかってくるような光景を目にします。

いったいトンネルを出る時にはどんな景色が見えるのか？　今見たものよりさらにはげしく荒涼とした光景が待ち受けているに違いないと思いながらも、想像力が麻痺してしまい、今の光景を凌駕する風景など想像だにできません。畏れおののき、息を切らして、彼は歩を進めます。すると、何ということでしょうか！　トンネルを出ると、午後の陽光に温かく迎えられたのです。谷は微笑みを浮かべ、渓流は潑剌と音を立てて流れ、いくつか高い鐘楼のある村が見え、明るく輝く緑の牧草地が広がっています。旅人を出迎えてくれたその光景にこれまでの恐怖も忘れ、旅人はひとり微笑むのでした。

そのような結末をわたしたちも迎えました。二、三時間、海の中にいたでしょうか。夜の闇がわたしたちを包みました。わたしたちは数えきれないくらい「さよなら」を言って、最期を覚悟しました。わたしは眠気と戦っていて、ここで寝てしまったら、もう二度と目ざめることはなかったでしょう。すると、突然、アロウィーナに肩を触れられ、彼女の指さす方を見ると、一すじの光と暗い大きな塊がこちらへぐんぐん向かってきます。すぐに、わたしたち二人の口から、助けをもとめる大きく高く鋭い声がはっきりと放たれました。そして、五分後には、優しく温かい腕に抱かれて、イタリア船のデッキに運ばれていました。

第二九章　結

プリンチペ・ウンベルトという名の船で、ペルーのカヤオからイタリアのジェノヴァへ向かう途中でした。リオデジャネイロに移民を届けた後、カヤオに向かい、そこで、糞化石《グアノ》（訳注　海鳥の糞などが化石化したもの。肥料として用いる）を積みこんでから母国へ帰るところでした。船長はセストリ・レヴァンテ出身のジョヴァンニ・ジャンニという男で、わたしの話が信じてもらえない時は、彼の名を出してもいいと言ってくれました。しかし、申し訳ないと思っているのですが、わたしの経験の重要な何点かについて、彼を誤解させたままにしておきました。ちなみに、拾ってもらった地点は、陸から一〇〇〇マイルほど離れていました。

船に引き上げられると、船長はすぐパリ包囲戦のことを尋ねはじめました。ヨーロッパからはるか彼方の場所だったにもかかわらず、わたしたちがパリから来たと思いこんだのです。お察しいただけると思いますが、わたしは普仏戦争のことを少しも聞いていなかったものの、体調が悪く、わたしがこう言ったのではないかという彼の推測にうなずくのが精いっぱいでした。わたし

のイタリア語の知識は貧弱なもので、彼の言うことはほとんど分かりませんでしたが、それでも、エレホン国を発って来たのを隠せたことはよかったので、彼が「こうだったのじゃないか」、「ああだったのじゃないか」と投げてくる憶測については、全部「そうだそうだ」と言って、話をうまく流しておきました。

そんなやりとりから次第に立ち現れてきた話の全体像は次のようなものです。わたしはイギリス貴族で、アロウィーナはロシアの伯爵夫人で、気球には他に一〇から一二人乗っていたが全員溺れ死んで、わたしたちが持ってきた緊急文書は失われた——後で分かったのですが、この船長が何週間か海上にいなかったら、こんな話は信じてもらえなかったでしょう。というのは、わたしたちが海から助け出された時、ドイツ軍はすでに、それもずっと前から、パリを占領していたのです。しかし、そんなわけで、船長がわたしの代わりに全体の物語を作ってくれて、とてもありがたいことでした。

数日後には、メルボルンから羊毛を積んでロンドンに向かうイギリス船を目撃しました。嵐だったので小舟を出して船から船へ移るのは危険だったのですが、船長に懇願して、イギリス船に信号を送ってもらいました。わたしたちはそのイギリス船に迎え入れられました。しかし、船から船に移るのに四苦八苦したため、わたしたちがどのようにイタリア船に発見されたかという情報が引き継がれませんでした。小舟を率いたイタリア人航海士がフランス語で「気球に乗っていたのを拾ったのだ」といったことを叫ぶのが聞こえましたが、風の音が大きすぎた上に、イギリス船船長がフランス語をほとんど解さないこともあり、何も伝わりませんでした。乗っていた船

が難破したところを助けてもらった二人、ということになりました。「なんという船が難破したのですか」と船長に訊かれ、「みんなで乗った遊覧船が強い潮流に流されて外海《そとうみ》に出てしまい、アロウィーナとわたしだけが助かったのです」と答えておきました。（アロウィーナはペルーの貴婦人だということにしました。）

船には乗客も何人かいました。とても親切にしてもらったのですが、きちんとお礼ができないままに終わりました。彼らにすべてを打ち明けなかったことは彼らも分かっていて、それを思うと胸が痛みます。しかし、一部始終を話したとしても信じてもらえなかったでしょう。エレホンの名はぜったい出すまいと固く決めていました。わたしより先に行かれたら困るので、できるかぎりの注意をはらわなくてはいけません。つかなければいけなかった嘘の数々を振り返って落ちこみそうにはなりましたが、信仰がわたしを支えてくれました。乗客の中にとても立派な牧師さんがいて、船に乗って数日後には頼んでアロウィーナとわたしの結婚式を執りおこなっていただきました。

およそ二か月ほどの順調な航海の後に、ランズエンド（訳注　イングランド南西端の岬）が見えました。その一週間後には、ロンドンに上陸していました。船の皆さんから気前よくお見舞い金をいただいたので、当面のお金に困ることはありません。そこで、わたしはアロウィーナを、最後に連絡をもらったときに母と姉妹が住んでいたサマセット州に連れて行きました。母は死んでいました。しかも、わたしの訃報を聞いてその死が早まったということで、わたしは大きな衝撃を受けました。チャウボクがわたしの雇い主の牧場にやって来て、わたしが死んだと言ったのです。

あの後、わたしが戻ってくるか二、三日様子を見ていたのでしょう。それから、もう戻らないだろうと思って、帰りに渓谷を下りるときに、わたしは渦巻き波立つ水の中に落ちてしまったという話をでっち上げたのです。遺体の捜索が行われましたが、あいつは死体など見つかりそうもない所でわたしが溺れたことにしていました。

わたしの姉妹は二人とも結婚していましたが、二人の夫は裕福ではありませんでした。わたしの帰還を心から喜んでくれる人間は一人もいませんでした。じきに分かったことですが、肉親でさえ、一度葬式をした後で生きて戻ってくると、いずれまた葬式をしなければいけないので嫌なようです。

そこで、妻を連れて、ロンドンに戻り、旧友のつてで、いくつかの雑誌や教会小冊子刊行協会のために気の利いた小さな記事を書く仕事をはじめました。たくさん稼ぎました。自慢するわけではありませんが、道で配られたり駅の待合室に置かれたりしているパンフレットの内の最も人気のあるもののいくつかはわたしが書きました。そして、その合間に、時間を見つけて、自分のメモや日記を整理し、今読んでいただいているような形にまとめました。もうこれ以上付け加えることはありません。エレホン国民キリスト教改宗計画をご紹介する仕事を除いては。

その計画の内容はごく最近固まりましたが、成功間違いなしと思っています。

一〇から一二人ほどの宣教師を部下に、わたしがエレホン国にたどり着いたのと同じルートをまたどるという案が正気の沙汰ではないのはすぐに分かっていただけるでしょう。そのやり方では、わたしは、アロウィーナと駆け落ちをしたことで矯正師に引き渡され、さらには、発疹チ

フスの罪で投獄されるのが落ちでしょう。また、それよりもさらに悲惨な運命が――もうあまり触れたくはないのですが――同行した献身的な宣教師たちを待ち受けていることでしょう。ですから、エレホンの人びとに会うためには何か他の手立てを見つけなければいけないのは、火を見るよりも明らかです。そして、ありがたいことに、そのような手立てがあったのです。あの雪をいただく山々を水源としてエレホン国を流れる川のひとつがその河口から数百マイルは航行可能であることが分かっています。上流はまだ未探査地帯なのですが、それでも――わたしたちも身を守らなくてはいけないので――小型砲艦に乗って、エレホン国の辺境にたどり着けるだろうことはまず間違いのない話です。

そこで、出資額以上のリスクが各人に生じない形の会社の設立を提案したいと思います。まず、趣意書を書くことが必要になります。しかし、エレホン人が失われた一〇部族であることは書かずにおこうと思っています。この発見はわたしにとっては実にエキサイティングなものですが、これはわたしの気持ちの問題であって、儲け話とは関係ありません。ビジネスはビジネスですから。集める資金の目標額は最低五万ポンドとします。一株五ポンドにするか一〇ポンドにするかは後で決めればいいでしょう。それだけ集めれば、最初の試し航海の費用としては十分すぎるくらいです。

目標額に達したら、次は、およそ一二〇〇から一四〇〇トン積みの汽船で三等船室のある貨客船をチャーターしなければいけません。河口付近で未開人に襲われた時のことを考えて、大砲は二、三門必要でしょう。かなり大型のボートもいくつか欲しいところで、そこにも六ポンド砲が

二つ、三つあるといいでしょう。船で安全に気をつけながら、できるかぎり川をさかのぼり、そこからは、選抜隊がボートで先に進みます。アロウィーナとわたしは同行しなくてはいけません。エレホン語を話せれば、疑いも払拭されるでしょうし、交渉も楽になるでしょう。

まず、オーストラリアのクイーンズランド植民地で仕事があって、その条件がいかにいいものであるかを紹介しなければいけません。クイーンズランドに移住して働くことで、エレホン人のだれもが巨額の資産を築けることを伝えなくてはなりません。統計資料を示せばすぐに分かってもらえることと思います。ぜったいに、大量のエレホン人が、自分たちもわたしたちが乗ってきた大きなボートに乗って一緒に行きたいと言ってくれるでしょう。そして、三、四回、これを繰り返せば、汽船はエレホン人の移民でいっぱいになります。

万が一、攻撃された場合に取るべき対応はこれ以上に簡単です。エレホン人は火薬を持っていないので、こちらが大砲をぶっ放せば腰を抜かしてしまって、好きなだけ捕まえられるでしょう。そうすれば、相手は捕虜ですから、もっとわれわれに有利な条件で雇えると思います。しかし、暴力沙汰にならなくても、船に乗りこんだ七、八〇〇人のエレホン人に、双方が得する条件の契約書にサインさせるのは難しい話ではありません。

そして、クイーンズランドに着いたら、その契約書をクイーンズランド植民地の人手不足に大いに悩む砂糖業者に譲渡すればいいのです。こうして上がった利益から、高配当を出すことが可能になるでしょう。そして、最終益もかなりのものになるでしょう。そうなったら、また同じ航海を繰り返し、さらにエレホン人を移住させて、どんどん利益をためてゆけばいいのです。クイ

ーンズランドで、そして他のキリスト教国の植民地で、労働力の需要があるかぎりは、これを反復すればいいのです。植民を希望するエレホン人は際限なくいるでしょう。そして、船に詰めこまれた彼らの輸送や食事にかかる費用はまったく大したものにはなりません。

エレホン人を預かってもらうクイーンズランドの砂糖業者は宗教的な人たちでなければいけません。そこに気を配ることがわたしとアロウィーナの役割でした。彼らからエレホン人は自分たちにとても欠けているあのキリストの教えを学べるでしょう。毎日、農場での仕事が終わるとすぐに一緒に神を讃えるお祈りをしたり、教義問答を徹底的に教えてもらったり、安息日は丸一日、讃美歌を歌ったり、教会に行ったりすることになるでしょう。

これは大切な点です。エレホン人の集め方に関して、クイーンズランドでもエレホン国でも疑念が生じないようにしなければいけませんし、出資者を儲けさせながら魂の救済にも役立っていると感じさせられれば理想的です。移住したエレホン人が老いて働けなくなるころには宗教の教えが身に沁みついているようになれば、母国に戻る時に善き教えの善き種も同時に伝えられることになります。

この件で、何か障害や問題が生じ得るとは思えません。本書が十分に宣伝になって、必要な資本金の獲得を確実にしてくれるでしょう。お金さえ集まれば、それを使って、エレホン人を善きキリスト教徒にするだけでなく、投資家にとってかなり大きな収入源にすることを、わたしはお約束いたします。

以上の計画はわたしの発案ではないことを言い添えておきましょう。わたしはどうすればエレ

ホン国にキリスト教を広められるか、何か月も無い知恵を絞ってきて、もうほとんど諦めそうになっていました。と、その時、神を信じぬ者を信心に導き、根っからの合理主義者に非合理を信じさせる類《たぐい》の、天啓とも呼ぶべき出来事が起きたのです。一八七二年一月上旬のある日、ふと、『タイムズ』紙に載った次の文章が目に留まりました。

「クイーンズランド植民地のポリネシア人たち――新総督ノーマンビー侯爵がクイーンズランド植民地北部の視察を終えました。砂糖産業の中心地マッカイにて、総督閣下は多くのポリネシア人を見かけたそうです。現地の歓迎会でのスピーチで次のような発言をされました。『違法なやり方でポリネシア人が集められたという噂を耳にしたが、すくなくとも、ここクイーンズランドでは、その証拠を目にすることはなかった。表情そしてふるまいを見るかぎり、彼らがここに来たことを後悔している様子はない』。しかし、総督閣下は、彼らに宗教教育をほどこしてやるのがいいだろうとも述べられました。クイーンズランドの人びとが、ポリネシアの人びとにずっと住んでもらって、宗教を教えてやりたいという気持ちを強く持っていることが知られれば、今、この国に見られる人びとの不安を払拭できるだろうということでした。」

付け加えることは何もありません。そこで、まず、このわたしの冒険譚を最後まで忍耐づよく読んでいただいた読者諸賢にひと言御礼申し上げたいと思います。すぐに有限会社エレホン国キ

リスト教化計画（住所は後記のとおり）の秘書宛にご連絡いただき、株主としてご登録いただける方には、さらに重ねての御礼を申し上げます。

追　記

本書の最終校正刷を受け取り、校正の作業を終えて、ロンドン中心部をテンプルバー地区からチャリングクロス地区までテムズ河畔の大通り《ストランド》を散策していると、エクセターホールのところで信心深そうな人びとが嬉しそうに期待と興味に顔を輝かせながらぞろぞろと中に入ってゆくのを見かけました。立ち止まって掲示を見てみると、これから布教関係の集会があるようで、わたしがエレホン国に行った旅の出発点となった某入植地の先住民系宣教師ウィリアム・ハバクク師が紹介され、彼の短い講演があるとのことです。すこし苦労しましたが、何とか中に入って、ハバクク氏登場に先立つスピーチを二、三聴きました。その内の一つが実に厚かましい内容で、こんなに身のほど知らずのスピーチは聞いたことがないかもしれません。演説者は、ハバクク師の部族こそがまず間違いなくイスラエルの失われた一〇部族だと言うのです。あえて論駁する気にもなれませんでしたが、ろくに証拠もないのに論を飛躍させてとんでもない結論に飛びつく暴論に、わたしは怒り、そして傷つきました。失われた一〇部族を発見したのはこのわたしであり、発見者はわたし、唯一人です。しかし、まだ頭から立てた熱い湯気も冷めないうちに、ホールに期待のささやき声が広がると、ハバクク師が連れてこられました。出てきたのは——読者諸賢にはわ

たしの驚きをご理解いただけると思いますが――なんと、あの懐かしき友チャウボクです！

腰が抜け、口があんぐり開き、目の玉が飛びだしそうになりました。あわれなチャウボクはおびえきっていて、紹介された際に満場の拍手の嵐をもらって、さらに取り乱した様子です。そのスピーチの内容については、きちんとご報告できる自信がありません――いや、実際のところ、気持ちの高ぶりを抑えようとして息もできないくらいになり、ほとんど聴けていなかったのです。「アデレード王太后」という言葉は聞こえました。そのすぐ後に「マグダラのマリア」と聞こえた気がしましたが、追い出されるのではないかと心配になって、会場から出てきてしまいました。階段でまた、万雷の拍手がつづくのが聞こえました。聴衆は満足したのでしょう。

一番強い感情はあまり真面目な類のものではありませんでしたが、それでも、はじめてチャウボクに会った時のこと、羊毛小屋での事件、彼がついた数限りない嘘、何度も何度もブランデーを盗み飲もうとしたこと、それからここで詳しく話すほどのことでもない数多くのエピソードが思い出されました。もしかしたら自分の努力が功を奏して彼の改心に繋がったのかもしれない、あの山中の大自然の中の川岸で見よう見まねで彼に洗礼をほどこしてやったのもまったくの無駄ではなかったのかと思うと、喜びも湧いてきます。この話の前半部の彼についての記述が誹謗中傷ではないことを分かっていただきたいと思います。彼の雇い主との関係に悪影響を与えることもないでしょう。その頃の彼はまだ生まれ変わっていなかったのです。今度、ぜひ、彼を見つけ出して、話をしてみたいと思いますが、その機会が来る前に、本書は皆さんの手元に届いていることでしょう。

土壇場になって、雲行きが怪しくなってきました。とても心配しています。速やかにご投資くださいますよう、どうぞよろしくお願いいたします。ロンドン市長公邸まで、ロンドン市長気付で、ご送付ください。市長には、お名前とご投資の詳細を承っておくよう指示を出しておこうと思います。集まり次第、委員会を立ち上げる予定です。

解題

武藤浩史

現代小説としての一九世紀小説『エレホン』

ここに訳出したサミュエル・バトラー（一八三五―一九〇二）の『エレホン（*Erewhon or Over the Range*）』は、今のわたしたちが生きる現代の始まりとも言える一九世紀後半のイギリスで、一八七二年に出版されたユートピア／ディストピア小説である。題名の由来は、一六世紀人文主義者トマス・モアのギリシャ語語源の新造ラテン語「ユートピア（UTOPIA）」を英語に訳すと「NOWHERE（どこでもない場所《ユートピア》）」になるわけだが、それをほぼ後ろ向きに綴って「EREWHON《エレホン》」とし、作品の主舞台となる山奥の架空国の名としたことにある。初版の序には、「EREWHON」と綴って「エレホン」と発音してほしいとの作者自身の指示がある。

最初、匿名で、ロンドンのトリューブナー社より上梓され、大きな話題を呼んだ。前年に同じく匿名で出版され評判となった『来るべき種族（*The Coming Race*）』がやはり当時はまだ珍しかったSFユートピア小説で、すぐに作者が当時の大流行作家エドワード・ブルワー＝リットン（一八〇三―一八七三）と判明していたことから、『エレホン』もまたブルワー＝リットンの筆によるものではないかという憶測が広まり、出版の翌年の一八七三年に、まだ三〇代だった無名のバトラーが作者として名乗りを上げた。

訳あって本国を離れたイギリス人が一旗あげようと渡った入植地の彼方に奇想天外な国を発見し、そ

こでの体験を風刺譚にまとめるという設定はスウィフトの『ガリヴァー旅行記』（一七二六）を想起させ、犯罪者が許され病人が罰せられるといった一見あべこべ逆さまの世界を描きながらそれがイギリス社会の風刺となっている点でも、『ガリヴァー』の世界に似ている。しかし『ガリヴァー』が少なくとも現代の読者には人間性一般の鋭い風刺として読まれるのに対して、『エレホン』の場合、それに加えて、現代の新自由主義との連関において、さらには今話題になっている技術的特異点《テクノロジカル・シンギュラリティ》――つまり近未来にその到来が予言されるAIによる人間支配の問題――との繋がりにおいて、生々しいまでの現代性をそなえた、まさに今読むべき傑作であることを、まずは強調しておきたい。

現代としての一九世紀イギリス

言うまでもなく、一九世紀はイギリスを中心とした西欧の大発展期で、世界の動き方・世界についての考え方が大きく変わった。グローバリズム経済の成長の下で、格差の拡大と価値観の変化が社会と個人の中心課題となる「現代」が始まった。具体的には、労働者の問題、そして広い意味での信仰――世界観と人生観――の問題をめぐって、人間がいよいよ右往左往し出すわけである。『エレホン』出版の一八七二年に至る知の動きをイギリスを中心に簡単に見てみると、労働者に関しては、エンゲルス『イギリスにおける労働者階級の状態』が一八四五年刊で、マルクスの『資本論』第一巻が一八六七年刊となるが、その二〇年あまりの間に、エンゲルスの著書と同じ一八四五年に後に英首相となるベンジャミン・ディズレーリが小説『シビル――二つの国民』を上梓して労働者の窮状を描き、その後、エリザベス・ギャスケルの『メアリー・バートン』（一八四八）と『北と南』（一八五四）、チャールズ・ディケンズの『ハード・タイムズ』（一八五四）といった産業小説が続々と刊行された。

信仰の問題については、進化論を説いたチャールズ・ダーウィンの『種の起源』が一八五九年に刊行

されてキリスト教教義の根幹を揺るがしたわけだが、『種の起源』の略称で親しまれているダーウィンの主著のメインタイトルの正式名称は『自然淘汰による種の起源（*On The Origin of Species by Means of Natural Selection*）』で、この「自然淘汰」という言い回しには、超自然的存在である神は介入しないという含みもあってキリスト教の信仰問題につながりながら、もう一方で当時の自由放任の経済政策と弱肉強食の自由競争社会をも連想させた。

エンゲルスのノンフィクションとディズレーリのフィクション発刊の翌年に当たる一八四六年にはいよいよ輸入作物にかける関税を定めた穀物法が廃止されて、自由貿易体制が本格的に始まる。そして、自由放任主義のイデオロギーの下で、イギリス経済は一八五〇年代から六〇年代にかけて、無類の強さを示した。しかし、同時に、穀物法が廃止された一八四〇年代後半には、当時英領だった隣のアイルランド島でジャガイモの病気から大飢饉が起きた。「飢えて死ぬ者はそのまま死なせよ」という弱肉強食の論理を内包する自由放任主義は外部からの公的支援という選択と相性が悪く、そのため、イギリス政府のアイルランドへの援助はまったく不十分なレベルに留まった。（ようやく一九九七年になってブレア英首相が当時の政府の失策を認め、謝罪した。）自由放任・自由競争・自由貿易の錦の御旗の下に、当時八〇〇万人強のアイルランド人の内一〇〇万人が死に、一〇〇万人が祖国を捨て、人口が激減するという大飢饉のさなか、アイルランド島からはグレート・ブリテン島に向けて食物が輸出されていた。ヨーロッパ近代の功利主義・合理主義の行きつく果てとしての自由放任の経済政策が実現して、グローバリズム経済の夢が現実のものとなった結果、繁栄の夢が花ひらき、同時に、格差の悪夢が花ひらいたわけである。

繁栄の夢を表現した最たる例の一つとして、一八五九年刊のサミュエル・スマイルズ『自助論』が挙げられるだろう。言うまでもなく『西国立志編』と訳されて、福沢諭吉の著作とともに明治初期日本でも大ベストセラーとなった刻苦精励・立身出世の徳を説くあの本である。若いころは普通選挙を求める

労働者のチャーチスト運動をはじめ広い社会的関心を抱いていたスマイルズも、穀物法が廃止され、『自助論』を書く五〇年代には、艱難辛苦に打ち勝つ成功者を讃える自助論一本やりになっていた。しかし、先述した一八五四年刊の小説『ハード・タイムズ』では、最後にみずからが喧伝する自助論のウソがばれてしまう産業資本家が描かれ、すでに、この個人主義的な成功者に率いられる社会繁栄の夢の背後に大きな黒い影が広がっていることが明らかにされていた。影の部分を一言でまとめると、社会が機能するために必要な相互扶助と自由競争のバランスがくずれ、むきだしの弱肉強食社会が到来したということだろう。きわめて現代的な状況でもある。

相互扶助か、自助か、それ以外の道か――『ユートピアだより』と『来るべき種族』

だからこそ一八九〇年に出版されたウィリアム・モリスの小説『ユートピアだより（*News from Nowhere*）』は出るべくして出たと言うことができる。『ユートピアだより』は、『来るべき種族』、『エレホン』と共に、H・G・ウェルズ登場以前の一九世紀後半英文学を代表するユートピア小説とされることが多いが、ここには社会主義的な相互扶助の精神により再生したイギリスが描かれている。この系譜を英国内で遡れば、一八八〇年代に社会主義諸団体の設立――社会民主同盟（一八八一）、社会主義同盟（一八八四）、フェビアン協会（一八八四）――があり、一八六〇年代にはその前身としてジョン・ラスキンの資本主義批判――『この最後の者にも』（一八六二）――がある。

しかし、『来るべき種族』と『エレホン』は、一九世紀終盤の社会主義思想の土壌の上に築かれた『ユートピアだより』のヴィジョンほど単純ではない。悪く言えば筋が通っていないのかもしれないが、自由経済社会の荒波に巻きこまれながらも同時にその波の上に頭を出して変わりつつある周りの景色を風刺的に描くといった、切迫感と距離感の絶妙な混ざり合いがあり、さらにはこの時代を生きるイギリ

ス人の現代人にも通じる感情の構造が浮き彫りになっている。『ユートピアだより』よりも人間臭く、社会主義のヴィジョンをたやすく信じることができない現代の読者にとって、より刺激的である。

『来るべき種族』を読んでいると、自由闊達な社風のなかでマインドフルネスのような瞑想体験を奨励して個人の超人的な力を育みながら、とびきりのCEOに率いられて世界を席巻するグーグル社を想起する。『来るべき種族』に描かれるヴリル＝ヤと呼ばれる地下ユートピアの住民たちは、練習を重ねてヴリルという自然の根源力の活用法を学び、そのエネルギーを用いて心の平静と驚異的な身体能力という心身両面における超人力を獲得し、恐ろしく強い無敵国家を築きながら、慈愛ぶかい独裁制の下で地方分権的な統治を行ってゆく。叡智の獲得を含む自助論的な個人能力開発と息苦しくないヒエラルキー社会の夢を組み合わせた不思議な共同体で、語り手はこういった構造をもつ社会の圧倒的な力に魅惑と恐怖を同時に感じながら、物語をつむいでゆく。作者ブルワー＝リットンは時代の空気を鋭敏に感じ取りながら、自由放任経済の中に出来《しゅったい》し得るユートピア／ディストピアのヴィジョンを描き出した。

ビジネスと大自然

もちろん、本書『エレホン』も、この『来るべき種族』に劣らず、面白い。いや、鋭い洞察に満ちた風刺の豊かさにおいては『エレホン』が上だろう。『来るべき種族』とは別の角度から、現代につながる一九世紀イギリス人の感情の構造がしっかりと刻印されている。

まずは、ロマン派詩人の伝統に掉さす大自然の感動体験と、自由放任主義の時代にふさわしい積極的な起業家精神《アントレプレナーシップ》の並置である。物語の舞台となる秘境の入植地の描写には、名門大学を卒業したにもかかわらず英国国教会牧師になるという親の望む職業選択を拒みニュージーランド南アルプス《サザン・アルプス》の麓に入植し牧羊で一儲けした作者サミュエル・バトラー自身の体験が反映されている。ニュージーランド南島は

日本列島の本州に似て、中央に高い山脈が走り、三七二四メートルのクック山が最高峰としてそびえている。バトラーは他の著書でクック山を見た時の感動を「世界一凄い山の凄い眺め」、「いきなり目に飛びこんできたその素晴らしい山容に息ができなくなりそうだった」と語り、「モンブランの山容でさえこれほど壮大ではない」とつづけているが、高い峰々に分け入ってゆく『エレホン』の語り手兼主人公の山岳体験の描写には、このバトラー自身の感動や戦慄が投影されている。これは高峰体験の衝撃を作品に詠《うた》ったイギリスのロマン派詩人の跡を継ぐものと言うことができる。ロマン派の詩人たちはこの大自然の体験を大変重視して、そこを起点としてみずからの人生観・世界観をつむぐことで、産業化真っ只中の一九世紀前半のイギリス社会の裏面を形作るわけだが、同じ二重構造が『エレホン』では一人の人物の中に共存するという形で反復されている。『エレホン』の主人公の入植の目的はお金もうけで、そのことは特に物語のはじめと終わりに強調される。つまり、リスクとチャンスがふんだんにある入植地でビジネスチャンスを探しながら、同時に、人生に一度あるかないかの未開の大自然の大感動体験にも触れていることが主人公の語りのはじまりの部分の特徴である。

これは、今の時代で言えば、起業家がががっつり稼げるビジネスチャンスを探しつづけながら、アルプスでも、ロッキー山脈でも、あるいは近未来の月旅行でも構わないのだが、大自然や宇宙にまつわるロマンチックな夢を追いかけて、ある種超越的な人生観・世界観を築こうとすることに似ている。自然搾取に通じる経済活動と大自然体験を疑似宗教としようとする傾向が一個の人間の中に共存する感情構造と言ってもいい。現代に通じる起業家精神《アントレプレナーシップ》と大自然スピリチュアリティの並置が『エレホン』冒頭にはある。この二重性は『エレホン』に限った話ではなく、ほぼ同時期の一八七三年に上梓されたイギリスを代表する功利主義的な思想家J・S・ミルの有名な『自伝』にも見られ、ビジネス万能の時代にどういう心身のバランスを取って生きてゆくのかという現代人の切なる問題と回答は、すでに一九世紀の本に書きこまれていたことが分かる。

弱者が罰せられる社会

さて、この大山脈を越えると、主人公はいよいよエレホン国に入ってゆき、奇妙キテレツなさまざまな習慣を目の当たりにすることになる。人を煙に巻く韜晦癖のあるバトラーの離れ業的な語り口に慣れてくると、その多くは、距離感をもって眺めた一九世紀後半のイギリス社会の風刺であることが分かるようになる。しかし、時折、風刺の域を超えて、作者自身の世界観の開陳、文明論的警告と思われる箇所が挟まれ、風刺・皮肉として書かれているのか真面目に書かれているのか、作者の真意が分かりにくくなることがある。実はその部分に深い洞察が隠されていることもしばしばある。それらについてはわたしなりの解釈を施してゆこう。

まずは、エレホン国の第一印象である。主人公が最初に会ったエレホン人は「奇跡的に美し」く、「並外れて陽気」な人びとで、加えて、「静かな落ち着き」も「気安さ」も兼ねそなわっており、彼はすっかり魅了されてしまう。ちょっと見のエレホン国は、美と健康と明朗さに恵まれた人の住む理想郷なのである。

ところが、その美と健康と明朗さには強要された部分があることが直に分かってくる。人びとは「自助論」的にみずから進んで明るく前向きに人生を生きているだけではなく、病人になるとその病気が重ければ重いほど厳しく罰せられるという刑法に支配されていたのだ。その一方で、人から金を詐取したりといった道徳的に問題のある行為は法的にも世間的にも非難されない。むしろ、騙された方の人間が罰せられる。愛する妻に死なれても罰せられる。ずるく生きるのは結構だが、弱く生きるのは犯罪になるのだ。「弱い者は滅びて当然」と考える弱肉強食の自由放任主義社会の風刺であるのは明らかだろう。裁判官にきつく叱責されたあげく重労働つきの終身刑を宣告された肺結核患者の被告が「判決ごもっと

もです。公正な裁きをしていただいたと思います」と蚊の鳴くような声で言うシーンには泣いていいのか笑っていいのか分からない。それでも、二〇一六年に相模原の障害者施設で起きた元職員による（一九世紀後半の英国で生まれた）優生思想的な考えに基づく入所者大量殺人事件をはじめとして、われわれが今日、至るところで、目の当たりにする「勝ち組・負け組」の二項対立、「弱者叩き」の発想が脳裏をよぎる。

自由競争と相互扶助のバランスというリアリズム

より分かりにくいのは、エレホン国の貨幣と宗教に象徴される社会を貫く二重思考の意味するところではないだろうか。エレホン国では、音楽銀行なる機関が発行する国の公式通貨とそれ以外の通貨があり、表向きは前者を尊重しながら、実際に使われるのは後者である。また、空間、時間、正義、希望、恐怖、愛といったさまざまな概念を司る神を実在するものとして崇め奉る偶像崇拝が公式宗教としてある一方で、実際に社会を支配するのはイドグルンと呼ばれる世間知・世間体の女神の教えによる、自尊心と思いやりに立脚するイギリスの紳士道に似た現世的・現実的な宗教である。ここには、どの社会にもある本音と建て前の構造を風刺しているという面もあって、そこだけを楽しんでもらってもいいのだが、やはり解説として強調すべきは、その二重性が一九世紀後半のイギリス社会の反映となっていることだろう。『エレホン』第一五章「音楽銀行」終盤（一四八〜一五〇頁）では、音楽銀行の逸話が同時代のイギリス社会の宗教と世俗の制度、つまり、キリスト教と資本主義の二重性の比喩であると種明かしされる。と同時に、すでに強い影響力を持たない音楽銀行（＝キリスト教制度）のさらなる衰退傾向が強調されて、この二重性が早々に破壊されてしまうのではないかという予測が立てられる。これらを総合すると、含みとして言えるのは、自由放任経済を実現させた功利主義によるキリスト教解体の流れ

である。音楽銀行の章が描くのは、キリスト教制度の衰退により、イエス・キリストの教えの中に含まれる相互扶助の精神が減じた世界である。相互扶助と自由競争イデオロギーの二者間のバランスが崩れて、弱肉強食の論理の方に偏っていった一九世紀後半の流れを描いた寓話であると解釈することができる。（キリスト教の歴史的展開と資本主義の誕生・発展の関係という西洋近代論の中核的問題においては、マックス・ヴェーバーからチャールズ・テイラーに至る思想家たちの仕事を先取りしているとも言える。）

バトラーは、たとえばウィリアム・モリスのようにその反動として相互扶助に主軸を置く社会主義に一方的に傾くという風にはならない。『エレホン』の主人公は、しっかりお金を稼ぐことこそ「真の博愛」であり、働いてお金を稼ぐ人こそ豊かな文化を身につけることができるとする、イエス・キリストの富者批判とは正反対の自由放任主義的な主張（第二〇章）をすることもある。バトラーは、相互扶助と自由競争の二者間のバランスの重要性を考えている。だから、ある所でAという事象を風刺したかと思うと、別の箇所でそれと対立するBという事象を風刺して、作者の真意のありかが分かりにくくなることがあるわけだが、要は、福音主義的な善悪二元論の匂いが消えない、怒れる予言者めいたラスキンからモリスに至る系譜に属する作家ではなく、軽やかに、ラディカルに、変幻自在に人間社会を風刺する彼の振るまいの根底には、二項対立的発想を拒絶してバランスを重視する英国国教会的なリアリズムがあるのだ。その証拠に、小説の後半、とくに第二六章「動物の権利に関する或るエレホン国預言者の考え」、第二七章「植物の権利に関する或るエレホン国哲学者の考え」では、単純な正義感《イデオロギー》が引き起こす社会混乱が描かれ、二六章冒頭では、エレホン人は「理屈を言われるとすぐになびいて常識を犠牲にしてしまいます」と批判的に記される。

バトラーの宗教をめぐる真意

『エレホン』をちょっと読んだかぎりでは、エレホン人のキリスト教への改宗の話が大言壮語風に語られるので、バトラーは「ふつうのキリスト教」信仰を抱いているような印象を受ける。しかし、彼の場合、実は、そこに世間の目を意識した本音と建て前があって、一筋縄では行かない問題となっている。本音の部分について興味のある方にはまずは彼が著した生命主義的な「知りうる神、知りえない神（'God the Known and God the Unknown'）」という小論を推薦したいが、『エレホン』に関して言えば、「音楽銀行」章の最後の部分とともに、それに続く第一六章の終盤に発せられる語り手の恋人アロウィーナの言葉に作者の真意がうかがわれるように思う。

「人が崇拝すべき真実とはむしろ……「神《ゴッド》」ではなく「神的《ザ・ディヴァイン》」なものなのではないのか。「神」というのは単に人が「神的」なものに感じる気持ちを表すための方便ではないのか。……いや、むしろ、人格神の存在の信仰を止めないかぎり、神への真の愛は可能にならないのではないか」（一五九〜一六〇頁）

つまり、伝統的にキリスト教で信じられていた一神教的な宇宙を統《す》べる人格神が究極の真実ではなく、そのさらに奥にあってそれを支えているスピリチュアルな感情の方が宗教のすべての根底にある究極の何かではないかという考え方である。（くだけた言い方でざっくりと説明するならば、宗教の教義を信じるか否かというよりパワースポットに行くと何か有難いという感情を重視する見方。）それは先述したイギリス・ロマン派の詩人たちにも通じると同時に、ダーウィン「進化論」の時代にますます有効性を増して、二〇世紀初めにはウィリアム・ジェイムズの『宗教的経験の諸相』として結実し、現代人の宗教的関心の特徴を成すに至ったスピリチュアリティを核とする宗教観と言うことができる。

犠牲になる子どもたち

「音楽銀行」の章の叙述には別の側面もある。実は退屈な職場である音楽銀行は子の就職口として人気があり、それが若者の人生を破壊しているという一節がある――「まだ幼い息子に、ぜったい音楽銀行出納係になってほしいという願いから、親が金で出納係の職を買うといった例もいくつかありました。息子本人はりっぱな大人に成長しそうなのに、子を守るべき親がひと言の相談もなく彼に鉄の拘束靴をはかせてしまいます」。これを、エレホン国の名門校「屁理屈大学」に行くべしという青年に対する社会的プレッシャーに触れた第二〇章の記述や「屁理屈大学」での教育内容を批判する第二二章の記述とあわせると、「いい大学」を出て「いい就職」をすべしという価値観の過剰支配がエレホン国に生まれた子どもの自然な発達を妨げているということになる。それは第一八章「出生告白書」、第一九章「未生者の世界」に描かれる子どもに対して奇妙に否定的なエレホン国の死生観・親子観とも関係するわけだが、この子どもを取り巻く環境の劣化の原因として、やはり「勝ち組・負け組」という二項対立的発想が支配的になりがちな自由競争社会の過熱を挙げることができるのではないか。今の日本で子どもが自発的にのびのびと遊べる環境が破壊されてしまったこととつながる話でもある。家族から受けた立身出世のプレッシャーの苦しみについては、バトラーの死後出版された自伝的小説『万人の道（*The Way of All Flesh*）』でも描かれている。（ただし、音楽銀行と屁理屈大学はこの上なく美しい場所として描かれており――壮麗なウェストミンスター寺院であるとかオックスフォード大学とかを想起すればよいだろう――そのすべてが否定されているわけではない。繰り返すが、教会あるいは大学というシステムが古臭いものになっているのでシステムの更新が必要ではあるけれどもシステムの廃絶を望むわけではない現実主義がバトラーの中にはある。）

機械進化論の誕生

さて、『エレホン』のなかで最も驚くべきは、今話題の近未来におけるAIによる人間支配——技術的特異点問題《テクノロジカル・シンギュラリティ》——を一五〇年前に予言したかのような「機械の書」章（第二三—二五章）ではないだろうか。ここにおいて『エレホン』は風刺小説の域を超えて現代文明の予言の書となる。エレホン国では機械の発明も使用も固く禁じられている。機械の進化は人の進化よりも圧倒的に速いために近い未来、前者が後者を追い抜いて、人は機械の召使として生きてゆくようになるであろうと予言した五〇〇年前の『機械の書』がそもそもの原因である。進化論の枠組に機械論を組み入れ、機械を頂点にいただく独特の進化論を展開するこの書物の影響で、エレホン国は五〇〇年前にその時点からさらに二七一年遡る間に作られたすべての機械を破壊する決定を下した。だから、エレホン国に迷いこんだ主人公が懐中時計を所持しているのを見つけたエレホン人たちは大いに動揺する。また、すでに蒸気機関を擁する高度な機械文化を有していたにもかかわらず破壊された昔の機械たちは、今は、博物館に陳列されている。

発想の源は、一八五九年の出版直後に読み大きな感銘を受けたダーウィンの『種の起源』にある。当時ニュージーランドにいたバトラーは、一八六二年に「『種の起源』のダーウィン——対話（'Darwin on the Origin of Species: A Dialogue'）」、一八六三年には「機械のなかのダーウィン（'Darwin among the Machines'）」という二つの短文を地元紙に掲載する。「『種の起源』のダーウィン」では、進化論とキリスト教の関係に触れて、後者を捨てるという二項対立的なやり方ではなく両者の間で何とか折り合いを見つけようとする意志が表明され、進化論と宗教を繋げるというバトラーのライフワークが簡潔ながら早くも予告される。「機械のなかのダーウィン」のほうは『機械の書』の原型と呼び得るエッセイで、

現時点での機械の凄まじい進化に触れた後に、進化論的枠組のなかでの来るべき機械の支配が予言され、最後には機械を破壊すべしという意表をつく提言がされる。この最後の提言が本気なのかどうかは、バトラーらしく判然としない。（なお、一八六五年には、「機械のなかのダーウィン」の発展版を「機械の創造（'The Mechanical Creation'）」と題して、ロンドンの雑誌に発表した。）

これらをさらに練り上げたのが、『エレホン』のなかの『機械の書』である。特筆すべきは、『種の起源』の議論で援用される二点――家畜の品種改良に示される人為的進化の圧倒的な速度および（マルサスが指摘した）人口増の際の幾何級数的加速――に注目し、これらを産業革命時の機械改良の同じく圧倒的な速度と結びつけ、機械の進化が人の進化を上回って、機械に支配されるまったく新しい文明が誕生しつつあるとする論の展開である。バトラーは機械と生命進化という一九世紀イギリスの二大問題を、ダーウィンの発想を応用して、だれも思いつかないやり方で結びつけた。この時代のイギリスの反機械論というのであれば、一九世紀前半にはラッダイト運動があり、後半になると、手作りを礼賛するラスキンからモリスに至ってアーツ・アンド・クラフツ運動に結実する流れがあるわけだが、『種の起源』に想を得てテクノロジー論をアップグレードし、機械を一種の生命と捉えて生命進化の潮流の中に置くバトラー流進化論の射程の長さは比類がない。機械の発達の末に到来したIT文化が不可避的に格差を広げるとする経済学者ロバート・B・ライシュ（『勝者の代償』）、遠からぬ将来におけるAIによる支配の到来を予言する未来学者レイ・カーツワイル（『ポスト・ヒューマン誕生』）、ベストセラー『ホモ・デウス』においてこの問題を大きく取り上げた歴史学者ユヴァル・ノア・ハラリといった現代を代表する思想家たちの未来予測が先取りされている。また、語り口も、さすがに小説家だけあって、読みやすく、分かりやすく、読者の興味を捉えて離さない。また、第二五章の終わりには、『機械の書』の紹介に加えて、もう一人の別の著者が書いたとされる義手・義足・義眼のような人間肢体の補綴《ほてつ》としての機械論が紹介されていて、これは年配の読者にとっては半世紀前に一世を風靡したマーシャル・マク

ルーハンのテクノロジー論を想起させる内容だが、『エレホン』がマクルーハンよりもさらに一世紀近く先んじて書かれたことを覚えておくべきだろう。一九世紀半ば過ぎに書かれた『機械の書』の記述には、鳥肌が立つほどの先見性があると言える。そして、『エレホン』全体を見てみると、新自由主義下の社会のテクノロジー支配という今の時代の大問題がすでにここに凝縮されて考察されている。風刺として軽やかに、遊び心を忘れずに、しかし深く、鋭く。

バトラーの生涯・主著・研究

最後に、サミュエル・バトラーの経歴と評価を簡単に紹介しておこう。彼は英国国教会の牧師トマス・バトラーの息子として、父の教区であるノッティンガム近郊のランガーで、一八三五年に生まれた。祖父で同名のサミュエル・バトラーは名門私立一貫校《パブリックスクール》シュローズベリー校の名校長として名をはせ英国国教会の主教にまでなった人物で、同時に蓄財がうまかった。精神性と実務性を兼ね備えたイギリス的人物で、その点は『エレホン』の主人公を想起させる。

シュローズベリー校からケンブリッジ大学へという父トマス・バトラーと同じエリートコースを息子サミュエル・バトラーも進んだ。しかし、音楽家あるいは画家という芸術家としてのキャリアに興味を抱くと同時に、英国国教会の洗礼の教義に疑念を抱いて、同じ聖職者になることを拒んだところは父親と違った。名門校出身にふさわしい世間的に「良い」就職を拒否したことから、父との緊迫した書簡のやりとりがあったが、結局、父の資金援助で当時の新興植民地ニュージーランドに行くことで折り合いをつけた。一八五九年にイギリスを出て、先述のとおりそこで牧畜業を営み、大きな収益を上げて、一八六四年に帰英し、ロンドンに居を定めた。その後は、美術学校に通って画家を目指し、それなりのレベルの作品を残したり、作曲を勉強したりした。大変な才人だったと言うことができる。しかし、最後

に残ったのは著述だった。

小説の代表作としては、まずはこの『エレホン』があり、次に死後出版の自伝的な『万人の道』（一九〇三）が来る。『エレホン』には『エレホン再訪（*Erewhon Revisited*）』（一九〇一）という続編がある。『エレホン再訪』は『エレホン』の語り手が後にまたエレホン国を訪れると、エレホン国を脱出した自分が神として祀りあげられていることが分かり、自分を神とするその新宗教によって変貌した国を訪ねまわるという内容である。それなりに面白いものの、やはり最初の作品には及ばない。[1]

ヴィクトリア朝の家族と社会を批判的に描いた自伝小説『万人の道』は、一八七〇年代初期から八四年にかけて書かれたのだが、バトラー家の人びとを傷つける恐れがあったため死後出版となった。作品には一九世紀イギリス社会・家庭の抑圧的側面が活写されており、ノーベル賞作家ジョージ・バーナード・ショーをはじめ、この時代のイギリスの価値観を旧弊なものとする二〇世紀前半の多くの文学者たち——ヴァージニア・ウルフ、E・M・フォースター、ジョージ・オーウェルなど——に、バトラーは反ヴィクトリア朝の先駆者として喝采を送られた。

ただし、バトラーにはそれ以外にもたくさんの著作がある。一九二三年に全二〇巻の作品全集が出版されたが、小説はその内三巻を占めるのみで、それ以外の巻の内容は、進化論に関する論考をはじめ、紀行文、宗教論、聖書批判、美術論、文学論、伝記と色とりどりである。彼につきまとう気の毒なイメージの一つはチャールズ・ダーウィンとの論争に起因するものである。発刊直後に『種の起源』を読み多大な感銘を受けたことはすでに述べたが、その後彼のダーウィンへの傾倒は、いくつかの理由——一．ある時ダーウィンに批判されたと思ったこと、二．ダーウィンの「自然淘汰」の概念の一見ドライな無目的性に同意できなかったこと、三．努力の成果が遺伝すると考える進化論の先達たちの論に共感を覚え、しかもチャールズ・ダーウィンはこれらの先達に十分な敬意を払っていないと感じたこと——から、反発へと反転する。その結果、バトラーの筆によるダーウィンの進化論を批判した文章が後に残り、バ

トラーは歴史から、あの大ダーウィンに噛みついた野良犬扱いされることとなった。

しかし、彼のさまざまな著作を読んでゆけば、たしかに個性的ではあるものの、非常に頭のいい思索者であることが分かる。ダーウィンとバトラーの喧嘩を今振り返るとどう見えるのかというテーマについては、また、別の機会に論じたい。かつてイギリス近代思想および文学の研究者として一世を風靡した碩学バジル・ウィリーに『ダーウィンとバトラー』(原著一九六〇、邦訳一九七九)という好著があるので、とりあえず、これを薦めておこう。

翻訳に用いたテキストは一九七〇年刊のペンギン版で、これは一八七二年の初版ではなく、バトラー自身の手の入った一九〇一年改訂版と同一内容である。あふれるアイディアに突き動かされるように一気呵成に書かれた初版には説明不足と思われる箇所も散見され、一九〇一年版のほうが読みやすく、作者の意図も理解しやすいことから、これを用いることとした。

1　ここで、バトラーの『エレホン』が芥川龍之介の『河童』に影響を与えたことを付言しておこう。たとえば、河童の国では、子は生まれる前に自らの誕生を自分で選択できる。これは芥川が『エレホン』に想を得たと思われる細部の一つである。概観すれば、山奥で見つけた未知の共同体にしばらく滞在して、さまざまな見聞を重ねた後で戻ってくるというプロットも、それが既知の人間社会と逆さまのようでいて、実はその風刺となっていて、現代の自由競争社会に生きる不安を表しているという内容も、両作品に共通するものである。『河童』で印象的なのは職を失った労働者が食べられるというエピソードだが、これが『エレホン』における病気になると厳罰を受けるというエピソードに重なるだろう。ただ、『エレホン』のほうが圧倒的に長いし、内容的にも、両作を比べると、バトラーの想像力の逞しさが目立つ。人生を笑い飛ばす英文学の伝統と嘆き悲しむことの多い日本文学の伝統の違いとも言えようか。

この翻訳の仕事は、同僚であり友人であるジェームズ・レイサイドに捧げたいと思う。彼とはもう三〇年近い付き合いになるが、オックスフォード大学で博士号を取得した比較文学研究者で、英語の他に、フランス語と日本語を母国語のように操り、野間宏の英訳者で、大変なアスリートであり、事故と忘れ物の多いサイクリストであると同時に、とんでもなく博学な「いいヤツ」で、たくさんのことを教えてもらった。その彼も再来年春には定年を迎えるのは寂しいかぎりである。振り返ると、他の同僚たちにも長きにわたりさまざまな形で支えてもらった。ここでは、紙幅の制約からイギリス研究関係の四人の名前のみを記す。太田昭子、横山千晶、佐藤元状、近藤康裕。それから、訳者の乱暴な質問にいかにも彼らしく丁寧に答えてくれた新谷崇、ウェールズ語の発音について教えてくれた不破有理。家族の二人にも。花と眞子。皆さん、どうもありがとうございました。

『エレホン』を再発見した功績は、新潮社編集部の竹中宏に帰せられる。二年ほど前に、突然、『エレホン』を訳しませんかというメールがやはりなじみの編集者経由で来て、びっくりした。当時の訳者は、『エレホン』を三〇年くらい前に一度読んだだけで、バトラーのことは半ば忘れていた。しかし、再読してみて、驚いた。実に鋭い一九世紀イギリス社会批判になっていると同時に、現代社会の問題に通じる内容である。編集者と訳者の『エレホン』再発見の興奮が、多くの読者に共有されることを願っている。

本作品中には、現代においては差別表現と見なされかねない表現が含まれているが、著者が執筆した当時の時代背景や文学性に鑑みて、原文を損なわない範囲で翻訳している。（編集部）

EREWHON　OR OVER THE RANGE
by Samuel Butler
First published by TRÜBNER & Co., 1872

エレホン
サミュエル・バトラー著　武藤浩史《むとうひろし》訳

発　行　2020年7月30日

発行者　佐藤隆信
発行所　株式会社新潮社　〒162-8711　東京都新宿区矢来町71
電話　編集部　03-3266-5411／読者係　03-3266-5111
https://www.shinchosha.co.jp
印刷所　株式会社光邦
製本所　加藤製本株式会社

乱丁・落丁本は、ご面倒ですが小社読者係宛お送り下さい。
送料小社負担にてお取替えいたします。
価格はカバーに表示してあります。

ISBN978-4-10-507151-6　C0097